当代名家散文精选
阮直/主编

斜行淡墨

王乾荣 著

中国书籍出版社
China Book Press

图书在版编目（CIP）数据

斜行淡墨／王乾荣著．－－北京：中国书籍出版社，
2024.4
（当代名家散文精选／阮直主编）
ISBN 978-7-5068-9832-4

Ⅰ.①斜… Ⅱ.①王… Ⅲ.①散文集-中国-当代
Ⅳ.①I267

中国国家版本馆 CIP 数据核字（2024）第 072242 号

斜行淡墨

王乾荣　著

图书策划	许甜甜　成晓春
责任编辑	李　新
装帧设计	书香力扬
责任印制	孙马飞　马　芝
出版发行	中国书籍出版社
地　　址	北京市丰台区三路居路 97 号（邮编：100073）
电　　话	（010）52257143（总编室）　（010）52257140（发行部）
电子邮箱	eo@chinabp.com.cn
经　　销	全国新华书店
印　　刷	四川科德彩色数码科技有限公司
开　　本	880 毫米×1230 毫米　1/32
字　　数	216 千字
印　　张	10.125
版　　次	2024 年 4 月第 1 版
印　　次	2024 年 4 月第 1 次印刷
书　　号	ISBN 978-7-5068-9832-4
总 定 价	218.00 元（全 4 册）

版权所有　翻印必究

换一首曲子唱还是精彩

阮　直

　　这里，我向广大读者郑重推荐这部丛书的朱大路、王乾荣、洪巧俊、赵青云4位作家。他们都是在文坛耕耘多年的名家，写出吾土吾民吾精神的"国民作家"，今天他们是"换了一首曲子唱"的，但一样唱出精彩，唱出韵味，唱出品位。这些作家其实都是以杂文写作为主的名家，其中3位是职业编辑，而编辑的主要作品也是杂文、评论类作品，但他们的散文着实让我眼前一亮。

　　通过阅读本丛书的部分样册，我对这套丛书形成了如下印象：首先，杂文家写散文不算陌生，因为杂文、散文原本就是孪生兄弟。如今，他们将笔端轻移，用散文来表达世界，魔术一般地将关公耍了一辈子的大刀，变成赵子龙的长枪，几位老师舞起"新武器"依旧神采飞扬。因为，4位"大侠"平时"暗里"也都操练过"十八般武器"的若干种，今天细品他们的散文作品也别有一番滋味在心头。

　　我也主编过几部丛书，但是从没敢想到有机会为我的老师编一套高含金量的散文丛书来"反哺"他们，这是我的幸运与荣誉，也是此生最美好的"炫耀"。

朱大路先生是《文汇报》"笔会"副刊的资深编辑，他对中国杂文的贡献，不仅仅享有杂文家的美称，更重要的贡献在于他是资深编辑，在这个平台上他发现、挖掘出很多优秀作者，使他们成为当代著名的杂文家。另外，一些久负盛名的杂文家，比如何满子、冯英子、舒展、严秀、牧惠、章明、黄一龙、朱铁志等等，也都是"笔会"朱大路先生的常客。我当年写杂文是用钢笔写在稿纸上邮寄给《文汇报》"笔会"编辑部的，正是朱大路先生的首肯，才与朱大路先生有了"勾连"。朱大路先生不仅写杂文，也出版过散文集、长篇小说，是杂文作家中跨界最广，"换曲子"甚至换"唱法"的高人。

王乾荣先生是我仰慕已久的杂文家，他也是每年辽宁人社版杂文年度选的责任编辑。其中2006年的年选，王乾荣下足了功夫，他对当年选本的135位作者的156篇作品一一进行要言不烦的点评，写下了3万多字序言；2012年的序，他又将所选130多篇杂文逐一点评，计1万多字——这在大陆各类体裁的"年度选"版本中创下"空前绝后"的奇迹。

作为职业编辑，王乾荣先生主编的《法制日报·特刊》几乎汇聚了当时最著名杂文家的作品。《法制日报》（2022年更名为《法治日报》）在国家级的大报层面，其评论、杂文都以思想深邃、观点尖锐、文采飞扬而著称，这完全得益于王乾荣先生本身就是一位优秀的杂文家、一个功夫深厚的语言学专家，他在新闻出版界极富盛名。他早已经国家新闻出版署评为高级编辑，对于百度对他早年加入中国作协时介绍的主任编辑职称词条，却毫不在乎，怕麻烦也不去改。

洪巧俊先生虽然是一家地方报社的民生时评部主任，但是名气大得早早出圈。由于他在农村生活了近30年（高考落榜回乡种了8年田），后到县委机关与地方报社工作也常跑乡村调研，对农民和农村问题有自己独到的见解和体会，在民间影响深远。当时，他也是中国"三农"问题和取消"农业税"最早的提出者之一，远远早于那些专家，也算是"三农"领域里的一条"鲶鱼"效应的制造者，为中国"三农"问题专家、学者提出了另一个角度的思维，来考量"三农问题"。他是全国发表"三农"评论与杂文最多的人。

记得在博客走红的那些年，洪巧俊先生是超亿量点击率的博主。他的"博文"几乎是100%地被新浪、搜狐、凤凰（当时）等各大网站纷纷转载。洪巧俊先生有时一篇文章引起的争论波长竟能持续几个月都无法被覆盖。

认识赵青云先生实属有些偶然，当时是《人民日报》社驻浙江记者站原站长赵相如先生介绍的。那年中秋节假期，他们邀请我去参加赵青云作品研讨会，并通过我请了朱铁志先生。赵青云是地方上的厅级领导，是复旦大学哲学博士，复旦大学国际关系与公共事务学院特聘研究员与客座教授，典型的学者型的作家；他还是中国作协、中国书协的"双料"国字号会员。他出过多部作品集，其中一部《廉镜漫笔》影响深远，是为自己的每一篇杂文配上一幅廉政漫画，获评第四届全国党员教育培训教材展示交流活动优秀教材，很多地区的纪检委都把这部书列为党员干部教育的一份必学书目，还走出国门被翻译成外文版，成为"中国廉政文化走出去第一书"，宣传了中国制度和中华文化的优越性，影响极大。

老骥伏枥，志在千里。4位作家在"杂文式微"的当下，换一首曲子唱依旧精彩，这正是他们生命嘹亮、创作旺盛的一种见证吧。恰如清代评论家沈德潜所言："有第一等襟抱，第一等学识，斯有第一等真诗。"作为我的良师益友，能为此做出一点奉献，让我此生欣慰而倍感鼓舞！

值此丛书即将出版之际，我不揣文陋笔拙，撰此短文，聊以为序。

前　言

据说苏格拉底说过"请读我唇"的话。苏老伯，圣人呀！我不敢抄他，景仰不迭，套用个"轻"字吧。"轻"读我唇，请您轻轻地"读"我的《斜行淡墨》——纸上一行行倾斜的文字，淡淡的墨痕，正是我的作品。我只是用了王国维《清平乐》这词里"斜行淡墨"的字面意思，觉得这个短语风轻云淡，也悦耳，却不涉王国维寄意的深微。

您慵懒之时，手持我的乱弹一本，没有目的地随意翻翻，觉得好玩儿的地方——如果有这种地方的话——会心一粲而已。

"没有目的"，也是可以悟悦神心的。

诚望这本书有几个"好玩儿"之处——我朝这个方向努力了。

您先看看《只有人类会说话》这篇，颇好玩儿，您可能会觉得，这个家伙挺幽默、挺机智呀。

其他篇章，比如"语丝"部分，每篇三言两语，揭示一个好玩儿现象，饶有趣味，您挑着读吧。

特别提一下，《普法：欲知法律真面目》，写于20世纪80年代初，也算时代先声——那年头，大多数人对于现代法律，还是一头雾水，所以我的文章用词，无疑打着启蒙时代的烙印。普法，任何时候都是进行式，只是各个时期的侧重点不同而已。

  我看一本书，哪怕是小说，也从来没有耐心一次一口气从头读到尾的，总是选择好玩儿的、重要的先看——这是我的经验。

目录 Contents

猎头　青春做伴

马克思的语言长翅膀 …………………… 002

列宁：令人脑洞大开的比喻 …………… 005

面朝大海，鲁迅走来 …………………… 008

鲁迅的花样名头 ………………………… 011

鲁迅的爱情悲喜剧 ……………………… 014

酷老头儿鲁迅 …………………………… 017

醉汉鲁迅 ………………………………… 020

情遗大瑶山 ……………………………… 023

踏歌万里行 ……………………………… 031

语文大师叶圣陶 ………………………… 037

玩转"帝国主义字母"的人瑞周有光 … 040

最是可爱苏东坡 ………………………… 053

老苏成语遍身 …………………………… 056

率真·周全·高贵 …………………………… 059
林徽因：不是莲，也不是风 …………………… 065
漫画一样的小丁 …………………………… 068
爷爷之死 …………………………………… 071
感恩三爷 …………………………………… 076
朋友方工 …………………………………… 080
蓝天飞老翁 ………………………………… 084
潇潇洒洒关志豪 …………………………… 087
这颗脑袋是咋长的 ………………………… 091
学会的元老们 ……………………………… 096
神笔孙女 …………………………………… 101
亿字翁，段柄仁 …………………………… 104

纪事　法不容渎

羚羊挂角，曾记否？ ……………………… 108
摩登法官的魂魄 …………………………… 121
定义死亡：每个人都在场 ………………… 133
普法：欲知法律真面目 …………………… 136
雄辩滔滔 …………………………………… 143
读　讼 ……………………………………… 149
琼瑶落荒而逃 ……………………………… 153
山杠爷之惑 ………………………………… 156
神奇的绳子 ………………………………… 159

传情　红尘滚滚

爱情，既取亦予 …………………………… 162
他俩的情书挺好玩儿 …………………… 166
梁山伯这个笨伯 ………………………… 169
嗨！姓王的 ……………………………… 171
活到120岁是啥光景 …………………… 175
得寿七十秋，便是百四十 ……………… 178
尘世来去，人情似水 …………………… 181
看人艺，知北京 ………………………… 184
平民的园子 ……………………………… 187

追潮　镜幻景明

地球最可爱 ……………………………… 192
关于机器人女友致侄书 ………………… 195
机器人，好名字 ………………………… 198
把现实折叠一下 ………………………… 201
懵懵懂懂悟量子 ………………………… 204
文有第一 ………………………………… 207
我的超强机器人愿景 …………………… 210
"暗物质"如空气 ………………………… 213
因为山在那儿 …………………………… 216
所谓低碳生活 …………………………… 220

阅览　博观约取

只有人类会说话 ·················· 224
汉字的华丽转身 ·················· 227
汉语启示蒙太奇 ·················· 230
作文干吗之乎者也 ················ 233
"读书界"，哈哈哈 ················ 236
"塔布"一下吧 ···················· 239
"道"之所在 ······················ 242
假作真时 ························ 245
鲁迅嬉笑怒骂"言辞争执"歌 ········ 247
他俩谁最会"骂人" ················ 251
乡土颂 ·························· 256
小布尔乔亚女人 ·················· 260
邪风熏得愚人醉 ·················· 263
阳光"普照"吗？ ·················· 267
在您肚子里"百度"一下 ············ 270
美髯飘飘 ························ 273
校园，一方绿洲 ·················· 276
"她"是一个美称 ·················· 279

语丝　以小见大

盖世太保 ························ 284
音译三笑 ························ 285

王力释"三克"	286
奔驰 & 笨死	287
的、地、得	288
前前后后	289
此佛非彼佛	290
"〇"的误用	291
校花·校草·校泥	292
多此一"有"	293
亲吻权	294
君子风度	295
难以"纯洁"	297
扬名立"万"	298
官宣私事	299
没头没脑	300
少年的头发诗	301
《离骚》是什么？	302
语言的魔力	304
喜"大"	305

猎头　青春做伴

猎头不是寻找能当演员的人，是追寻有故事、有情趣、有价值之人。青春不单指青年，更指青春气质。

马克思的语言长翅膀

"一个幽灵,共产主义的幽灵,在欧洲游荡。"马克思和他的战友恩格斯,为什么借"幽灵"以喻"共产主义"呢?因为共产主义者要推翻反动制度,使得统治者又怕又恨;而共产主义者同盟作为秘密组织,当权者是看不见、摸不着的,却又无处不在——在反动派眼里,共产主义就像一个幽灵。

既然共产主义被污蔑为"幽灵",那么马恩便干脆以"幽灵"自喻,说:"现在是共产党人向全世界公开说明自己的观点、自己的目的、自己的意图并且拿党自己的宣言来反驳关于共产主义幽灵的神话的时候了。""幽灵"这个神形兼备的词,从此具有了世界意义,为一切共产党人所熟稔并心领神会。这不只是思想的独见,也是语言的神力所致。

马克思的文章,不管多么庄重,总是文采飞扬。

"资本就是从头到脚每个毛孔都渗透着血污来到世上的。"马克思眼里的资本,就像一个专门吃人的恶魔——马克思以他奇巧的椽笔,使一个抽象的概念变得丰满而有形有致,赫然跃入大众眼帘,连它的"毛孔"都看得真真切切。对资本如此通透的比喻和剖析，令读者于心惊肉跳的同时，认清了资本的样貌和质地。

在揭露"封建的社会主义的虚伪"时，马克思写道："为了拉拢人民，贵族们把无产阶级的乞食袋当作旗帜来挥舞。但是，每当人民跟着他们走的时候，都发现他们的臀部带有旧的封建纹章，于是哈哈大笑，一哄而散。"以"乞食袋当旗帜"和"臀部的封建纹章"，比喻封建贵族之丑态，栩栩如生，不避"俗词"，嬉笑怒骂，皆成文章。

难怪，《马克思传》的作者梅林说："就语言的气势和生动来说，马克思可以和德国文学上最优秀的大师媲美。他也很重视自己作品美学上的谐调性，而不像那些浅陋的学者那样，把枯燥无味的叙述看成是学术著作的基本条件。"他还说："马克思在语言的惊人的形象化方面，也是可以和最伟大的'譬喻大师'莱辛、歌德和黑格尔媲美的。"

不说学术著作了，且看马克思为自身辩护的语言，也不是气狠狠的"怒怼"，又多么华美、委婉且刚柔有致："你们赞美大自然悦人心目的千变万化和无穷无尽的丰富宝藏，你们并不要求玫瑰花和紫罗兰发出同样的芳香，但你们为什么却要求世界上最丰富的东西——精神，只能有一种形式呢？我是一个幽默家，可是法律却命令我用严肃的笔调。我是一个激情的人，可是法律却指定我用谦虚的风格。"这真印证了李卜克内西的那句话："马克思的风格就是马克思自己。"是的，马克思看透世事，在此以子之矛攻子之盾，维护自己在"千变万化"和"无穷无尽"中的特立独行，标显自己是一朵无与伦比的香花，以及表达"幽默"和"激情"的权利，令压制他的恶势力无言以对。

马克思说："对于没有乐感的耳朵来说，最美的音乐也毫无意义。"对于最美的语言，也要有一颗"语言敏感"的大脑去领悟吧？

然而马克思的语言，很有一些，如上述，连咱们这些没有"语言敏感"大脑的普通人，也会深受感染——就因为马克思的语言精辟神奇而不可抗拒。

他的伟大思想，借助他的优美语言在全世界飞翔，令反动派战栗，令更多人服膺。

列宁：令人脑洞大开的比喻

"任何比方都有缺陷。"这是列宁《政论家的短评》一文里的话，引自德国民谚"任何比喻都是蹩脚的"，说法略异。

列宁接着说："我们不妨再把这些道理提一下，以便清楚地认识到比方的有效界限。"可正是在《证论家的短评》中，列宁借助如何攀登险山峻岭这一形象、贴切的比喻，出色地论述了如何对待革命事业的道理。是的，比喻不是证明，只是表现手法，但它在论证中却有着不容忽视的提升作用。

好的比喻，清新自然而精辟隽永。列宁，就是一位比喻大师，他往往借助比喻说明大道理，给人以深刻启迪。

理论之比：马克思说过，"以往的哲学都是解释世界，但问题在改造世界"。列宁当然赞同马克思的观点，他进一步比喻："唯心主义是生长在人类认识之树上的一朵不结果实的花。"唯心主义自有其对世界的"解释"，也算人类"认识树"上的"一朵花"，但它不"结果"，即是说，人们不能从它那里"吃"到甜美的"果子"，亦若花拳绣腿，不中用。马克思的睿语犹如巍峨大厦，但人们也许理解不深；列宁之比，则是装饰，将大厦具象化,使之美轮美奂——哈,原来如此。

人格之比:克雷洛夫寓言说,"鹰有时飞得比鸡低,鸡永远飞不到鹰那么高"。这比喻虽非列宁原创,但他引得巧妙,他还说过:"长空的雄鹰,决不因暴风雨而收起它的翅膀。"吾国文豪鲁迅也说:"有缺点的战士终竟是战士,完美的苍蝇也终竟不过是苍蝇。"伟人思路不凡而相通。伟人小人,本质迥异。臧否人物,对伟人,别老责其不足而狂吠,当善意理解他们达到的高度;对小人之吠,嗤之以鼻可矣。

对应之比:列宁说,"在历史上,有时候一天等于二十年,有时候二十年等于一天"。等于,说的就是一事物与另一事物况景一致。任何历史都是当代史。我小时,常见"一天等于二十年"这口号,后明白那是害人的浮夸。当今高科技信息时代,别的不说,咱们的"嫦娥"登上月球背面了,为前无古人之杰作,与几千年前比,乃至与四五十年前比,咱国的发展,倒真是远远不止于"一天等于二十年"呢。

方向之比:"十月革命"后,国家百废待兴,各方观点矛盾重重,经济政策未能按照新生政权的意志行动。列宁比喻道,这"就像一辆不听使唤的汽车,似乎有人坐在里面驾驶,可是汽车不是开往要它去的地方,而是开往别人要它去的地方……汽车不完全按照,甚至常常完全不按照掌握方向盘的那个人所设想的那样行驶"。方向之错,危乎哉!这辆"汽车",此后几十年听从何人"使唤",是如何"开"的,任人评说吧。它最终"开"到不是布尔什维克控制的方向去了。列宁的锐利目光和生动比喻,尚在世人脑际萦绕,70年历史,是非谁定,令人叹惋。

经验之比:马赫主义把感觉经验看作认识的界限。列宁在批判马赫主义时说:"老鼠以为没有比猫更凶的野兽。"汉语"鼠目寸光"有点儿这个意思,但它太局限了。列宁的话,则喻性命交关,你不"风物长宜放眼量",就等死吧。

面朝大海，鲁迅走来

读鲁迅或与鲁迅相关的文章，遇难解之处就翻《鲁迅大辞典》。《鲁迅大辞典》的编纂历时31年，2009年出版，其中收录词条9800多个，释文多达374万字。

10多年前购得这本辞典，随便翻了翻目录，就被它的浩瀚惊呆了。当然与其说这辞典浩瀚，毋宁说是鲁迅博大，因为没有鲁迅的博大精深，就没有这本辞典的浩若烟海。

自称"鲁圣人的学生"的毛泽东，在评价鲁迅时，说他是"中国现代的圣人"。"圣人"一指品德最高尚、智慧最高超之人；二专指"万世师表"孔夫子。毛对鲁的评价，古今中外无出其右者。我先不评论这个评价是否准确，我也不把鲁迅看成"圣人"，但鲁迅在我心中，的确是一个百科全书式的、最了不起的人。

作为一个纯文学作品创作丰硕的伟大作家，是鲁迅被人们普遍认可的一种根本身份。其实鲁迅具有惊人的多维本事。查《鲁迅大辞典》，他一生涉猎的领域繁多——在思想文化方面，即有文艺评论、小说史研究、社会时事评论、中国古代典籍和金石碑帖校勘与研究、生物和人类学研究、进化论研究、基础自然科学研究、历史研究、宗教尤其是佛教研究、心理学探索、美术尤其是木刻理论研究、外国文学与学术的翻译和研究等等，而且各个方面见地非凡、成绩斐然。鲁迅的插图和平面设计，算业余玩玩儿，也是了得——沿用至今的北京大学校徽，便是他设计的，我觉得这徽章端庄简洁的构图及其学术意象，胜过了专业设计师。徽中"北大"两个篆体字上下排列，"北"字构成两个侧立的人像，"大"字是一个正面站着的人像，它突出的理念在于"以人为本"，象征北大肩负着开启民智的使命。

鲁迅当过师范学校教师和大学讲师、教授，当过公务员。他自嘲"破帽遮颜过闹市……躲进小楼成一统"，实际上在国家危急存亡之秋，他完全是一副"横眉冷对千夫指，俯首甘为孺子牛"的样貌。在进步社会活动方面，他参加"光复会""中国革命互济会""中国民权保障同盟"；与冯雪峰磋商组建"中国左翼作家联盟"，并为盟主；发起组织"中国自由运动大同盟"，为民主、自由和革命呐喊，不遗余力。

鲁迅是社交达人。聚会、拜访识人不计，光看他写的信，即知他的交往有多广泛。《鲁迅全集》第12卷和第13卷，全是他写给友人、师长、学生等各界人士的信，数一下目录，每页24封信，两卷52页，24封×52页＝1248封，去掉空格，估算这信有上千封了，受信者当在数百。

鲁迅著作中涉及现实中人名，神话传说和各类作品中的人名，外国人名，多到数不胜数。而他引述或提到的书籍、报刊、团体、流派、机构、国家、民族、地名、历史事件及其他事件、掌故、名物、科技术语、经典词语、市井俚语、外文语句等等，成百上千，很多是一般人闻所未闻的——所以需要词典注释。读

《鲁迅全集》，这些引述等等散见于各个篇章，读者不怎么觉得神奇。《鲁迅大辞典》把它们集中起来释义，我的天，那时候没有百度和 Google，我发现这位享年仅 55 岁的"神人"，读了多少书儿，经了多少事，他的大脑海马体有多少弯儿，他的知识储备，简直堪比世界上最大图书馆美国国会图书馆的书籍啊。也可以把鲁迅喻为一片大海，海纳百川，所以渊博。

而正因为如此，鲁迅著作才彰显得既繁花似锦、汪洋恣肆，又别具炉锤、高人一筹样貌。

鲁迅的花样名头

严格说，这篇稿子不是创作。材料是我读书看报时，特意搜集的，我把它们编辑一下，供大家玩赏。

作为一个大家族子弟，一位写、编、译了千百篇文章、日记、信件，出版了多部单行本作品而著述丰硕的伟大作家，又常与论敌笔战，鲁迅的各种名头因此不胜其繁，令人眼花缭乱，无人可比。我等小人物，大名小名笔名拢共一个，够用了。我读鲁迅作品和鲁研文章时，随手记下他的一些名头、名号，觉得挺有意思，挺好玩儿，特向亲们展示，以供消遣。这里所谓"名头"，包括了对鲁迅的一切"称呼"——凡某个称呼指定为鲁迅，我便将它归结为鲁迅的名头。

小名（乳名）：鲁呱呱坠地时，恰遇一张姓先生送信给鲁迅祖父周介孚，介孚公遂以"张"命名新生儿。

学名：樟寿、树人。"寿"字好理解，樟由"张"之同音而来。鲁迅7岁念私塾即以此名入籍。鲁迅17岁入江南水师学堂，叔祖周椒生将其名"樟寿"改为"树人"，取"百年树人"之意。

大名（官名）：周树人。鲁迅在北洋政府教育部任佥事和科长，以及在北大、北京女师大任教时，便用此名。其他场面上常用的，也是这个名字。

字：豫山、豫亭、豫才。初字豫山，因绍兴话"豫山"跟"雨伞"音近，常被同学取笑，鲁迅便请祖父另取号豫亭，再改豫才。

法号：长庚、长庚三宝弟子。幼年鲁迅多病，父亲送他到长庆寺当俗家弟子，说可增寿。和尚给他取法号"长庚"，又叫"长庚三宝弟子"。

趣名：胡羊尾巴、小白象、猫头鹰。胡羊尾巴，是对调皮伶俐孩子的昵称。小白象、猫头鹰，是鲁迅自称，后来他把"小白象"送给了儿子海婴。

笔名：鲁迅、自树、庚辰、索子、令飞、孺牛、迅行、旅隼、翁隼、遐观、白舌、神飞、风声、尊古、巴人、史癖、且介、学之、邓当世、何家干、隋洛文、白在宣、敬一尊、迅哥儿、小孩子、宴之敖者……多达190个。

鲁迅是正式笔名，鲁来自母姓，迅即急速，最常用。宴之敖者，是"被家里的日本女人（周作人之妻）赶出来的人"的意思。何家干，意为"谁干的"。隋洛文，即"堕落文人"。其他每个笔名均有特殊涵义，篇幅关系，不全录，也不解析了。

别人加的名头：

伟大的文学家、革命家、思想家；"五四"以来最伟大的作家，民族魂、左翼作家；一个乡土艺术的作家、小说大家，讽刺家、杂感家、杂文家、翻译家；讲师、教授、学者，青年叛徒的领袖；战斗者、革命者、青年导师、战士、时代的战士、思想革命的战士；佥事、科长；马前卒、小伙计、左翼作家的首领、普罗同盟的领袖；研究系的好友、共产党的同道、思想界先驱者；绅士阶级的贰臣、革命家的诤友、国民革命的同路人……

刀笔吏、绍兴师爷、无聊文人、堕落文人、卖国贼、日本汉奸、学棍、学匪、法西斯蒂、二重的反革命、老石头；助制醉虾者、社会变革期中的落伍者、终究不是这个时代的表现者；抄袭者、资本主义以前的一个封建余孽、千人骂万人骂的人、过渡时代的游移分子……

这些名头名号都是谁赐予的，其涵义和背景若何，不解释了，诸位自辨吧。我一解，便须做高头讲章，有些也说不明白。

鲁迅的爱情悲喜剧

1906年，在日本留学的鲁迅接母亲信，说她病了。鲁迅匆匆赶回老家，却知是老夫人骗他完婚。对象是母亲包办的旧式女人，叫朱安，鲁迅见都没见过。鲁迅25岁，该结婚了，但这样的婚姻，是这位新青年断不能认同的。不过，他还是接受了——他说，"这是母亲要娶的媳妇"，"是母亲给我的一个礼物"。他不愿违背母亲，无奈地放弃了自己的幸福。他又不忍女方被退回娘家受辱。他还觉得自己参加反清斗争，不一定活得长。就这样，婚后第四天，他逃回了日本。

当1919年鲁迅高喊着"爱情是什么东西，我不知道"时，还没有认识他后来的爱人许广平。他在文章中说："无爱情结婚的恶结果，连续不断地进行。形式上的夫妇，既然都全不相关，少的另去姘人宿娼，老的再来买妾。"这些他当然都不会去做。所以他只好叹息："在女性一方面，本来也没有罪，现在是做了旧习惯的牺牲。我们既然自觉着人类的道德，良心上不肯犯他们少的老的之罪，又不能责备异性，也只好陪着做一世牺牲，完结了四千年的旧账。"鲁迅和朱安的婚姻是一个悲剧，一辈子名存实亡。人们批评鲁迅的是，他既与朱安结婚，又把她晾在一边，不同样造成了朱安的不幸吗？

后来咱们知道，鲁迅离开北京的母亲和朱安，在上海和许广平同居，另组家庭。

鲁迅和许广平又是如何恋爱的？

1909年鲁迅自日本回到故乡。1912年5月，鲁迅开始在北京长达14年的生活。1923年10月，鲁迅为北京女子高等师范学生讲授《中国小说史》，许广平成了他的学生。每到鲁迅授课，许广平总是挤到第一排中间座位，入神地听讲。1925年3月，许广平给鲁迅寄第一封信，信中以"小鬼"自称，探问鲁迅"孤寂生活，其味如何"。随后，两人鱼雁往还不断。随着了解的深入，两人互生好感，互结情丝，萌生爱意。此时的信中，鲁迅戏称新女性许广平为"兄""大人""阁下"，而俏皮的许广平则自称"愚兄"，并称鲁迅为"嫩弟"。尽管与鲁迅相差18岁，鲁迅又有着包办婚姻强加给他的"礼物"，许广平却全然置之不顾，写了《风子是我的爱……》赞美这段纯真的爱情。鲁迅也写下爱情诗《腊叶》，说这是"为爱我者的想要保存我而作的"。

尽管背负着因袭的重担，鲁迅毕竟是一位反封建传统的斗士。鲁迅当然也是一介活生生的男子，他就不应该冲出一切俗套的包裹，寻找一位真爱的女人吗？

在与许广平结识并相爱之前，44岁的鲁迅虽有名义上的妻子朱安，但一直过着苦行僧式的禁欲生活，打算陪着朱安这个"母亲的礼物"做一世牺牲。到女子师范大学教书之后，他与包括许广平在内的女学生频繁往来。是俏皮的女学生许广平对他的敬仰、理解乃至热爱，打开了他尘封已久的心田。

许广平的勇敢和坚定，也打消了鲁迅的种种顾忌。他终于明示："我对于名誉、地位，什么都不要，只要枭蛇鬼怪就够了。"这所谓"枭蛇鬼怪"，还有后来在信中所称"小鬼""害马"，指的正是许广平小姐。许广平所写《风子是我的爱》中也有这样的宣言："即使风子有它自己的伟大，有它自己的地位，藐小的我既然蒙它殷殷握手，不自量也罢！不合法也罢！这都于我们不相干，于你们无关系，总之，风子是我的爱……"

鲁迅遭遇了不幸婚姻的困苦，也有幸享受摩登爱情的甜蜜。

1927年10月，鲁迅与许广平在上海景云里23号正式同居。在旧式婚姻的囚室里自我禁闭20年之后，鲁迅终于逃了出来……

我想，如果不是许广平那么勇敢，还会有不少女学生、姑娘们会追求鲁迅的。不说鲁迅的博学、才华、人格、威望、风雅气概，引得世人敬慕，便是他的中国第一型男的冲冠发型、浓黑胡须、棱角分明的面庞，甚至刚毅的单眼皮……也统统酷到家了，呵呵，似乎没有一个见过他的姑娘会不动心的。

酷老头儿鲁迅

鲁迅既好看，又好玩儿——大画家陈丹青在鲁迅纪念馆演讲时如此说。基本同意陈氏的美学观，补充一点儿：鲁迅好玩儿，没得说，但是对于鲁迅的相貌，与其以"好看"概括，毋宁以"酷"冠之，或者说，他属于挺酷的那种"好看"。"酷"是近年流行词，如果在前几年，我真找不出适当的词语，以准确形容迅翁的模样。

我相信人之内心决定相貌——当然，这并非绝对，只能说"基本"如此。您看娄阿鼠，典型的獐头鼠目、尖嘴猴腮，没有人样儿。咱们本不该"衣貌取人"，但是如果阿鼠先生长得天庭饱满，地阁方圆，相貌堂堂，一表人才，咱们绝对不能接受吧？

鲁迅，文人本色也。他说过："文人不应该随和，而且文人也不会随和，会随和的，只有和事佬，但这不随和，却又并非回避，只是唱着所是，颂着所爱，而不管所非和所憎；他得像热烈地主张着所是一样，热烈地攻击着所非，像热烈地拥抱着所爱一样，更热烈地拥抱着所憎——恰如赫尔库来斯的紧抱了巨大的安太乌斯一样，因为要折断他的肋骨。"

鲁迅那张并非黄金分割之美却棱角分明的脸上，深刻着流溢自内心的爱和憎。看相片上鲁迅的脸容，当其爱也，眸子放光，如丝似棉，当其憎也，横眉冷对，如刀似剑。爱，慈祥而没有丝毫谄媚、下贱的样子；憎，威严而不存半点儿仗势压人之成色。写在鲁迅脸上的这真爱和真憎，塑造了一种不卑不亢的"酷"。这也是以笔为戟的战士之"酷"，不屈不挠之"酷"。正如鲁迅所说："倘使我没有这笔，也就是被欺侮到赴诉无门的一个；我觉悟了，所以要常用，尤其是用于使麒麟皮下露出马脚。"您说哪个和事佬，以及或主子或奴才，会有这样的"酷"相？

　　鲁迅是一个"讽刺家"。他说："人们的讲话，也大抵包着绸缎以至草叶子的，假如将这撕去了，人们就也爱听，也怕听。因为爱，所以围拢来，因为怕，就特地给它起了一个对于自己们可以减少力量的名目，称说这类话的人曰'讽刺家'。"

　　绸缎包着的话，听着颇华丽；草叶子包着的话，听来嫌粗糙。撕去这些掩饰物，华丽也许变成尖锐，草叶子或许成了钢针——就是要令听者或爱或怕。您想想，这样毫无遮拦的话语，能发自一张如簧翻飞的巧舌，和两片一团和气的嘴唇吗？铸在银圆上的"袁大头"的厚唇肥硕，也是如此。只有鲁迅瘦削的腮帮子里面的硬舌——咱们看不见，但可以想象得到——和他的坚毅的双唇——可以从照片上看见并感觉到——才能痛快淋漓地道出那些使他的无数朋友和有数"怨敌"又爱又怕的真话来。我说得夸张了一些，但是在我的脑海里，确实浮现着说这个话的鲁迅的那张其"酷"无比的脸。您说在中国近现代文人里，还有谁有如此一张"酷"的脸，值得人们"围拢"观看而又不无敬畏？

　　鲁迅是相信"诚于中而形于外"，以及"心不正，则眸子眊焉"之说的。

比如鲁迅断言："西崽之可厌不在他的职业，而在他的'西崽相'……租界上的中国巡捕，也常常有这一种'相'。"何以见得？从他们对同胞"轻蔑的眼光"里见得。这眼光足以使一张人脸呈现狰狞相，自然也反映了西崽、巡捕们内心的凶狠和丑；掉过来说，这乃是心丑使貌丑也。人之"心劲儿"，真的可以作用于相貌。丑而刻意粉饰，即像扮惯了小丑的戏子去演风流小生，横竖是美不了的。

还有一种人，如鲁迅说，"每看见不常见的事件或华丽的女人……下巴总要慢慢挂下，将嘴张了开来"，有的还不断流哈喇子——这副尊容，酷得起来吗？为什么会这样？还是鲁迅说的，因为他们"仿佛精神上缺少着一样什么机件"。

精神的"酷"，乃是相貌之"酷"的根据。鲁迅的"酷"最能鉴证这一点。

醉汉鲁迅

鲁迅说:"酒是好的,但也很不好。"这啥话嘛。

第一,先说"酒是好的"。

好的,才喝呀。但鲁迅之喝,往往弄醉。是不是"醉"了才"好"呢?瞧瞧《鲁迅日记》,挑几句他的"醉酒"记录:

1921-05-27:午后回,经海淀停饮,大醉。

1925-04-11:夜买酒并邀长虹、培良、有麟共饮,大醉。

1927-10-23:春台又买酒归同饮,大醉。

1927-11-09:夜食蟹饮酒,大醉。

1927-12-31:晚李小峰招待于中有天,饮后大醉,回寓呕吐。

1929-04-18:夜饮酒醉。

1932-20-16:夜全寓十人皆至同宝泰饮酒,颇醉。

1934-12-29:略饮即醉卧。

他频频饮酒而没有说醉或者不醉的记录,日记里比比皆是,我且不提。

摘几句鲁迅友人关于鲁迅醉酒的回忆:

@鲁迅挥剑一砍,提狗头归,而饮绍兴,名为下酒。狗头煮熟,饮酒烂醉,乃坐灯下而兴叹。于是鲁迅复饮。——烂醉。林语堂《悼鲁迅》

@鲁迅亲自提壶劝饮,大家喝到醺然欲醉,他也有点儿醉意。——醺然欲醉。何春才《回忆鲁迅在广州的一些事迹和谈话》

@昏暗的灯光下摆着菜肴,喝着鲁迅故乡的绍兴酒,鲁迅和我都喝醉了。——喝醉了。日本友人辛岛骁《回忆鲁迅》

第二,再说酒"也很不好",见别人和他自己的话。

鲁迅明白,酒"很不好",实际上他说的是"醉酒"不好:

@席上闹得很厉害,大约有四五个人都灌醉了,鲁迅先生也醉了,眼睛睁得多大,举着拳头喊着说:"谁还要决斗!"——谁还要决斗!吴曙天《曙天日记三种》

@多喝酒究竟不好。去年夏间,我因为各处碰钉子,也大喝了一通酒,结果生病了。——生病了。鲁迅《致李秉中》

@自这几天医生检查了一天身体,从血液以至小便等等。终于决定是喝酒太多,吸烟太多,睡觉太少之故。——从血液以至小便。鲁迅《致许钦文》

@世人之装醉发疯,大半又由于依赖性,因为一切过失,可以归罪于酒,自己不负责任,所以虽醒而装起来。我自己知道,那天毫没有醉,更何至于糊涂,击房东之拳,吓而去之事,全都觉得的。——发疯。黄坚编著《与广平兄论醉酒书》

@这几天全是赴会和践行,说话和喝酒……这种无聊的应酬,真是和生命有仇。——和生命有仇。鲁迅 许广平《两地书》

@轻薄，浮躁，酗酒，嫖妓而至于闹事，偷香而至于害人，是古来之所谓"文人无行"。——文人无行。鲁迅《集外集拾遗·辩"文人无行"》

@阿Q一路唱着"悔不该，酒醉错斩了郑贤弟"。——酒醉错斩。鲁迅《阿Q正传》

第三，鲁迅对喝酒的总结：

我向来是不喝酒的，数年之前，带些自暴自弃的气味地喝起酒来了，当时倒也觉得有点儿舒服。先是小喝，继而大喝，可是酒量愈增，食量就减下去了，我知道酒精已经害了肠胃。现在有时戒除，有时也还喝，正如还要翻翻中国书一样。但是和青年谈起饮食来，我总说：你不要喝酒。听的人虽然知道我曾经纵酒，而都明白我的意思。——鲁迅《集外集拾遗·这是这么一个意思》

鲁迅是不是挺有性格，挺嘎，挺倔，挺好玩儿？他是战士，也是普通人。以酒为媒，他痛快淋漓地宣战——谁还要决斗！他毫不掩饰地宣泄愤懑和痛苦——虽醒而装起来……

关于喝酒，咱们，明白鲁迅的"意思"吗？

情遗大瑶山

费孝通因患肺炎延长了一年燕京大学的学业，倒也因祸得福，不仅使他有幸跟随当年才来燕京任教的派克教授学习并感受派克热衷于实地调查的学风，而且更使他得以结识了一位红颜知己——王同惠。

王同惠也是教过费孝通的燕京大学社会学系著名教授吴文藻门下的一位极有语言天赋和奋发有为的学生。费孝通与她在社会学系的聚会上相识，在共同感兴趣的学问切磋中相知，渐渐产生了感情。一年后，费孝通虽然从燕京毕业进入清华大学研究院，但是一条红线仍将相隔不远的清华园和燕园紧紧地连在一起，而且，"这条线远比乡间新郎拉着新娘走向洞房的红绸更要结实"。这条看不见的"红线"，便是费孝通和王同惠学业上的共同追求。

1933年圣诞节，王同惠收到费孝通一件礼物——一本新版的关于人口问题的书。因为此前在燕京社会学系的一次聚会上，他俩有过一场关于人口问题的争论。费孝通为说服王同惠，便借机送了她这本书。后来两人相熟，在一次偶然闲聊中，王同惠才告诉费孝通，是这件礼物打动了她的"凡心"，觉得费孝通这个人

"不平常"。而吴文藻老师对王同惠的评语是"肯用思想,对学问发生真正兴趣"。费孝通琢磨了老师的话,觉得实在应该把王同惠在他身上看到的"不平常"三个字再"回敬"给她。

当两个青年男女相互认为对方"不凡"之时,恋爱便水到渠成了。

费孝通在追忆他们温馨的恋爱时,用诗一般的语言写道:"1934年至1935年,在她发现我'不平常'之后,也就是我们两人从各不相让、不怕争论的同学关系逐步进入了穿梭往来、红门立雪、认同知己、合作翻译的亲密关系。穿梭往来和红门立雪是指我每逢休闲时刻,老是骑车到未名湖畔姊妹楼南的女生宿舍去找她相叙,即使在下雪天也愿意在女生宿舍的红色门前不觉寒冷地等候她。她每逢假日就带了作业来清华园我的工作室和我做伴。这时候我独占着清华生物楼二楼东边的实验室作为我个人的工作室,特别幽静,可供我们边工作边谈笑。有时一起去清华园附近的圆明园废墟或颐和园邀游。回想起来,这确是我一生中难得的一段心情最平服,工作最舒畅,生活最优裕,学业最有劲的时期。"

这种缠绵、高雅、精致、清新的爱情,虽然并不曲折,却颇富传奇色彩,虽然发生在两位淳朴的男女同学之间,其浪漫却不让罗密欧与朱丽叶。尤其是那个痴心男主的形象,可爱温润至极,正应了鲁迅的那句名言:"你要是爱谁,便没命地去爱他!"而他们除了风花雪月和花前柳下,更有着理想的交融和心灵默契,这使他们的爱情时时更新,不断生长。

一双才子佳人,南北珠联璧合,一边在知识海洋里漫游,一边谱写着爱的诗篇。

"有一些人,即使心中有了爱,仍能够约束它,使它不妨碍重大的事业。"这是培根的话。费孝通、王同惠之爱便是如此。他们在热恋期间合作翻译了英文著作《社会变迁》和法文著作《甘肃土人的婚姻》。两书译文你中有我,我中有你,心血融汇,他们还打算共同署名发表,简直堪称二人爱情的结晶。

富有语言天才的王同惠在合作翻译中给费孝通补习了第二外语法文课,同时也机智地向他提出了一个尖锐问题:我们可不可以也写出这样的著作来?这当然正符合费孝通的心愿。有这样坚实的学业和爱情基础,他们以后共赴大瑶山瑶族社会考察,便是顺理成章之事了。而王同惠,也因此成为"现在中国作民族考察研究的第一个女子"。

1935年夏,费孝通和王同惠的恋爱终成正果。他们由专程自老家赶来的姐姐费达生主婚,在未名湖畔临湖轩举行了简朴的婚礼。

吴文藻老师说:"同惠和孝通由志同道合的同学,进而结为终身同工的伴侣,我们都为他们欢喜,以为这种婚姻,最理想,最美满。"他称费王二人为一对"能说能做的小夫妻"。

9月,这对"能说能做"的新人应广西省政府之邀赴大瑶山。王同惠时为燕大社会学系三年级学生,她自愿参加这次调查,瑶山工作完毕还将继续学业;费孝通已在清华研究院毕业并考取公费留学,其后则要漂洋过海远走英国了。

他们与恩师吴文藻等"互相珍重勉励着"告别,但是等待着他们的此次学术之行兼蜜月之旅,又会是一个什么境况呢?

二人辗转到了广西,昼行夜伏,一路涉过"极老的水道",在"山壁峭立处竟疑无路",披千里月色借住于"码头上的大帆船中",便双双生出"不知今夜宿何处"的奇异感慨。

他们幸福,激动,怀着探索的欲望相携而行。

谁能料到,他们前面不但遮掩着瑶民的笑脸和瑶寨的美丽神秘,还隐蔽着悬崖、陷阱、激流、深渊等等危险。这一去,他们的脚步将伴着收获的巨大惊喜和生离死别的极度伤悲。

无畏果敢的王同惠女士不幸遇难了!

美满的婚姻难得一遇,而转瞬间爱妻香销玉殒,撒手人寰。他们相识只有两年,结合才108天,正如春天的露水一般,短促得令人怜惜,难以接受。"天长地久有时尽,此恨绵绵无绝期",天作之合,天实分之,其奈若何!

同时,身受重伤的费孝通悲痛欲绝,请人精心设计了亡妻同惠之墓,并亲笔写下一篇平实而深情的碑文以记爱妻之死:

吾妻王同惠女士,于民国二十四年夏月,应广西省政府特约来本桂研究特种民族之人种及社会组织。十二月十六日于古陈赴罗运之山道上,向导失引,致迷入竹林。通误陷虎阱,自为必死;而妻力移巨石,得获更生。旋妻复出林呼援,终宵不返。通心知不祥,黎明负伤匍匐下山。遇救返村,始悉妻已失踪。萦回梦祈,犹盼其生回也。半夜来梦,告在水中。遍搜七日,获见于滑冲。渊深水急,妻竟怀爱而终。伤哉!妻年二十有四,河北肥乡县人,来归只一百零八日。人天无据,灵会难期;魂其可通,速召我来!中华民国二十五年五月费孝通立。(原文无标点,王乾荣代为断句)

这里最动人、最令人唏嘘之处,便是同惠"怀爱而终",孝通"半夜来梦",爱妻为他们夫妇的共同事业、为护救丈夫,已含恨长眠深山,肝肠寸断的性情男儿为追寻爱妻而泣血呼唤"魂其可通"。这篇碑文记录着他们的艰难事业和他们的生死爱情,将与墓主和青山一并长存。

费孝通和王同惠共同的恩师吴文藻教授在他们二人瑶山之行的成果《花蓝瑶社会组织》的《导言》里写道:"孝通真镇定,真勇敢,他在给我的信末说:'同惠既为我而死,我不能尽保护之职,理当殉节;但屡次求死不果,当系同惠在天之灵,尚欲留我之生以尽未了之责,兹当勉力视息人间,以身许国,使同惠之名,永垂不朽。'这几句话何等沉痛,何等感人,又何等理智!读信至此,使我忍不住流下悲哀钦佩的热泪。"

费孝通也一再说,他当时"一闭眼,一切可怕的事,还好像就是目前,我还是没有力量来追述这事的经过……让这幕悲剧在人间沉没了罢"。

他竭力把这突如其来的巨大不幸深埋在心底,揩干眼泪,更加坚定地去走同惠未能行完的路,所谓"化悲痛为力量",即此之谓也。

一段美丽、热烈,充溢着柔情蜜意和美好理想的婚姻夭折了,但真挚的爱情并没有泯灭,却是日愈久而其味愈浓,一直激励着费孝通在生活和事业的道路上不屈前行。他怀着这份爱走向江村,走向群众,走向农民,走向中国社会学的巅峰,并一直走向世界社会学舞台。那是有王同惠在前面向他招手,向他发出泣血的呼唤……

费孝通一天也没有忘记王同惠。

在奠定费孝通社会人类学巨擘地位的《江村经济》一书的卷

首,这位痴情男儿写着:献给我的妻子王同惠。

费孝通后来与孟吟女士结婚,生有一女,为纪念王同惠,他们把这个女儿取名费宗惠。

1957年以后,费孝通流离颠沛,多次迁徙。1978年,他又一次搬家,在清理旧书积稿时,偶然翻出了《甘肃土人的婚姻》一书的译稿,顿时激动、惊喜,"简直不能相信自己不在梦中"。在已经黄脆的稿纸上,他看到自己的笔迹至今未变。同时,他还看到另一种笔迹,那肯定出于去世已经43年的亡妻王同惠之手。可是,费孝通竟不能用记忆追认同惠的字迹了。他不禁悲从中来——她的一些字迹连同她的青春生命,早已湮没在茫茫大瑶山了。

费孝通满怀激情为《甘肃土人的婚姻》一书写了个序言。他引杜诗"青春作伴好还乡"作为序言的标题,就便追忆他和同惠悲欢离合的爱情故事。

生活如大浪淘沙,惊涛拍岸,随波而逝的已经一去无返,那些隐伏的、贴心的,总在胸间萦回,勾起费孝通无限感慨。他又想起了独眠在瑶山的王同惠,不禁凄然良久……

王同惠女士当年葬于梧州。费孝通亲笔写下碑文的那块墓碑,在动乱中流落于当地一所学校,被一位有心的教师邱爱军机智地保存下来。80年代,费孝通复出后,邱爱军看到他的文章《四十三年后重访大瑶山》,才想法跟费老取得联系,使墓碑得以复立。

在一个冬日,费孝通与家人拜谒被当地政府修葺一新的王同惠墓和重立的墓碑。睹碑思人,百感交集,费老赋诗一首,犹叹"心殇难复愈,人天隔几许",并告慰同惠在天之灵,说自己老骥伏枥，而曾经有过的生死爱情，又使他灵魂升华，始终本着"荣辱任来去"的宗旨做人，孜孜矻矻，跋涉不已，也算了却了他们当年的心愿。

呜呼！五十年前瑶山里，携手考察两命依；今看山色浑相似，犹有情怀如昔时。时光如白驹之过隙，倏忽间半个多世纪逝去。岁月何悠悠，生死两茫茫，旧地重游，物是人非，痛哉何如！

费翁垂垂老矣，然而他仿佛回到了过去，与他挚爱的同惠携手，"青春作伴好还乡"。他真情依旧，又不禁长歌当哭，歌唱爱情的力量和隽永。

关于大瑶山和费孝通负伤，有一个插曲不能不在此补叙一下。

苏州女作家吕锦华，于1986年9月25日在《人民日报》发文《费孝通与江村》，写到大瑶山环境时说："大瑶山并没有想象中那么美，它肮脏、愚昧、落后，有时流行瘟疫，会一下子夺取一个寨子男女老少的生命。"她对费孝通当年的受伤情况，又作了这样描述："天色渐晚……几步之外什么都瞧不清了。他拿着木棍一边驱赶毒蛇侵袭，一边探路。忽然脚下踩空了，'轰隆'一声，费孝通连人带包一起摔了下去。他踩上了瑶族猎人设置的捕兽的陷阱！陷阱很深，底下还有尖利的石块和竹尖，他被戳伤了，痛得昏死过去。"

费孝通看到这篇文章，除了"感谢吕锦华同志，在事情发生50年之后，再作文纪念"，又赶紧给拟转载此文的《吴江县文史资料》作了声明，对吕文作了补正。他说："广西大瑶山即今金秀瑶族自治县。山高谷深，茂林修竹，流水清澈，风景优美。居住该山的瑶胞勤劳朴实，待人诚恳，即在 50 年前，也不能用'肮脏、愚昧、落后'来形容他们。该地气候凉爽，习重清洁，并不是'瘟疫流行'地区。居住并不'潮湿'，因为房屋都筑在山坡上。"费老又说："吕文中把捕兽的陷阱描写得很像一口井……事实上（所谓陷阱）是猎人用树木在竹林里搭成的一个架子，在阴暗中望去有点儿像个门。所以当时我误以为可能是个进入人家的入口。机关设在脚下，脚一踏，架上的乱石就一齐下泻。我被打倒，幸亏石块没有击在头上。但左踝骨错节，腰部神经被压麻痹，半身不遂。"

  费孝通先生对大瑶山一直是一往情深的。他复出后又数进瑶山，看望那里的老乡，重叙当年情谊，关注那里的发展。他不会因为自己当年的误陷虎阱，己伤妻亡，而"记恨"大瑶山。他也不希望人们对虽然贫穷，却美丽的大瑶山和瑶胞有所误解。

  大瑶山作证，那里是费孝通快乐踏入社会的起点；大瑶山作证，那里的青山绿水记录着他短促而美好的爱情。

踏歌万里行

费孝通在《老来羡夕阳》一诗中吟道："路遥试马力，坎坷出文章。"此诗作于1986年，费翁76岁。

其时他复出没几年，在本该颐养天年之时，却雄心勃勃，壮气冲天，在重建社会学科工作中，沿袭他以往"理论和实际相结合治学方法"的主张，四处考察，已经跑了不少地方。他这匹健硕的老马，还想走更多的路，来试试自己的气力，"跑"出更多的文章。

打那时起，费老东西横行，南北穿梭，或借助现代化交通工具，或徒步翻山越岭，每年三分之一时间均在途中，走遍了除台湾、西藏之外的祖国所有省、市、自治区，路漫漫其修远，遥遥行程几许，无以数计。

至于文章，也应了他说的，"走一趟，写一篇"，篇篇锦绣，每一年下来，能集10万多字，够出一本书。

"兼容并济，山川入怀，满天星斗，古今一瞬。"这是他在行程中书赠友人的一则小赋，也是他"跑"出来的胸臆，颇有仙风道骨韵味。

费孝通1982年写《脚勤》一文,说:"三年前我重访美国时,有一件当时觉得怪新鲜的事,那就是常看到大小城市的街道两旁的人行道上,三三两两,男男女女,络绎不绝,缓快不同地跑步;不是比赛,不是赶路,是怎么一回事呢?旁人告诉我,这叫jogging。查字典其意为轻撞、颠簸、磨蹭、缓进。用它来指这种活动,是原意的衍生,指为了健身而慢步快跑。中文没现成的对词,翻译困难,我试用'脚勤'二字,以其音近,义亦可通。"

费孝通的脚勤,更多地体现在他的治学上。

江村,是费孝通的故乡,他的家园,他的根。20世纪80年代,他复出后之频访江村,是要追寻他半个多世纪前初访过的江村的变迁,以及观察它在新时期的发展和走向。少怀初衷,今犹如昔,他在一次次踏访江村中,探索着中国农村的致富之路。

1936年,初访江村,费氏访出了他的社会学成名作《江村经济》,树立了"人类学实地调查和理论工作发展中的一个里程碑"。

1957年,费孝通再访江村。此次在开弦弓村访问二十多天,最令他感到怅然的,是姐姐费达生当年发动村民组建的小丝厂,沦陷时被日本人拆毁,新中国成立后,一直没有恢复。他看到了村里副业手工业的萧条,粮食紧张,人们吞吞吐吐,不敢对"上面"的人讲出实话。他"重访江村"的一组文章,只在《新观察》发表了两篇便中断。这一年,他以《知识分子的早春天气》一文,成了"右派"。

国家走过了弯路,费孝通在1957年呼唤过的"春暖花开季节"来到了。1980年,费孝通从严寒中展腰伸臂,从另册中挣扎而出。他"并不泄气",还想恢复50年代即被扼杀了的社会学,继续他的中国农村调查研究。他又要访问江村了。

1981年，费氏三访江村。费孝通欣喜地看到，村里已是"富民仗特技，户户有余谷"。缫丝厂重建，养羊养兔副业搞起来了。农民新造了堪称漂亮的住房，女青年的嫁妆也排场讲究。他在江村成立了一个"农村社会调查基地"，把农村调查变成了一项社会事业。

1982年，费孝通四访江村，真正感到乡土工业的蓬勃生命力，兴致勃勃地录下白居易的《忆江南》以释情怀："江南好，风景旧曾谙。日出江花红似火，春来江水绿如蓝，能不忆江南！"

1983年到1985年三年间，费孝通六访、七访、八访、九访江村，写下《小城镇　新开拓》《九访江村》两文，留下语重心长的话："农村是乡镇工业基地，乡镇工业促进了小城镇发展，形成苏南地区的全面繁荣，要跟踪观察这个历史过程，不能放松农村本身的调查研究。"他用一双脚实践着这个"调查"。

1985年、1986年，费孝通十访、十一访江村后，在英国伦敦经济政治学院演讲，题为《江村五十年》。他预言，江村的变化，正是一个"更大更富有意义的变化的前奏"。

此后是十二访、十三访。1990年4月，十四访江村时，费孝通发出出惊人高论："在上海建一个大陆上的香港，包括江浙两省腹地工农业在内的长江三角洲开发区。"他的眼光，从来就没有局限于江村。后来，上海浦东的开发奇迹，其发端，溯太浦河而上，不正可以追到小小的江村吗？

1991年是新时期以来费孝通频访江村10周年。"垂年梦回闻余香"，4月，他十五访江村，写下具有10年总结性质的文章《吴江行》。

行,是费孝通的长功——他有关乡镇发展论述的文集,便取名《行行重行行》。

"思君令人老,岁月忽已晚",来日无多,费孝通感到了紧迫。他之"行",有"温洲行""海南行""岭南行""临夏行""包头行""凉山行""盐滩行"等等,数不清的行踪,多留在贫困地区,都是他"细水长流,一步一个脚印"的记录。

"方从敦煌还,又上麦积山。老马西北行,关山视等闲。"不舍春夏秋冬,不管东西南北,行行重行行,弃捐勿复道,努力加餐饭,这都是《吴江行》《故里行》的扩展。

费孝通六十多年前说过:"我还是在乡下往来,还带有传统的性格和偏见,对上海的嚣尘,香港的夜市,生不出好感。"这不是他对大城市有什么一般意义上的恶感——他后来对上海浦东的发展贡献良策,对香港的"蜂窝作坊"也大感其趣——他那话,无非是道出了对贫困的乡村,有着特别的感情而已。

他还说:"我并不反对都市化,但是如果都市化会引起乡土的贫乏,不论是物质或人才的,我觉得并不是一个健全的趋势。"费孝通这种乡土情感,一辈子没变,老而弥浓。

他热爱乡土,那里有他的追求、事业、创造和发现。1993年至1995年,费孝通十六、十七、十八访江村。尽管费孝通如此频繁地访问江村,江村不断变化的新面貌仍令他目不暇接,每看到一处变化,他总是惊喜地感叹:"我都不认识了!"

1996年4月,费孝通十九访江村。此次他关心的重点,是乡镇企业发展后的污染问题。

似水流年,1996年9月,费孝通二十访江村之时,正值他学术活动60周年,弹指一挥间,距初访,已经整整一个"甲子"。

他说,"我虽则由老而衰",但"还要继续跋涉"！他饱含深情地说:"生命和乡土结合在一起,就不会怕时间的冲洗了。"

他没有停步。1997年4月,1998年三四月间,他又行色匆匆地三次访问了江村。第二十三次访问,"时近清明,大地上油菜花正黄,柳树嫩绿"掩映着江村一片又一片新盖的民居,令费老特别赏心悦目。这一次,他提出了"城镇化"这个大问题。

1999年10月,费孝通进入九十高寿。费老诗曰:"笑我此生真短促,白发垂垂犹栖栖。"栖栖者,不得安定也！他仍然给自己加码,又笑着第二十四次来到江村。2000年4月,二十五访。我不能详写费孝通对江村的每一次访问,然而这份"流水账"本身,不是已经很感人了吗？那可是由费老的精神、心血、毅力和脚板编织而成的一幅生动美丽的长篇画卷。

第二十六次访问江村,时在2000年9月。这一次我有幸随行,亲眼看到了费老的平易近人、脚踏实地,在那个七十多年前的小丝厂、如今的现代化庙港缫丝公司会议室,怎样和他早年的保姆邱阿姨促膝谈心。他跟我们一起乘面包车东跑西颠。他受到家乡人民的深深爱戴。在我单独访问吴江一些地方时,人们说到这里的任何一项事业,几乎无不提到"费老的关心""费老的支持"云云。

加上几次集体访问,费孝通一生近30次去过江村。他不是一个书斋里的学者。

在吴江,我寻访过费孝通出生的老屋,和他幼年时学习过的雷震殿小学,只找到一座古老的石板桥和一口废弃的枯井,其他一切都已经杳无踪影;然而,我却从人们的口碑,从这里的繁荣,处处感受到这位老人的音貌。

他与家乡已化为一体。而他自己，却吟出了这样的诗句："万水千山行重行，老来依然一书生。"

我们，又多么需要这样的"书生"。

"江村蚕熟庆丰收，老来又作故乡游。儿童笑我白眉长，我羡太湖一沙鸥。"这又是怎样的境界。

费孝通时时想着，自己"在这一方家乡的土地上吸收生命的滋养"。他从来不会以家乡的功臣自居。他倒是老觉着，"难尽笔下胸中意，愧忆南园读书声"。他要不停地行重行，为家乡写尽"胸中臆"，谱出更新的诗篇。在欢庆丰收的歌声中，他只愿做一只远离名利和尘嚣的沙鸥，而默享恬淡的幸福。

语文大师叶圣陶

咱们先看一下，叶圣陶先生对《南京路上好八连》一文头两段文字的修改。

原文：

"上海警备区某部八连"①，从上海解放那一天起，就驻在浦东，保卫着这座城市。一九五六年秋天，他们移防到南京路上②。

初到这里，战士们兴高采烈③："可来到市里了！"有个同志走出门口④，望着自己住的大楼，感叹地说⑤："啊！好地方，这么漂亮！"指导员却是另一番心思。一天晚上，他漫步在楼顶平台上，思潮在翻腾着⑥，他想起一九四九年驻军丹阳时陈毅司令员的谆谆教导⑦：由于过去帝国主义、官僚资本主义的长期统治和资本主义生活方式的影响⑧，上海变成了一口大染缸……我们要改造旧上海，可不能让旧上海改造了我们⑨！现在，上海已经是人民的新上海了，可是资产阶级的思想残余仍在和我们战斗着⑩。在这场尖锐的斗争中，将怎样带领着战士们守住这无产阶级的思想阵地呢⑪？作为一个党支部书记、政治工作者，他感到责任的重大。

叶老改的地方：

①"上海警备区"前加"中国人民解放军"。报道虽然说的是一个连，却意在窥一斑而见全豹，所以必须写上人民军队的全称。②在"南京路上"前加"最繁华的"。因为"最繁华的南京路"是背景。③"战士们兴高采烈"改为"有的战士兴高采烈地说"。"战士们"指全体，"有的"指个体。"兴高采烈"引不出下面的话，用不上冒号，所以加"地说"。④"有个"改为"有的"，因为说不定是谁说的。⑤"感叹"改为"赞叹"。⑥"一天晚上，他……思潮在翻腾着"删去，因为这样写，似乎是说指导员"一时想起"，其实前面说了，他早就有"另一番心思"。⑦"时"改为"的时候"。⑧"资本主义生活方式"改为"资产阶级生活方式"。⑨"改造了我们"删去"了"字。⑩说"资产阶级的思想残余"，不切合实际，"残余"二字删去。"仍在和我们战斗着"改为"仍在顽强地同我们斗争"。从实际出发，这里需要一个状语"顽强地"。"战斗"用错；用"斗争"。⑪"将"改为"该"。"守住"下边的"这"字删去。

瞧瞧，连标点符号在内不到60个字格的两段文字，被叶老改了11处。我大略数了一下，这篇发表于1959年7月23日《解放日报》上的报道《南京路上好八连》，全文六七千字，叶老改了89处——不是作者文笔太差，而是经叶老小小地修饰一番，文章更显风采了。一篇作品，就怕被人咬文嚼字。哪位有心，把上面作者原文和叶老改后之文对照读一下，定会发现，说同样的事，用了几乎同样的篇幅，却一个遣词造句比较随意，时有不合逻辑、不合情理、不够清晰的地方，一个则逻辑严密，表意精当，语言确切——这就是没有经过严格语言训练的普通文人跟语言大师的差别。

关于作文，商务印书馆出身的大编辑叶老说："把疏漏的说法补完足，把不大承贯的地方连接得紧密些，把用词和分段之类的体例搞得通篇一致，诸如此类，就作者方面说，是表达得更加精密，就读者方面说，读起来更加便利。"叶老还说："读优秀文章，眼光就明亮且敏锐，不待别人指点，就能把文章的好处和作法等看出来。"叶圣陶老先生不知读了多少好文章，不但把自己读成了一位文章大家，而且把自己读成了新中国语文教育的"祖师爷"。"语文"这个学科称谓，就是叶老的创意——民国时期的"国文"，新中国成立初期的"国语"，都没有把语言和文字同时包括在内的"语文"完满、贴切。

犹如刘半农创造推广的"她"字，叶圣陶创意的"语文"一词，也将永垂于汉语史上。

玩转"帝国主义字母"的人瑞周有光

跟周有光老人首次见面,在 2006 年 7 月 14 日全国政协礼堂《群言》杂志创刊 20 周年座谈会上。周有光 1906 年 1 月 13 日生,这天正好百岁加半年,俗称 101 岁,属于人瑞级寿翁,是与会者中最年长者。

老人中等个子,穿着朴素,风姿儒雅,戴黑框眼镜,面容滋润,目光睿智,头发稀疏而白,发际挺高,乍看,六七十岁模样,只步履稍稍蹒跚。

当时别人的发言,大多忘了,唯独周老的话给我印象极深。他说自己已是个"落伍者"。为什么呢?因为耳背眼花,从这两个器官汲取外界信息的能力差了,不知新闻,自然落后。不过,还要追逐潮流,希望《群言》庆祝 40 周年之际,再来恭贺,跟诸友重聚一堂。顾况诗曰:"一别二十年,人堪几回别?"那时,他就 120 岁啦——话落,笑声、掌声响成一片,是欣慰,也是预祝。那次会后,我写《寿者的幽默》发于《人民日报》,其中便说到周老。

我跟周老还有个渊源。2005 年第 7 期《群言》杂志,同时发表了周文《女人不宜称"先生"》及拙文《"先生"妙用》。周文说，称某些女士为"先生"，"这股风极其不妥，理由如下：一、混淆性别。不知底细的人，可能认为'宋庆龄先生'是男人。二、重男轻女。称先生是尊敬，称女士是不尊敬。这明明表示了重男轻女的下意识。想要尊敬，反而不尊敬了。三、用词混乱。'先生'一词在《现代汉语词典》里有六个义项，没有一项表示女性。建议：慎重使用语词，不再称女士为先生"。拙文也"英雄所见略同"地表示了这意思。此前我不知周老有此文。周文精短，我文啰嗦而长，因周老是语言学权威，编辑将两文同发，也许有提携和声援我这个小人物的意思。

据此我觉得跟周老有缘，广搜这位极其独特老人的轶事，生出再写周老的冲动。

为什么说周有光其人"极其独特"呢？因他长寿——当今已是老龄社会，然而年逾百岁者毕竟极少，即使长寿之乡也不足当地人口 0.2 成，此独特一。因他摩登——长寿之人多了，时髦长寿者却不多见，此独特二。因他学问大——长寿摩登，再加百科全书式的大学问，这样的人，沙里淘金，寻寻觅觅也找不到几个吧？此独特三。因他"不安分"——人老颐养天年，万事看淡，有啥"过不去"的？百岁老人周有光偏偏勤奋而颇"躁动"，此独特四。具此四大亮色，您能不能找出第二人？您说，他是不是"极其独特"？

寿　翁

周老生于清光绪三十二年，今年百岁有六，朋友笑称"古人"——因为在人们脑子里,清朝以往便是古代。回望人生,路漫漫其修远,他经历了晚清、北洋、民国、新中国,是名副其实的"四朝元老",今天依然硬硬朗朗。

这位期颐老人,年轻时却被算命先生一本正经地预测"活不过35岁",夫人受"牵连",也被定成这个寿数。其实周太太张允和女士享年93岁,也属高寿。这对夫妻共同生活将近两个35年。可见一切"算命",全是扯淡。

长寿美事,但腻腻歪歪、病病怏怏凑合着活,缠绵于卧榻吃喝拉撒而不劳作,无法享受快乐,却并非寿者福音。周老不但高寿,且健康多能——这就难得。他的健康长寿,不是遵循"养生大师"的信条得来——周老的大半生里,没有电视、网络,报刊也少,更没有像今天这样频繁出没于各种媒体的所谓"养生专家",传授活到百岁不难的"秘方"。他只是粗茶淡饭,平平常常过着俗人的日子。

漫画大师丁聪1988年画过周有光和周太太一幅漫像,颇为传神好玩儿。周先生其时八十有二,夫人也近八旬。周老笑眯眯地蹬着个精巧的三轮,车上端坐手持一管洞箫的夫人张允和,优哉游哉的样子,似一幅独特亮眼风景。

洞箫透露,二老是赴昆曲之会的。周太太人称"张二小姐",出身名门望族,沉静清雅,高洁端庄,兰心蕙质,是昆曲的行家里手、"北京昆曲研习社"联络部长,常与居京昆曲票友大文人俞平伯等,沙龙雅聚欢唱,乐此不疲。不享用公车,周老甘当车夫送爱妻赴会,乐在其中。夫妻老来琴瑟相和,其乐融融,想必年少时,更是甜甜蜜蜜,如胶似漆。

周老也曾遭遇"被下放"诸种坎坷,他都豁达平和以对。他也不求什么世俗的荣华富贵。贴在今年3月12日博客里的《新陋室铭》，是周老的游戏佳作。且看他如此吟咏：

这是陋室，只要我唯物主义地快乐自寻。
房间阴暗，更显得窗子明亮。
书桌不平，要怪我伏案太勤。
门槛破烂，偏多不速之客。
地板跳舞，欢迎老友来临。
卧室就是厨室，饮食方便。
书橱兼作菜橱，菜有书香。
使尽吃奶气力，挤上电车，借此锻炼筋骨。
为打公用电话，出门半里，顺便散步观光。
仰望云天，宇宙是我的屋顶。
遨游郊外，田野是我的花房。

天长地自久，人道有亏盈。对人生真谛通透的体味，自足达观，和美的家庭生活，随时"锻炼筋骨"，也许正是这位文化老人长寿的"秘诀"。他说了："老不老我不管，我是活一天多一天。"

善思考，"伏案太勤"，也大有助于增寿。作为学人，周先生一生著述等身，百岁过后，仍然关注社会民生，"只知事逐眼前过，不觉老从头上来"，笔耕不辍，尚能一年写一本书，可谓奇迹中的奇迹。都说"人老腿先老"，实则脑萎缩才是老的实质性标志。身心不分，而心主导身。大脑跃然，即可激活肌体免疫细胞，使筋韧骨固肢爽，浑身通泰；脚勤手快，又反作用于大脑神经元，令人神清气畅意远，永葆活力。夕阳无限好，好在身心双健；长寿令人羡，更羡他有所作为。

正是：

> 今有周夫子，一百零六岁。
> 晚霞抒锦绣，行止破常规。
> 脑子赛精灵，仙风过蓬莱。
> 养生无秘诀，陋室粗饭菜。

酷 翁

俗道"三十不学艺"。几位笔友，现年五十开外，至今不会用电脑，请人代发邮件。我当面批其"落后"，他们也讪笑认可。"男儿五十头未白，临流洗马走江沙"，在古代，这算不服老了。可想想周先生吧，1994年写《中文输入法的两大规律》，提出"输入法是中文信息处理的关键"这一时代命题，此前即亲为"拼音变换法"实践，写作一律电脑打字，至今已用坏4部电脑。当时，他年近九旬。周老做这工作，当然是他作为顶级语言学家的责任，但是引领汉字适应电子信息化处理这般大事的重任，似可让年富力强一些的学者去做。一位耄耋老翁，常理至于"身已要人扶"境况，不安享清福却心动手痒难耐，追新潮而解难题，抢占前沿，端的摩登。

汉字电脑输入法，于今已然"万码奔腾"，而周老当年，以自创之"码"在日本人根据他的设想制造的"不换码汉字处理机"上打字，可谓名副其实的"一码当先"。在周老面前，我分外脸红——在周老80年代写下《汉语内在规律和中文输入技术》

一文，开创电脑中文输入那会儿，我还握着圆珠笔吭哧吭哧一笔一画爬格子呢。

前些天听说，周老开了博客，忙去查看。不看不知道，一看吓一跳。这是2010年9月6日博文，题为《我的博客今天0岁89天啦》，其中说："2010年6月10日，我在新浪博客安家。2010年6月11日，写下第一篇博文：《105岁周有光老师谈话录》。这些年来，新浪博客，伴我一点一点谱写生活。"下注：文章数19篇；访问人数33.5061万。最新博文，2011年8月12日写就，是《关于周有光先生并非广东〈炎黄世界〉杂志"特约撰稿人"的说明》——周老木秀于林而树大招风，人家私下把他"特约"啦，他却并不想白白"沾光"。

真是惭愧得很，我也应邀在几个网站开了博客，终因懒得打理而任其荒疏。再搜网络，更令我汗颜——在我浑不晓"微博"为何物时，周老早于新浪、网易、天涯开了更其时髦的微博。新浪微博被关注6.0034万人次，网易7.6055万人次，他这13万乘以106岁，却是达于千万的天文数字，断是任何当当响的网络宠儿比不了的。

上文说周老吃粗茶淡饭，其实洋味的麦当劳、肯德基、必胜客、雀巢……他统统来者不拒——牙不好，胃口也好，吃嘛喝嘛嘛香。赤子之心，凡新鲜事都引他馋涎欲滴，"老夫聊发少年狂"，必欲尝试而后快，饱眼福也不放过好莱坞大片，这乃是先生秉性。摩登如此，却不似妙龄美媚帅哥以穿戴装裹发型标示潮流，令我想起大诗人臧克家的诗篇《抒怀》："自沐朝晖意蓊茏，休凭白发便呼翁。狂来犹破玻璃镜，还我青春火样红。"我看，周先生堪称青春勃发的年华，燃烧正旺，比火还红。

正是：

> 白发书晴晚，大脑如少年。
> 见新即起意，欲试舞蹁跹。
> 眼耳或有障，电脑信息全。
> 玩酷不输人，百岁亦飘然。

学 翁

说到周老学问，有太多头绪，一时竟不知如何下笔。据说周老孙女逗他说，爷爷搞经济半途而废，搞语言半路出家，这俩"半"合起来，不就是个〇吗！〇是乌有，"亏了，亏了"。周老恬然笑应，"没错，没错"。可他的这个〇，如月亮太阳一般，有光闪亮，清丽悦目得很，我认为当读"通脱""圆融"和"完满"。

周老《"〇"的逸闻》一文说，"每定位时"，将〇"恒安一点"即可，多好呀！他用两个半圆，两"定"己"位"，终得完璧。

周有光年轻时留美攻读经济学——其时经济学堪称新锐学问。从亚当·斯密的《国富论》奠基起始，西方现代经济学发端，才区区一百多年，在我国，更鲜有人染指其域，远没有数理化文史哲显耀吃香，也没农医工商那样亲民实在——中国当时闭塞落后的经济状况和体制，似乎令经济学无用武之地，它不过是教室里的讲章，论文中的清谈而已。不过，留洋开阔了青年周有光的胸襟，令他具备了世界眼光，并掌握四种外语，对他后来的语言学和中外文化研究，颇多助益。他归国谋得大学经济学教席,并先后在银行和政府经济部门任职,可谓专业对口。

周老当时最主要的职衔——不起眼的经济学教授,他也许将一直稳稳当当干下去,但他即使永不"转型",也肯定不会成为新时期极力替非法暴富者辩护,宣扬"腐败是改革滑润剂"的所谓"主流经济学家"——笃定。

一个偶然机遇,改变了周老的后半生。他说自己的人生,原是个"错位"。可正是这个错位,使他成就了一个著名语言学家和文化大师,成为新中国文字改革方面的重磅专家。

周老幼时即具有语言天赋,"童子功"扎实。既长,他那颗语言中枢敏感发达的大脑,对这门学问的奥妙魅力,更加充满浓厚的兴趣和热爱。在上海圣约翰大学求学期间,他即选修《语言学》,热衷于参加"拉丁化新文字运动",并且发表过相关论文。

这个"拉丁化运动",简单说就是先用拉丁字母——或称罗马字母,周老笑说"有人指它是'帝国主义的字母'"——给汉字注音,进而以拉丁字母拼写汉语句子,使汉语成为世界通用的"蝌蚪文"。这是咱们老祖宗几千年来从未涉猎过的先锋学术活动,始于一百多年之前。

也许正因有语言学的"案底",50年代,周有光经济学搞得好好的,有关方面却命他离沪赴京参加全国文字改革会议。会后,国家文字改革委员会主任、文字改革的先驱者吴玉章老人,又点名把他留下,当了"中国文字改革委员会拼音化研究室"主任。自此,周老跟经济学基本拜拜,时年恰值半百。他生命中最绚丽的一页,也从此翻开,继而大放光彩。他平生主要的学术成就,也在语言学、文字改革和多元文化研究方面,而非老本行经济学。

孟郊诗曰："平生无百岁，歧路有四方。"周老百岁当半之时，走了一条美丽的"歧路"。对于周老的传奇"转型"，如前述，他孙女说"亏了，亏了"，他自道"没错，没错"，当然属于笑谈；实际上，真是"值得，值得"，简直赚了！当然，周老受命于时势的要求，根本没考虑什么值不值、赚不赚的问题。那会儿，他唯恐"外行"的自己难当重任，一再推辞新职；谁知一旦"改道"，重拾、再温年轻时的爱好兴趣，他由外行一举变成专家，肩负重任，居然走出一片光辉——这肯定是他始料未及的。

周老有文《一"举"成名》，说旧时中了举即扬名乡里，如今奥运会得个举重冠军也名播全球，皆为"一举成名"。而他呢，我看是先"举"其学，再成其名，名不虚传。

网搜，周老语言、文改方面专著以及与之相关的论述，达二十多部，广为人称道；而经济学著作仅三两部，鲜为人知。《汉字改革概论》《中国拼音文字研究》《汉字和文化问题》《中国语文的现代化》《世界文字发展史》《人类文字浅说》《世界字母简史》《比较文字学初探》……统统大部头，仅看书名，即知其具有语言专业领域"引领"级别的分量，我书架上也趁三五部，略有浏览。《语文闲谈》《孔子学拼音》等"闲书"，内收通俗解析词语的袖珍文章，以及关乎语言文字的随笔小品，深入浅出，俏皮灵动，谐趣横生，我大都拜读过。翻阅《语文闲谈》一书的《Good—bye！华佗》《膈儿了》《遗孀和寡妇》等短文时，我每每笑倒。

周老在语言学方面的卓越建树，对中国文字改革的巨大贡献，学界和坊间众口一词，赞誉有加，但是近年众多媒体一味尊之为"汉语拼音之父"，他却敬谢不敏，诚道"不敢当"。"丝绸西去，字母东来"（周有光语）。来干吗？来拼音。汉语拼音又不是他周有光"生"的，他怎能当人家的"老爸"呢！至于 50 年代研究西文字母拼音的，有一大群人；创制新中国《汉语拼音方案》的，也是一个"委员会"，包括 15 位高级专家，而非某一个人。当然，具体工作，周老说："由三个人来做：叶籁士、陆志韦和我。叶籁士兼秘书长，比较忙；陆志韦要教书，还兼语言所的研究工作。我呢，离开了上海，没有旁的事情，就一心搞这个。我们三人起草了第一个汉语拼音文字方案。"所以，即使是新的《汉语拼音方案》，他也不能一人独当人家的"爸爸"。况且这方案里，凝聚着 100 年来有志于此的众多先驱者——比如早在 20 年代即编制了《中国拉丁式字母草案》的瞿秋白——的滴滴心血。然而，周有光 50 年代在中国文字改革委员会编制《汉语拼音方案》的团队里，一人别无旁骛，"一心搞这个事情"，"26 个字母干了 3 年"，说他是其中"主将"，不会有异议吧？

成型的《汉语拼音方案》，是我国官方法定文件，具有法规性质，由全国人民代表大会于 1958 年批准公布，经周有光代表国家在相关国际会议上提议，国际标准化组织 1982 年承认其为拼写汉语的国际标准。今天，凡中国人，以及学习和使用汉语的外国人，谁离得开这个方案规定的拼音法？联合国也要用它呢。它不仅是中国的，也是世界的，开辟了汉语和中国文化走向国际社会的一条便捷通道，功不可没。仅从这一点看，周有光其名，将彪炳青史。

出身于经济学的语言学家周有光，也令我想起了 1887 年创立了世界语（Esperanto，趣译"爱斯不难读"）的波兰眼科医生柴门霍夫——当然，这只是在"错位"和"不凡"意义上的一个类比。

改革开放初期，为加强中外经济文化交流，通晓四国外语的周有光，又被邀参与英文《不列颠百科全书》的汉译，为中方三专家之一，因此人称"周百科"；中方另二人，一是新闻巨子兼大学者刘尊棋，一是被誉为"万能科学家"的钱伟长教授。

《百科全书》号称"没有围墙的大学"，翻译这书，是一个硕大工程，对于不管多大的学者来说，也是一个学习、重温百科知识的过程。而这于周老，又是一个机遇。也许正是这一工作，激发了他研究全球化、信息化、语文现代化和世界多国文化的热情，使他晚年的学术生活，在更广阔的领域大放异彩。此时的周有光，就不止是翻译百科全书意义上的"周百科"了，而堪称一个百科全书式的杰出学者。

"苍龙日暮还行雨，老树春深更着花"，周有光90年代以来频频出版的著作和发表的短文，如《现代文化的冲击波》《全球化巡礼》《全球化时代的世界观》《从人均GDP看世界》《华夏文化的复兴》《文化畅想曲》《新时代的新语文》……只从书名或文章标题看，哪一部哪一篇不涉及当今人们十分关注的重大和热门话题？

周老为什么写这些命题庞大，内容却深入浅出的著作和文章呢？他说得挺有趣，是"尝试拍摄一张张抽象主义的缩微照片"，以便利人们"记住"有关这些前卫问题的"最简单的轮廓印象"。即是说，这位大学者，在自觉做着先锋文化的普及工作——而这种普及，非周有光这样的饱学之士是难以胜任的。

正是：

> 两半百中分，成圆其道韫。
> 经济逊朝旭，语言超晚曛。
> 汉语现代化，字母能拼音。
> 腹笥胜百科，盈盈皆学问。

愤 翁

"愤翁"这词，是我杜撰，本自"愤青"。愤青即"愤怒青年"，英语简称GTK。愤是情感，又不是青年的专利，老爷子也是可以愤而不平的。司马迁诗"文藻不与秋色老，正气常伴晓风清"，形容的正是"愤翁"。

如此愤翁，特色有四：一有文藻，下笔成章；二富正气，拒斥歪风；三不服老，壮心未已；四有动力，可鼓清风徐来。凡此四者，谁能全占？周老即算一个，故我称之为"愤翁"。

周老学问大，但他不是只会躲在象牙塔里啃本本的书呆子。他研究语言，搞拼音，也没有被一串串字母将自己纠缠在一个狭小天地里。大学者雕小虫忙，近年《群言》杂志，几乎每期都刊登他议论社会现象的短文。他其实是一个温文尔雅的斗士。其人具有杂文家惯于挖掘社会病的特质，但不赤膊上阵，常以机智独特的方式针砭时弊，文字读来别有不愠不火、绵里藏针风味。我只举几例——

如他趣谈市场经济，说："市场经济不分姓社姓资，WTO只有一个。外国人问，哪来'社会主义市场经济'？你可以告诉他，这是中国的礼貌语言，不必'打破砂锅问到底'。"

如他忧虑世风，说："'我觉得骄傲'这是英语的败笔！败笔偏偏盛传中国！礼仪之邦鄙视骄傲，改说'我觉得自豪'，也决非谦谦君子。道德沦亡、迷信盛行等等，污染了中国天空！"

如他抨击当今学界的无耻，说："'真的假教授'，捐一笔钱，换来一张名誉教授聘书，不会教课。'假的真教授'，'系'扩大成'学院'，来了个院长，两个副院长。"

如他反驳简化字复繁论，说："有人说，电脑不需要简化字，笔画多些同样打出。有人说繁体字优美，简体字粗俗，书法排斥简化。有人说，书圣王羲之遗墨中三分之一是简化字，许多简化字就是历代书法家创造的。"

瞧瞧，绝无剑拔弩张意味，周有光老人是把自己的"愤"，化在平实睿智之中，以看似寻常浅显的文字，不动声色地道出真理。

周有光给自己105岁时出版的集子拟名《朝闻道集》，其意不言自明——他自己还要"闻道"呢，所以他的批评，绝不是居高临下，只是娓娓道来说理。"华容一朝尽，唯余心不变"，周老的心意，其实是一种深沉的忧愤。

但愿，在《群言》40周年庆祝会上，还能聆听周老的宏论……

正是：

壮心未见老，脾气时不好。
冷眼观歪风，不批不得了。
巨笔如椽挥，软语夹热嘲。
寿翁忧国事，公义何可抛！

最是可爱苏东坡

苏东坡为什么可爱？

他那么有文才。

行文，大略如行云流水，初无定质，常行于所当行，而常止于不可不止——那叫轻盈畅达。

说理，使万物了然于胸，意之所到，则笔力曲折无不尽意——那叫痛快淋漓。

状景，力去陈言夸未俗——那叫灵动雅致。

什么札、记、说、赋、函……无不样样精通而达于化境。可惜，宋朝没有"鲁迅文学奖"，但他无疑是下凡的"文曲星"。当彼之时，士子作文多宗苏先生，故有云，"苏文熟，吃羊肉；苏文生，吃菜蔬"——那才叫星光焜耀呢。吾未见古今之秀才文人，有比苏子酷者，所以他可爱。

他那么有诗才。

吾乃识字耕田夫，至今欲食林甫肉——表爱憎也。

我家江水初发源，宦游直送江入海——示直前也。

不识庐山真面目，只缘身在此山中——训哲理也。

老夫聊发少年狂，已外浮名更外身——怀浩气而超红尘矣，何其旷达洒脱飘逸。

莫听穿林打叶声，何妨吟啸且前行——透出的是宽阔胸襟和大无畏精神。

大江东去，浪淘尽，千古风流人物——这词，须关西大汉，执铜琵琶、铁绰板而唱，何其深沉豪迈，乃成一代大观。

明月几时有，把酒问青天——又不失脉脉柔情和悱恻意境。

总之，苏子独领一代诗词风骚，万古不衰，所以他可爱。

他能书擅画，书画均为艺术上品，所以他可爱。

任地方官，他兴修水利，赈灾抢险，拯民于水火，兴办救死扶伤医馆，解民于病痛，所以他可爱。

仅仅这些，即比当今贪官、昏官、烂官、懒官、风流官、不学无术之官和附庸风雅之官，强了百倍千倍，所以他可爱。

而东坡最可爱之处，乃是他的"不合时宜"，即独立之精神和高贵人格。

苏子不像邹忌那样问妻妾，"吾与城北徐公孰美"，而是戏问家人："你们说，俺这便便大腹里，装着啥玩意儿呀？"一位说"诗文千篇"，一位说"经纶八斗"，东坡笑而摇头。唯美貌小妾朝云答道："您哪，一肚子不合时宜呗。"东坡自此，视朝云为不二知音、知己。

苏子，怎么就一肚子不合时宜呢？

一段时间他官居大学士，一称翰林学士，等于皇帝的秘书兼顾问，荣耀得很。这学士，除了编编撰撰，乃是皇帝用以歌功颂德一闲职，但东坡先生不"本分"，说啥"倘小人僭居其间，则人君何缘知觉也"？胆大妄言，可谓不合时宜啊。

王安石变法进步，但不无疏漏。安石当政之时，人拍他马屁，只东坡敢于对变法中不利百姓之处提意见，从而得罪了王大人。反对变法的司马光上台，人又转拍司马，又是苏东坡，对司马宰相废除变法中行之有效之措施敢表达不满，惹得司马大人大光其火。苏东坡两头不讨好，两头都不给他好果子吃，把他一贬再贬，直至流放不毛之地，而东坡终不悔。您说，这是不是不合时宜，也挺可爱？

人不就活一口气，即活一个灵魂，活得真诚而率性，活得堂堂正正吗？仰人鼻息，趋炎附势，唧唧歪歪，有啥活劲儿？

东坡有一首好玩儿的《示儿诗》，"人家生儿望聪明，我被聪明误一生，但愿有儿鲁且直，无灾无难到公卿"，尽道人生况味，是对浊世的抗议和无奈。俺才不稀罕"公卿"那劳什子呢。而"鲁且直"，倒是诸多大官的写照。反观东坡之聪明，乃真聪明也，有话便说，有屁即放，连皇帝老儿之错也敢指，所以他是决绝地不合时宜，在官场上哪吃得开？

而这，正是他最可爱的地方。

老苏成语遍身

　　汉语成语，多与史上文化名人或名著相关。特别有名的文化名人创造的成语，或与其人相关的成语，便特别多。苏轼这位诗文书画四技俱佳的一流文化翘楚，在他的诗文或他身上，产生了数百条成语，上千年来为无数后人所熟稔或运用。有宋以降的文人，无不为苏轼成语所滋养，令他们的大作妙笔生花。今只说苏轼先生在文学艺术方面的几条成语，以窥豹一斑。

　　百读不厌　咱们读苏轼诗文，可谓百读不厌——"百读不厌"这个成语，正源于苏文"旧书不厌百回读，熟读深思子自知"之句。

　　苏海韩潮　后人评唐宋八大家文，韩愈和苏轼被喻为"韩潮苏海"。韩年长，故置前面，依我之见，乃是"苏海韩潮"——苏文如海，海的波澜壮阔，远胜于潮。瞧瞧苏轼的"太行西来万马屯，势与岱岳争雄尊"，没有大海般的胸襟，写不出如此的恢宏气魄。

　　诗中有画、画中有诗、胸有成竹　苏轼论王维诗画，是"诗中有画，画中有诗"。苏轼自己的诗画，不也如此吗？他曾夫子自道："苏子作诗如见画。"瞧他的《郁孤台》诗,"山为翠浪涌,水作玉虹流",便是一帧佳画,把奔流在青山翠竹间的缥碧透明的江水,描状得宛然在目。苏轼留世画作不多,但他擅长画竹却有定论。我在网上欣赏过他的《潇湘竹石图》,大写意,寥寥几笔,把竹子画得疏俏如梦似幻,正如其咏竹诗云:"可使食无肉,不可居无竹。无肉令人瘦,无竹令人俗。"尤其他说,画竹"必先得成竹于胸中",这便是成语"胸有成竹"的来源。

行云流水 苏轼认为作家作文,必达到"行云流水"般的洒脱境界,方为至上。他在《答谢民师书》中评价谢民师的诗文:"所示书教及诗赋杂文,观之熟矣,大略如行云流水,初无定质,但常行于所当行,常止于不可不止。"实际上这乃是苏轼的夫子自道——他便是如此"行云流水"的。

瞧瞧他的词《沁园春·情若连环》:"情若连环,恨如流水,甚时是休。也不须惊怪,沈郎易瘦,也不须惊怪,潘鬓先愁。总是难禁,许多魔难,奈好事教人不自由。空追想,念前欢杳杳,后会悠悠。凝眸,悔上层楼,谩惹起、新愁压旧愁。向彩笺写遍,相思字了,重重封卷,密寄书邮。料到伊行,时时开看,一看一回和泪收。须知道,这般病染,两处心头。"

苏轼是"海",亦是"云"和"水"。这《答谢民师书》论文,《情若连环》抒情,两文写于千年之前,如今普通之人,几乎全能读懂。苏轼以"情若成串玉珠,悔如汩汩流水"的妙喻,杳杳悠悠,铺排叙说通透畅达,跌宕起伏一气呵成,把闺阁女子怀念情人的新愁旧悔,写得入人心扉,令人心醉。苏轼以自个的佳作,实践了他的作文理念。当然,光行云流水没劲,为细密和飞扬的思绪服务,更是作文要义。

好语似珠　今所谓"金句",是指言语或诗文中的警句妙语。苏轼《次韵答子由》说:"好语似珠穿一一,妄心如膜退重重。"苏轼诗文"似珠好语"不胜其多。他的好语,与时下流行的烂鸡汤有天壤之别,乃是传诵千古的至理名言,像人人皆知的"不识庐山真面目,只缘身在此山中""欲把西湖比西子,淡妆浓抹总相宜""谁道人生无再少,门前流水尚能西"等等,总令后人受益无穷⋯⋯

率真·周全·高贵

小引：拙文是铁志逝世当月写的，重发记念铁志去世七周年。

离别了，尤其在痛彻心扉的永诀之后，一切记忆，反而愈加清晰。

这些天，我与铁志相聚时的每一个细节，工作交往中的每一次切磋，如过电影，都一一被忆起，并且在心里反复温习。铁志对我说的每一句话，在我编辑的文稿上批注的每一个字，都染上了浓重的情感，包裹着一层层深刻的含义。

2016年6月16日，北京杂文界朋友在香山南路开了个"移动互联网时代的杂文创作暨老土《牛头马嘴集》研讨会"。铁志座位跟我隔着朱大路，我没来得及跟他寒暄。他最后一个发言，声音嘶哑，说感冒了，昨晚才赶出发言稿。他讲得十分精彩——那天，只有他的发言最贴题和深刻，别人很少触及网络问题。会后我想跟他说几句话，人不见了，一问，说他单位忙，先回去了，连便餐都没有吃。我想来日方长，交谈机会有的是。哪知，那次见面，竟成诀别！

因我编《北京杂文》，会上我请大家把发言稿传我邮箱。第二天，铁志就传来稿子，并附言："乾荣兄，发言整理了一下传去，请多斧正。"我回他邮件："铁志，只有你第一时间传来大作，这就是你的风格。感动！"铁志复我："我这段身体不好，总是嗓子疼，动不动就发烧，血压也开始升高，感觉不太好。稿子还很粗，也啰嗦，请兄多指正。"因铁志一向阳光满面，身体健硕，我没觉得他的感冒和偶发的血压升高是多大的事，只回了他一句话："身体第一要紧，保重！"怎么也没想到，短短几天后的6月25日，他就猝然离我们而去。"忽魂悸以魄动，恍惊起而长嗟"，真是锥心悲痛。

如果铁志健在，《北京杂文》一定会办得愈加出彩。如果《北京杂文》的作者都像朱铁志，何愁没有上佳稿源？

《北京杂文》就主编、执行主编俩人，编稿难免疏漏。

铁志是《北京杂文》指导。铁志给杨子和我说过，他是以《求是》的标准审阅《北京杂文》送审清样的。诚哉斯言！铁志的这个"指导"，是他正业之余的"外活儿"，可他总不倦拨冗，把这个事当"正业"来干，绝不挂空名。追念铁志，作为《北京杂文》执行主编，我仅从他给《北京杂文》审样的几件小事上，回忆一下他对这份刊物的有效指导和巨大贡献，我觉得其中凸显着他的人格。

痛快淋漓的表扬

铁志审样，对自己喜欢的文章，总要由衷地写上"好文章"之类的简短评价。比如杨子的《为繁荣杂文事业呕心沥血——忆胡昭衡同志》一文，铁志批："写得好！"对一位学生的文章《"认真"二字足矣》，铁志批："学生的文章，反而写得老实、通透、不做作。"陈四益《难懂的话》一文，铁志批："好文章！何等尖锐，但（别人）抓不到把柄。"

这类批注，看似寻常，却是对我们编辑的谆谆提示和莫大鼓舞。

毫不含混的批评
有些文章，他很厌恶，态度鲜明

此类文章，铁志的批注，有的是"思想浅、论述乱、文章弱；自相矛盾的判断；牵强论证"；有的是"乾荣兄：此文撤下，您懂的"。极其直截了当。

最有意思的一次，是对当时红遍网络的某大学校长的文章《谁是中国未来的汉奸》的批注。文中有句话说："在留学日本东京大学的人当中，我是唯一回来的。"铁志批注："大言欺世！我的朋友中就有回来的。"该文又说："北大清华的一些学生，他们用学习的知识帮外国人开拓市场，打败我们中国的企业。"铁志批注："可怜的偏见，非常可笑。北大清华对国家的贡献远远超出此人的浅见。"这样尖锐和直言不讳的批评，显然是对文章的否定。杨子和我并不认为铁志用了类似"大言欺世"这样贬损的语言，就是对作者和编辑缺乏尊重——我们只感受到他的敏锐、爱憎分明和他胸怀的敞亮。

有些文章，建议不发，态度和缓

此类文章，铁志多数批注是："意思不大，最好撤换。"其中对吴思一篇文章批道："吴思文章写得老辣，但眼下《炎黄春秋》处在微妙形势下，此文是否刊发，请各位再仔细琢磨一下。我倾向于不发。"对李景阳的《老了，便只有哀鸣》一文批注："此文除了抱怨还是抱怨，到底要说什么呢？建议不用。"对《某作家赞周啸天》一文批注："鉴于这位先生长期关注新时期杂文事业，此文是不是就不发了。"

这类批注，类似朋友间的商量语气，是衷心的"建议"，娓娓道来，尽道缘由，不强加于人，使编辑受到启发的同时，温暖满怀。

对不太满意的文章或文字，直言说出，不彻底否定

对《"汉字听写大会"，一场幽怨的复辟》一文批注："实在不敢苟同此公观点，权当有此一说吧。""不苟同"不同意见，但不彻底否定，也是一种胸襟，一种包容。办刊须百花齐放、百家争鸣，作者观点不一定都跟杂志负责人或编辑相同吧？这个文章，我们还是发了——"权当有此一说"，立此存照嘛。

实在看不过去的地方，彻底否决

对一篇文章中一句"难道我写出来我就牛×吗"，铁志批道：

"这种粗鄙的语言,不该出现在文章中。"我们编稿时未曾留意,铁志这个批示,看得我直冒冷汗。

温暖如春的体谅

有一期,铁志要求换几篇稿子,我们换了。我顺便给铁志写了个邮件,说:

"铁志兄:你好!审稿辛苦了!

"按尊意,换了几篇稿子。来稿上佳者甚少,换1篇至少得看10篇,选定的,有时自己也不是很满意。现把换上的几则传去,请审阅。看过请复我,我们择日去改。

"本期我写的两篇,分别引了巴金和巴人的原文,你也有几处删改,我意因是直接引文,仍按原文吧。巴金原话是:'我拿到一本印有译者或者专家写的长序的西方文学名著,我不会在长序上花费时间。正相反,我对它反感:难道我自己就不能思考,一定要你代劳?'你去了两处'我',我不同意,把'我'叫了回来。"

这是铁志的疏忽,但也说明了他的认真——发现稍有不顺之处,哪怕仅仅是啰嗦,也随手删去。这样的例子,多多。

此次他给我回邮件说:"乾荣兄:我看稿时容易忽略稿源实际,也是一种盲目的理想主义,请谅解。大作中所引文字未经细察,信手所改,肯定有不妥之处。如是直接引文,当然不能乱改,请恢复。"

这就是他的虚怀若谷,以及对《北京杂文》编辑的体恤和尊重,每每想起,颇感温馨。

清雅高贵的身段

有人写了一篇表扬铁志的稿子，我们准备发表。因是写铁志的，我对这篇文章编得格外仔细，改了不少错讹和不妥之处，使之更臻完美，但铁志不同意发表此文，特意给我邮件说："乾荣兄，我还是坚持自己的意见，请不要在咱们办的刊物上编发这篇文章。《北京杂文》创刊以来，以各种方式对我所作的宣传已经很多，包括连载我的旧作，大篇幅、多版面推介'中国当代杂文精品大系'，还有参加各种活动的图片。在此基础上，再编发专门评论（特别是褒扬）我的文章不妥。容易授人以柄、贻笑大方。我所主编的'大系'纯属个人行为，褒贬只在自身。《北京杂文》则不同，是代表学会发言，而我又是刊物的'指导'，不管我们自己心地怎么坦荡，读者还是会有不同看法。我觉得这个顾虑不是多余的，相信你会理解我的真诚。谢谢！铁志"。

理解。我当然不能害他，把他放在火炉上烤。

赤诚是赤诚者的通行证；高贵是高贵者的墓志铭。铁志就是如此清雅、赤诚、高贵的一个人。以铁志的人品、才华、成就和知名度，就我所知，各种报刊写他的文章连篇累牍，我就在《中华文学选刊》等杂志上写过多篇，他根本用不着在自己担任"指导"的《北京杂文》上宣传自己——这不仅仅是谦逊，更彰显了一种明智和高尚的品质。他干吗要多此一举，授人以柄呢？

如今铁志不幸离世，不再是他倾注了心血的《北京杂文》的"指导"了，怀念他，宣传他的事迹，向他致敬并学习，如众星拱北，是众所瞻望，也就不存在"授人以柄"的问题了……

林徽因：不是莲，也不是风

提起林徽因，人们首先议论的是她的美貌和情史，其次是她的文学才华和出身。她有多重人设：民国美人、交际名媛、官二代、诗人，等等。坊间关于林徽因的林林总总故事和传说，都对她建筑方面的成就少有涉及。似乎，尽管大家知道她是学建筑、教建筑、做建筑的，却对她的这个领域缺乏了解，很少称她为建筑师、建筑学家。近读林杉先生所著《林徽因传》，方知她的建筑生涯是多么丰赡坚实而如诗似画。

林徽因和梁思成赴美留学，学的就是建筑，但他们就学的宾夕法尼亚大学建筑系不收女生，林徽因即注册美术系，选修建筑系课程。

我搜罗林徽因建筑方面的业绩，主要有四方面：

一是建筑考察：林梁在北美毕业后同往欧洲考察建筑。回国后，林单独或与梁一起，多次深入京、晋、冀、鲁、豫、浙多个省市，调查了二百多个县三四千处古建筑。在山西五台山发现中国最古老的木结构建筑——唐代佛光寺大殿。尚有很多古建通过他俩的考察和介绍得以著名，如河北赵州石桥、山西应县木塔，等等。

二是建筑教学：林梁回国后，先后创建东北大学和清华大学建筑系，梁任主任，林任教授。

三是建筑论述：林单独或与梁合作发表了《论中国建筑之几个特征》《平郊建筑杂录》《晋汾古建筑调查纪略》等有关建筑的论文和调查报告。林徽因著《谈中国建筑》一书详细描述了中国建筑的特点、优势，以及历朝历代的建筑发展变化，还有与外国建筑的比较。曾作《建筑与文学》《园林建筑艺术》演讲。为梁思成《清式营造则例》一书写绪论。编写《全国文物古建筑目录》，后此书演变为《全国文物保护目录》。梁思成多本建筑类书，尤其是经典著作《中国建筑史》，都是在林徽因协助下完成的。梁思成说："我擅画图，徽因擅为文。我的文章都是林先生润笔过的。"

四是建筑作品：参与设计新中国国徽样式和人民英雄纪念碑须弥座造型，这虽然是集体创作，但起主要作用者和定夺者，是林徽因。这两项国字号作品也可视为工艺美术，但它们附丽于建筑。

吉海铁路总站，型如雄狮伏卧，钟塔像狮尾高耸，哥特式屋顶展示着十足的摩登和洋气，至今是著名的影视拍摄地，现名吉林西站。这是林徽因的实物建筑代表作。

一些零星建筑设计，丰采多姿，她信手拈来，挥洒自如，这里不提。

那为什么她的建筑成就及其建筑家身份，往往被人忽视呢？我认为：一是人们对她的兴奋点多在她与徐志摩、金岳霖等名人的感情纠葛上；二是人们钟情于她的诗歌，什么《你是人间的四月天》等等；三是她的高雅沙龙"太太的客厅"，开得太过热闹，引人艳羡；四是她的建筑教学在象牙之塔，建筑作品没刻下自己的名字；五是她在建筑方面的光芒，似乎被建筑大师梁思成的辉煌遮掩了……

一位诗人说："每个人想起林徽因，都觉得她太过洁净，太过美好，像莲，不敢采摘；像风，缥缈难捉。"周敦颐《爱莲说》云，莲是"可远观而不可亵玩"的。古诗《风》有道："解落三秋叶，能开二月花，过江千尺浪，入竹万竿斜。"林徽因其实既不像莲那般娇贵，也不具有风那样奇幻的魔力，实锤，她最是一位顶尖建筑师，是中国现代建筑学的先驱之一，其他名头，不过是附丽于她的多彩人生的次层要件。

漫画一样的小丁

丁聪走了，时在 2009 年 5 月 26 日。他那可爱的形象，将永驻我脑。

第一次给丁聪打电话，他洪钟般的声音吓了我一跳。年逾古稀之人，底气十足，让听者觉得，他真是一个"小丁"。丁即是人。小丁，小青年一个呀。

小丁是丁聪笔名。丁聪崭露头角之时，画坛老将、他的爸爸丁悚老先生被称为老丁，他只好在自己的画稿上署名"小丁"了。这一叫，便是半个多世纪。

小丁确实始终保持着赤子之心，如一首歌所唱，"革命人永远是年轻"……

小丁的"革命史"，与宋庆龄发起并领导的抗战救援组织"保卫中国同盟"有关，他的一幅名为《逃亡》的漫画被宋庆龄说成"这幅作品很适宜印成招贴画，保卫中国同盟正需要"。"保盟"就这样拥有了这幅漫画，并把它改名为《难民》，制成宣传品，发送到世界各地……这些我都不说了，单说说他的年轻。

那回我有件急活儿请小丁干，心里发怵：如此大名鼎鼎的人物,会听你个小编辑调遣?但小丁在画界文坛口碑甚佳,人皆传诵他脾气好乐助人,我也是如雷贯耳的,于是贸然打了电话。"你来吧!"未曾料到的痛快。

先前小丁的照片、漫画像我没少看,挺可爱,我与他也有热线联系,就是未曾谋面。有道是"百闻不如一见,见面胜似耳闻"。一到小丁家,他跟我握手,我觉得他劲儿比我大;他和我说话,声音更比电话里响亮圆润;他爽朗的笑,透着旷达飘逸和真诚。这回不但见到了活动着的小丁,也看到了小丁的全体:一脸憨气,胖乎乎的,壮硕而灵敏,如一尊佛,又分明是一个大孩子。他跟我心中一般的老头儿,不沾边儿。

他一边给我吃一种味道极好的小豆子,一边去干我给他"派"的活儿。

他画得极认真,全不像我这个门外汉想象的那样,一幅漫像三两笔便一挥而就,而是先打草稿,用铅笔,再细细描过,用毛笔,属于"工笔"画,真正的一丝不苟,足有一个钟头才画完。如此画漫画,恐怕小丁是独此一家吧?

我之喜欢小丁漫画,正在它那毫发毕现的细腻,它那人物的憨态传神和它快怡人心的整体美。我对于诸多潇洒漫画家有意无意将人物画得其丑无比没有好感,因此更加喜爱小丁的画儿。

如若在小丁身上硬找"老"的痕迹,他对待画画儿和待人的那种"老派"作风便是,但是这作风在他初学画的年少时就具有了。实际上它已是小丁整个"年轻作风"的一方面,何谈其"老"!这使我更加敬重小丁的人品。

话说又一次,即1995年全国人大和政协"两会"前夕,我又有一急活儿要劳小丁大驾。求他时他已整装待发去开政协会,说住香山饭店。听我急不可待,他只好命我将材料寄往香山,说开会时抽空画。

信寄出有日,按惯例早该收到画了,但没有。我料他开会忙不敢催。眼看要发稿,才迫不得已打了个电话。小丁第一句就问"收到了吗",我说没有,他急得像个小青年,我一边跟他一起着急,一边安慰说也许很快就收到。

次日果然收到了,是一幅清爽的人物漫像。他每次均寄挂号信,怕丢,这回为了快,寄的是平信,后知他还复印一张自留,以防万一邮失补寄。小丁还不忘向我交代,在附信中说:"看邮戳你的信寄出时间3月7日21点,我是3月8日12点收到的。不知耽误在哪里?你急'他'不急!今日9点赶画毕,但饭店收信要到16点,没办法!"情急急,意切切,跃然纸上。

我是月初投的信,如顺利本市一天可寄到,耽误的环节,原来在我这一段。忙打电话说收到了,请小丁放心。他舒口气又嘱我说,以后寄急信要自己送邮局丢到邮筒里,免得走单位大宗误事。是谓大画家为小编辑着急上火,令我惭愧。好在这小丁并不以前辈大家名人自居,只与我平等对话,极体恤咱们,又叫我释然、感动。

那位说,你感动也罢,释然也罢,这小丁、小丁,可是你小子大大咧咧海叫的吗?

其实,本小生在电话和信函中都是尊称丁聪先生为"丁老"的。老人家德高望重,学问画技无不令我膜拜钦佩,他只是在精神面貌甚至体貌上是一个活蹦乱跳的小丁而已。他既自称"小丁",我这样叫也只是"名从主人"而已。

我也荣幸地被小丁画过一回,看到的人都说:传神!

小丁走了,享年93岁,算老喜丧。我永远怀念他。

爷爷之死

太爷和太太上了岁数,该颐养天年了。在爷爷取代太爷成为这个四世同堂大家庭的主事者时,我已经记事了。我清楚记得,我们几个小曾孙捡了掉在地上的熟杏,给太爷太太吃。

爷爷兄弟三个,只有老三,就是我三爷,大学毕业并在外边工作。爷爷有五个儿子,只有老二,也就是我的爸爸,我们叫"大",在外边念大学。除了我三爷和我大,那时我家近20个成年人,都在家务农。家里有多少地我不知道,但是记得我家有南北两个大院,牛羊骡马成群,还有大车。

那时爷爷50岁左右,中等个儿,发际挺高,向前突出的头发在额上倒写了一个"山"字,面庞微黑,胡须疏朗,一副和善周正模样。爷爷很利索,上身总穿一件白色对襟褂子,下面是黑色缅裆裤,足蹬圆口黑布鞋,通体齐齐整整,清清爽爽,干干净净,一派优雅飘逸风度,不像普通农民,样貌近似于乡绅。

爷爷身上有两处明显的特征。他右手拇指缺了一截,没指甲,在圆圆的指头上长着两个角质突起,突起也圆溜溜的。他的双肩各有一块圆圆的跕子,跟他兜里的"袁大头"一样大,微凸，挺对称。

爷爷很平和，也十分威严。每当凌晨鸡叫，爷爷便拿着一根拐棍，跑遍南北两院，挨个儿去捅兄弟弟媳、儿子儿媳、侄儿侄媳的窗户，大声呼叫各人的名字，催他们赶紧起床，准备下地。这时的爷爷，像一个传令兵，又像一个司令员。

捅完各屋窗户之后，爷爷提着一只竹筐去拾粪。拾粪时他穿一件黑色褂子，让自己"农民"一些。等别人穿戴梳洗完毕，爷爷满满一筐粪已经拾了回来，倒在猪圈旁边的粪堆上了。

拾粪就是四处转悠踅摸，把马牛羊鸡犬豚拉在村巷田头的粪便，用木锨铲到筐里，小孩子拉在门口的大便自然也拾。这是每一家农户老少男丁都可以做的小事，一般用零星时间顺手干干。但这也是件大事。村里任何一个大人孩子，都知道"庄稼一枝花，全凭粪当家"的道理，自家人畜粪便毕竟有限，所以"拾粪"成了村民必不可少的生活和劳动内容。谁家拾的粪多，谁家的粪堆高，说明谁家的人勤快，谁家的庄稼长得好，也说明谁家兴旺发达。

在爷爷的带领下，我家的大人娃娃一有机会就拾粪，我那时三四岁，也跟着大人拾过。

爷爷擅弹三弦，会打磨子，擅做木工，还能染布，加工羊皮袄，弹羊毛、擀羊毛毡更不在话下，堪称能工巧匠。我家每个女人的床头，都有爷爷打造的雕花樟木箱子；每个女人的身上，都穿着爷爷染出的印花布褂子。这始终是我家的一道风景，成了我家所有女人的骄傲。

在孙子辈里，爷爷最心疼我。他对我几乎百依百顺，但是我几次缠着爷爷让他讲他的拇指和肩上的跰子为什么会那样，他都笑着敷衍过去。后来我从长辈口中陆续听说，爷爷的半截拇指，是干活儿时给铡刀铡掉的，肩上的跰子，是年轻时挑担贩油挣钱，被扁担磨出来的。

爷爷在乡里受尊敬，因为他是一个善人和能人。这个善人和能人，是一个普通农民，却跟一般农民不大一样。一般农家汉子，是不修边幅的，甚至邋邋遢遢，大大咧咧，衣着上留着汗渍，喜欢把一条裤腿卷起来，冬天拢着手在墙根晒太阳，看热闹时伸着脖子，瞪着眼睛，半张着嘴，一副呆相。不呆的时候，他们爱说脏话，好跟女人开粗俗玩笑。在我眼里，他们哪怕个子矮小，也是五大三粗。但爷爷这个农民不这样。他长得不算高大，但在村民中总显得鹤立鸡群。他生活在偏僻乡村，身上却隐隐透出一丝书卷气。很多年轻人管他叫"大爹"，就是大伯的意思。叫大爹，一因为他是我太爷的长子，二因为他似乎天生一种"大爹的样子"。很多与爷爷同辈的人年龄比爷爷大，但是很少人叫他们"大爹"，更多的是喊"老大""老二"。爷爷家里殷实，这是不是人家叫他"大爹"的又一个原因，我不知道。

爷爷骨子里更不是一个一般农民。他没上过学，却供出了一个弟弟、一个儿子两个大学生——这在方圆百里绝无仅有。他还能看懂书报。他写的毛笔字更秀气。爷爷偏爱我，爱到可以悄悄替我写大字。那已是新中国成立后，我上学了，当老师看到我这个二年级学生的"大仿"时，一下子猜出是我爷爷的手笔，尽管爷爷把那篇字尽可能写得幼稚些，也没有瞒过老师。爷爷的字，村里识字人都熟悉，他把这茬儿忘了。我从小下笔潦草，到现在也写不出爷爷那一手字。那次老师对我说："回去给你爷爷说，叫他给学校写一个条幅。"我把老师的话学给爷爷，爷爷捋着胡子直笑，说："你逼着爷爷出丑，再不许了。"后来爷爷真给村头庙里的小学用宣纸写了个条幅——"品端上进"。老师姓吕，三十多岁，大概初中程度，一人教着村里初小的二三十个娃娃，从一年级到四年级的课都上。那条幅吕老师在城里裱过，挂在他卧室兼办公室里，直到土改时爷爷成了地主，才摘下来。我到现在也不明白，爷爷的文化是啥时学的——是不是小时候上过私塾？

　　土改时，爷爷被划成"开明地主"。这大概是因为，我家虽然人多地多牛羊骡马多，但是没雇过长工，里外活计都是自家人干。爷爷年轻时是全劳力，上岁数后虽然干活儿少了，却还拾粪，干乡村里不常见的技术活儿，连奶奶和二奶奶，也经常拐着小脚下地。爷爷人缘好，没干过坏事，没得罪过人。爷爷服从共产党的政策。家里良田、牲畜、家具、浮财被分了，空荡荡的大瓦房和土窑还在，另有远处几亩薄地划归我家当口粮田。

　　爷爷又打了一些简单家具，各个屋子渐渐重新充实起来。家里其他人种地，爷爷张罗着开客栈，办染坊，抽空儿给人家打磨子，做木活儿……不求富裕，但愿老老实实把日子一天一天过下去……

　　土改后，因为母亲早逝，父亲在外边上学、工作，我便到城里三爷身边上小学了。家里成分不好，我又年小，关山万里，进城后，没有回过老家。但是家里的信息，能断断续续传来一些。爷爷还来看过我们。爷爷说，客店和染坊不让开了，给人打磨子打不动了。慢慢地，一个大家，分成若干小家。二爷和他的儿子儿媳们，以及我的大伯父——我们叫"爹爹"——和几位叔叔——我们叫"爸爸"，如三叔就叫"三爸"——都单过了。三爷一家一直在小城。到了三年困难时期，我到了父亲家。家乡闹饥荒，我和父亲的心就揪得紧紧的。不管怎样，城里定量供应

· 074 ·

粮食，可乡下爷爷奶奶，能吃上饭吗？

后来听说，大伯叔叔们都自顾不暇，奶奶也水肿去世了。爷爷和奶奶的家没了。爷爷和还是个少年的五爸爸背井离乡去逃荒。

忽然一日，一个衣衫褴褛、浑身散发着异味的乡下老头儿，撞到了我爸的单位，说是找王某某。我爸到传达室一看，一个名副其实的叫花子，正是我爷爷。他还记着千里迢迢之外的大城市里，有一个儿子、一个孙子，来投奔我们了。我放学回家，看到躺在爸爸床上又黑又脏又老的爷爷，号啕大哭。我记得爷爷即使在最灰暗的时候，也保持着排场、体面的形象，这回是真正落魄，沦落到家了。我扶爷爷起来洗澡，枕巾和床单上留下大片大片黑黢黢的污垢。我从爸爸单位的食堂买来菜团子，爷爷狼吞虎咽地吃了起来……

住了几天，爷爷看我门粮食定量有限，说要回他跟五爸逃难落脚的地方去，哪怕再要饭。我们劝不住，含泪挽留，他还是执意走了。我们能做的，只有在他衣兜里塞一些钱。这一去，两年没有音信。忽然五爸来信说，爷爷去世了，殁于"大骨节病"。大骨节病好像多发于青少年，爷爷怎么会得这病呢？

后来五爸说，他和爷爷落脚那地方，虽然水土不好，却独独盛产梨子。爷爷和五爸没粮食了，捡食熟透了掉在地上的大梨，吃着吃着，爷爷体衰了，腰弯了，骨节大了，最后动不了了……

爷爷葬身之处十分偏僻，交通不便，离我们路途遥远。我真是不孝，到现在也没有抽空儿去爷爷坟前培一掊土，烧一炷香，磕一个头。且以这篇小文，作为对爷爷的深深追念。

感恩三爷

三爷去世了。我作文半辈子，没特意写过家人，这回怎么也要写一篇，纪念我的三爷爷。

我出生时家里热闹非凡，有太爷、太太，三对爷爷奶奶，一大帮叔叔婶娘姑姑，更大一堆堂兄弟堂姐妹，近50人，占两座大院。不久，因为大环境巨变，大院没有了，大家庭四分五裂，家人天各一方。

我的不幸是我娘去世，我爸爸（我们叫"大"）在苏联学习，使我几乎成了孤儿。大家庭不复存在，各个小家却无不背着坏成分。谁收养我，都很为难。爷爷奶奶不得已给我大写信，叫他领走儿子。我大远在异国他乡，有什么办法？他能想到的最好出路，就是把我送到在一座小城教书的他三叔，即我的三爷爷家里。

我大的思路是，只有这么做，才不会对我的前途有大影响。毕竟，三爷本人的成分算个职员。这个"职员"其实也沾了大家庭的光——家里不供他念大学，他本人成分就和我爷爷、二爷、大爹没有两样了。

我大将我托付给三爷，还因为他俩关系好。三爷比我大长十多岁，先后在省城念书，二人有共同语言。最主要的是我大深知，三爷为人厚道。三爷个子一米八，长得风度翩翩，我想，他上学时没少被女同学暗恋过吧，但他的婚姻却是包办的。三爷从来不嫌弃裹了小脚的三奶奶。他上学时结婚，工作了不管到哪儿，都带着三奶奶和孩子。他是一个小人物，如果像胡适、徐特立那样的名人使小脚的"糟糠之妻不下堂"，人们一定会热烈赞颂他。不过，在我的老家，三爷的事一直传为美谈。这一点对我来说格外重要，因为如果三爷停妻再娶，找了个城里的洋学生，那洋女人能不能接纳我，就是个大问题。

三爷不但养我，对我大来说，三爷也有大恩惠。而三爷对我大最大的恩惠，还不是这个。新中国成立前我大被"青年军"征兵，不去不行，可一去，学业就告吹了。三爷替我大从了军，才使我大大学顺利毕了业，新中国成立后并且被派留苏。而从军这件事成了三爷爷历史的最大"污点"，新中国成立后不光每次运动要不断地"说清楚"，"文革"时还差点儿因此丧命。

我在三爷家上完了小学。三爷三奶奶喜欢我，还因为我长得可人疼，听话不惹事。他们从来不说我。五六年来三爷对我的教育，只有一句话："你看你大要不好好学习，能有现在吗？"我当然很争气，考中学时，全市几百名考生，我是第五名。我也有不懂事的时候，虽然是个男孩子，却挺爱臭美，老跟三爷三奶要新衣服。不管日子多艰难，三奶总把我打扮得整整齐齐。而三爷在五六年间，只有两套灰色中山装换着穿。他有一辆"永久"牌自行车，是分期付款买的——那时也有"分期付款"，由学校担保，每月从工资里扣几块钱。我就在这样的环境里，成长为一个优秀少年。我大回国了，我才到大城市插班上中学。

"文革"来了，三爷被下放监督劳动，天天往菜地里挑大粪，不准与外界联系。

后来三爷平反，复职，补发工资，又干上了他热爱的教育事业。孩子们各自成家，孙子外孙子满地跑。我和妻子也多次回三爷家去看望他们。这是三爷三奶最快乐的一段日子。

不久，三爷退休，颐养天年了，我却又要麻烦他和三奶奶了。我儿子挺聪明，人长得精神，就是调皮捣蛋，不用心学习。可我除了打骂没高招儿。鬼使神差，我又像当年我大把我托给三爷一样，想叫我儿子去他的三太爷家念高中。我想，他一定会在那里熏陶得出息一些。

得知我的想法，三爷爽快地叫我儿子去他家。我儿子又成了三爷家的一员。这家伙没教养，在三爷家时，倚小卖小，下雨天不上学，让三爷踩着泥泞去学校请假，又挑吃拣喝。不过，三爷不像我那样"教育"他，只是轻轻地说"你看你爷爷如何、你爸爸如何"，就把他"搞定"了。儿子如今事业有成，没有他三太爷，他不会有今天。

三爷去世时，因飞机误点，我火急火燎赶去也没看上他最后一眼，成了我最大的遗憾。儿子正在出差，闻讯打800元出租车从几百里外赶去小城，也晚了。我大年事已高，不能回去。听姑姑说，三爷临终时呼唤着我和我儿子的名字，说我们是他的骄傲。

三爷生前托我动员姑姑叔叔们不要土葬他，说火葬最科学、最省事。但当地习俗，我说了也没用。下葬那天，大雨滂沱，雨水和我们的泪水混在一起川流。我们把三爷护送到一座叫"龙隐寺"的墓园，他从此在那里静静地长眠。

我大、我、我儿子三辈人欠三爷的恩情无以偿还。他老人家永远活在我们的记忆里。

朋友方工

"观众朋友，大家好！"这个人的"朋友"，可能是遍天下的。我的朋友圈不大，真正称得上朋友的十余位，挚友五六个，感觉最亲的，是检察官方工，是"人生得一知己足矣"那样的朋友。2011年8月16日，方工兄发来短信："乾荣老兄好！我到点，已免职，等全国政协换届，就退休，现基本上是个自由人，忙于享天伦之乐，和老伴一起，说好听的叫含饴弄孙，实际是出牛马力，小东西刚半岁，好累人。我的邮箱是……"

我有点儿失落，但更多的是欣慰——失落的是，这么个叱咤风云的检察官，从反腐战线退役了；欣慰的是，一位劳碌的战士，终于可以把日子过得清闲一些。哎呀，不对，他还须"出牛马力"呢。这个人，大概一辈子没安生过。

我还有别一种欣慰——欣慰于他这个大名人，把一个寂寂无名的小人物当挚友看。

2009年1月，《检察日报》开研讨会，我始见方工老师。此前他的大名即如雷贯耳，形象也在电视和报刊上频频拜识。尽管如此，乍见方工，还是令我惊讶——他太瘦了。早先有记者描述方工"清癯"——清癯,文绉绉的,一般形容气质上佳,但稍嫌清瘦的学者,当然也泛指人的形体消瘦。我面前的方工,风度优雅,神态随和,但瘦得像一个苦行僧——也许,是他长年过劳所致?

他隔了一个人跟我握手,像老熟人,嘴里说"这回可见着名人了"。

啥意思啊?把我当"名人"?本人在《检察日报》开专栏《微观乾坤》8年,方工也常于该报发表大作,作为检察系统一位不大不小的领导,他一定常看《检察日报》,大概略知鄙人微名,这回顺便开个玩笑吧。我的小"名",只有偶读拙文之人会扫一眼——其实很多人是只读文,不管作者是何许人的;方工之名,可是广播于神州大地的。他这个玩笑,一下子把著名英模和老百姓的间距拉近了。我高兴,并没有忸怩地说什么"您才是名人呐"。

不知为什么,那次会后,我和一面之交的方工成了朋友。不久,过春节,出乎意料收到方工一条拜年短信——这么个大名人,居然把一个小记者放在心上,令我受宠若惊。我即以流行的"方检"称谓启辞套语,回他一个祝福。方工立即回复,毫不含糊地对这个世俗官衔称谓敬谢不敏,又令我汗颜,于是称他"方工老师"。他没有拒绝这个称呼,因他也称我"老师"——"老师"是当今摩登泛称,是人便是老师。在他眼里,我俩是平等的。再后,熟悉了,他短信呼我"老兄",我欣然领受,甚觉此君"够哥们儿"。本人跟采访对象和会议上不期而遇的人,也有成为好友的,但没有一个像跟方工这样"成友"成得自然而然,水到渠成。

由衷钦佩方工，但私下交往，并不把他当大官和著名英模看。我看重的，是他的正气和博学。我俩交往，无非是互换对时事的看法，对彼此文章的读后感，以及互嘱保重之类。我们总是心心相印，他文中的话，每每说到我心里，比如对贪官的大憎恶以及关于"共产党没有自身利益"之类的观点，所以我愿意结交方工这个多闻之友和益友，也诚恳地把自己的心思告诉他——像对一位导师的倾诉和请教。孟浩然诗"知音世所稀"，即此之谓也。

方工是铁面无私的检察官，办成铁案数以千计，包括震惊中外的、已经被处决的全国人大常委会原副委员长成克杰的案子。

他也是一位率性、风趣幽默的智者。他看了我的一篇小文，给我短信说"好痛快"，形容被我抨击的官僚"跟傻大胆的混混儿似的"，令我忍俊不禁。他解释道，这是"跟您发个牢骚"——当然不是一个检察官跟一个小记者"发牢骚"，不过是说出朋友间的共识罢了。

我读了方工答《检察日报》记者问时关于"朋友"的一段话："国外对法官的要求是深居简出，不能随便上电视和与人交往。我觉得检察官也应该这样，不能交友太多。最现实的问题是，交往多，时间、精力分散了，业务上、工作上受影响；再者，交友太多会给自己带来麻烦，很好的朋友来找你办事，你办不办？办，不允许；不办，肯定不好受。所以，检察官交友应该比普通人更加慎重。"又说："我的性格可能比较耐得住寂寞。我觉得应该想一想，朋友的定义到底是什么。是不是常在一起吃饭、聊天，你帮我、我帮你，就能够成为朋友？好多贪官受贿都是打着朋友的名义，那能算朋友吗？不就是互相利用嘛！不管交不交朋友，真诚待人，该帮助人的时候、能帮助人的时候就帮助人，哪怕不认识呢，不是挺好吗？"

方工虽然耐得住寂寞，但也可能拥有一些大人物朋友，和一些小人物朋友，比如他的司机。而不管什么朋友，他都没有越权给他们谋过半点儿私利。我和方工，只有一面之缘，更没有"一起吃饭"，从未想过找他"办事"，遂成挚交，荣幸之至，"不是挺好吗"？

北京市人民检察院第一分院副检察长方工，自2012年"半休"，不久全额"自由"。他的小孙孙四五岁了吧，这些日子他含饴弄孙，过得轻松愉快。但他还常在报上发表反腐文章，锐气不减当年。老兄，别太累了——这是一个朋友的温情叮嘱。

蓝天飞老翁

杜甫《曲江》诗二首，吟咏晚年。其二曰：

> 朝回日日典春衣，每日江头尽醉归。
> 酒债寻常行处有，人生七十古来稀。
> 穿花蛱蝶深深见，点水蜻蜓款款飞。
> 传语风光共流转，暂时相赏莫相违。

为官之人老了，每日退朝后典衣打酒，到曲江边畅饮，尽醉而归。欠点儿酒债怕啥？人活到七十岁，古来很少呀。蝴蝶在花丛深处飞来飞去，蜻蜓缓缓掠过水面，轻轻点水，荡起层层涟漪。我且将心语告白天下：老人，春光美好，别错过啊！

有点儿消沉，有点儿惆怅，也不无自得。

这情绪，多多少少传续至今，浸染人心，无论伟人平民。如今网上，关于"老了怎么办"的鸡汤、金句，数不胜数，诸如"我老了，我感到自由，不再求升迁，不再需职称，抛弃了奢望，减少了欲求……洒洒脱脱为自己活"；更有什么"酒杯时而端端，酒量不增可减；社会闲事少管，别对现实不满；是是非非躲远，少去说长道短"，云云。然而往事越千年，"洒洒脱脱"，"酒杯端端"，不似可怜的老杜那样，还要"常赊酒债"，神仙日子呀。不过，人家杜老眼里尚有"穿花蛱蝶深深见，点水蜻蜓款款飞"，今之大爷，就剩下自赏的"不求升迁""闲事少管"啦。

然而老人也不都"抛弃了奢望，减少了欲求"呢——那是一些另类老者，如王德顺。近年来，王德顺的知名度越来越高——最轰动有趣的一件事是，他在79岁时，与一群风姿绰约的嫩模同台走秀。老爷子长长的、杂乱的银发在脑后高高飘洒，雪白的美髯团绕着倔强的嘴巴，两块胸大肌和双臂二头肌、三头肌赫然凸暴，大步流星走来，风光无限，吸睛如磁，直惊得大帮观众嗷嗷叫好，把妙龄美女模特们倒晾在一旁。您说，这是什么劲头儿？

还有更令人惊异的呢。新闻报道，演员出身的85岁老人王德顺，去年8月拿下了飞行驾照。消息追述，王老爷子65岁学骑马，78岁骑摩托，80岁学打碟，耄耋之年了，还要干吗？开飞机！消息说，王德顺突破重重"关卡"，仅用三个月时间，在密云穆家峪机场完成了所有飞行科目的操练和考核，领取了驾机资质。他刷新了我国飞行学员最大年龄纪录，打破了人们对"老人"的固有印象。这之前，他体检，没问题，天天健身，一朝把攥。可作为未来的飞行员，他必须学习从未接触过的飞机发动机原理、气象学、中英文塔台对话等等一大波专业知识。年纪大了，记性不好？王德顺的倔劲儿来了："年龄老不老，是老天爷决定的；但心态老不老，是自己决定的，评判的标准，就是看你敢不敢尝试你没做过的事。"有没有一点儿"老骥伏枥，志在千里，烈士暮年，壮心不已"的意味？曹操的"志在千里"只是一个愿景；王德顺开飞机，一脚油门飞跃千里——二者不可同日而语。而王德顺的"敢"，便是克服诸"难"，他胜利了。考完飞行驾照，老爷子来神了，夸海口说："我发现，开飞机就像开车一样，是熟练工种，没有太难的技巧，就是需要反复练习。"

当然，我不是说，老人们应该像王德顺那样去开飞机。这个，即使有了"奢求"和决心，还得有钱、有闲、有健康、有智力，一般老人可能望尘莫及，不敢"奢求"。然而永葆一颗"进取之心"，做自己热衷和力所能及之事，悦心娱脑，总胜于"酒杯端端"吧。

潇潇洒洒关志豪

去《中国法制报》之前,我即知关志豪其人。他任《中国青年》杂志总编时,搞了个"潘晓讨论",让青年们畅谈"人生的路",轰动国中,招来争议。总的说,舆论对那场讨论给予了更多正面评价,认为由它引发的青年对现实、对人生的思考,不无积极意义。时在1980年,更有人把那场讨论,看成思想解放大潮中一个标志性事件。

1984年9月,我去报社报到。其时报纸是周三刊,报纸名在"法制报"之前冠以"中国",社址在陶然亭。评论部主任张宗厚带我见社长兼总编关志豪,我眼前一亮:真是耳闻不如目见,见面胜似耳闻——关志豪原来是一位衣着清整、容颜俊朗、文质彬彬、风度翩翩的中年人,透出一股干练劲儿,立马博得我好感。我觉得在这样的名人雅士手下干活儿,是一种荣耀。可他几乎没对我说什么,只道"好好干"。

那是个火红的年代。云端喜雨来,浪头风初起。和煦的春风,吹苏了华夏大地,鼓涨了年轻法制报人的满腔热情。拨乱反正,正当其时。法制宣传,"闪亮"登场,未几,《中国法制报》

即在众多媒体中凸立于一枝独秀显位。法制报人筚路蓝缕,兢兢业业,艰难登攀,竟然把一张新兴报纸的发行量,抬高到七位数。一时间,北京街头,似乎人手一份法制报。法制,法制,妇孺皆知——且不管时人是否真正弄懂了"法制"这概念,请先把这个当当响的名词,嵌入脑瓜里。接下来,就是春雨润物的慢功了……

做一个新闻记者,是我的青春梦想。虽然舞文弄墨经年,但正式干新闻,已远过做梦时期。半路出家,我急急然,盼着当一个合格报人。也算运气,当年国庆前夕,在上班途中惊见,长安大街两旁,摆出百万盆鲜花,绵延数十里。我意识到,这个前所未有之举,凸显了改革惠风吹拂下的崭新气象。评论部不管采稿,我私下鼓动实习生孙保国街头走访。小孙写了个200字报道,说天安门前,长安道旁,繁花似锦,人流如织,人们喜气洋洋,争相观花,留影,但花儿一盆未丢。我看了,觉得消息单发分量轻,遂写500字短评一篇,交张主任审阅。老张把消息和评论相配,签发翌日头条。这组稿子见报,立获好评。一条"微信"加一则"微评",因其独特,荣膺当年"全国好新闻"二等奖。"全国好新闻奖",即今"中国新闻奖"前身。后我获得不少奖项和荣誉,有的名头比这大,比如"全国司法行政系统先进工作者"等等,但我最看重的,是这一次——它是我新闻生涯的"开门红"。

越年,获奖消息发布后一天,院里碰到老关——同事叫他"老关",我也没大没小地跟着喊。小小心眼虚荣,以为老关会为获奖之事夸夸我,毕竟,那是报社首斩全国大奖,但他没说什么,只对我微笑了一下。我拿奖金在报社食堂"请客"——就是多要了几个菜。会餐者全是评论部人，可我还请了老关，毕竟是他"考查"了我，我才得以调进报社的。老关下驾与民同贺，席间他和同事朱正琳还命我"拿大顶"，供大伙一乐。

一天，老关召我去办公室，我挺紧张，以为哪里出了错。老关何等机警之人，笑笑，说："这里不像你以前机关。机关里，一杯茶，一根烟，一张报纸看半天，你我彼此彼此。报纸嘛，特殊点儿，大家天天版面见……"他这话，我略有所悟，但仍觉茫然。我只是一如既往地干活儿，没多想。一段时间，除了撰写社论评论员文章，我还率尔操觚，给本报副刊撰稿，用四五种笔名涂抹点儿杂文样式的新闻短评，很是"勤奋"。老张为此破天荒地给我开了个小专栏，名曰《镜中言》，老关也默许了，等于对我的无声鼓励——作为一个散文杂文作家，我正是从那时起步的。

其时评报，更常常成为业务热点——这是本人最喜好干的事。读语言大师吕叔湘、朱德熙合著《语法修辞讲话》，我慢慢养成文字洁癖，不自量力，老是直通通乱挑别人错儿，引发争议，人以为小子狂傲，令我十分不爽。但很多次，关总编和吴慎宗副总编都对我说："你是对的。"当此之时，老关于我，就不仅是一个领导，我更有朋友和知音的感觉。日久，大家也认可并热衷于正常业务探讨了。

我融入这个集体，干活儿卖力，同时享受着集体反馈的快乐。一个和谐、向上团体的风气，不光体现在业务上，也能水银泻地般，把这股风蔓延、浸润至各个犄角旮旯。老关"团系"出身，思维活跃，青春范儿十足，嗓音舞姿双佳。在他带领下，报社不时全员联欢，会餐、赛球、远足、植树、办讲座、开舞会……一个连固定地址都不曾有的团体，就这样被"煽乎"得处处充溢着正义、奋进、活力和欢声笑语……

跟老关无话不谈，是在班车上。我们都从东三环同乘一辆小面，去西郊五棵松上班。七八个人，从工人、职员，到校对、编辑、总编，没大没小，谈天说地，口无遮拦，叽叽嘎嘎，不知不觉间，目的地到了。老关腹笥丰盈，阅历宽厚，妙语连珠，哪怕说起摇滚乐、艾滋病……这些摩登话题，也能令我等小力巴辈惊艳、茅塞顿开，往往逗得大家前仰后合。一次，从没乘过这辆小面的同事周万蕴搭车，惊叹："没想到你们车里这么热闹！"可以说，当年每天上下班，是我最活跃轻松快乐的时刻。

老关"团系"工作有年。他离休后，我登门造访，见他与曾经的团中央第一书记胡锦涛的大幅合影，悬于客厅，遂笑道："您是个大人物呀！"他摆摆手说："别乱讲。我小人物，但我确实受过大人物的保护。"是的，当年"潘晓讨论"，惊动不少重量级要人，在争议中，老关自信，也颇感压力。最后，胡耀邦一锤定音："这件事，注意一下就可以了。"老关因此感慨："耀邦是个好人，关键时候保护了我们。"

我从业的报纸经过了《法制报》《中国法制报》《法制日报》《法治日报》几个报名。关志豪、吴慎宗、陈应革三人前后任总编的《法制日报》时期，报纸最为兴隆畅旺，其时发行量达到一百多万份。如今网络时代，改成新名的《法治日报》仍然保持着一定强势。

老关离世好几年了。当时去八宝山送别，看着老关安详的遗容，脑海里涌现已往的峥嵘岁月，欲问关君曾忆否，不禁清泪满衣衫。

至今，我仍感念老关……

这颗脑袋是咋长的

宇文永权在北京主持一个早期科教研究中心。多年前，我最早观摩一群四五岁儿童用他发明的"变易速算法"演示加减乘除，随便报几个数，个十百千位都行，娃娃们都能得出答案，"一口清"。怎么算的呢？用一个1/5铅笔盒大小的"点珠器"，记住几句简单易学的口诀而已。他的速算法，已在全国许多地方推广。

宇文是一位发明家。他思维的独特和敏捷，每每令我惊诧。他的发明出自他的奇思妙想，其最大特点，是善于发现和总结。

先说一则趣事，我们结伴在三亚旅游。他冲大海唱了几句，颇有帕瓦罗蒂味道，直惊得旁边学声乐的一群青年叫他"老师"。你道他如何练声？四条："比打哈欠还要扩大的发声；比牛叫还要强烈的共鸣；比蛙叫还要圆润的行腔；比咳嗽还要深沉的吸气。"就是说，唱歌，尤其唱美声，只要会咳嗽，把呵欠打到家，会模仿蛙声和牛叫，就没有问题了。

旁边有学生清清嗓子试了一下，开玩笑说："意大利味，赛我们上一年声乐课！"我也学牛"哞"了一声，果然有异样感觉。

后来，宇文又独创了《仿生声乐学》，只要会模仿六种动物叫声，就可轻松唱出帕瓦罗蒂、胡松华的味道。他还能作词作曲，其中《奥运之歌》《多个朋友多片天》《人生是道好风景》等，令专业人士刮目相看。他说的"词是体，曲是魂；魂要附体，体要有魂"，受到行家称赞。

宇文发明的"歌唱四声定音法"更有趣味。他说小时唱"起来，不愿做奴隶的人们"，竟把这话理解成"起来，不愿做努力的人们"，直到后来，才发觉把"奴隶"唱成了"努力"——因"奴"在歌谱里确实成了"努"。他于是悟到：歌词中的字无论怎样变化，都离不开四声调。换句话说，只要按每个字变化后的声调说话，即按旋律说话，唱歌就不会跑调儿，所谓"五音不全四声好，平起凹落准不跑"。如"我爱北京天门"之"爱"，唱第二段时就把"爱"唱成了"蔼"。又如"五星红旗迎风飘扬"之"旗"，唱出来则成为"起"，否则必然跑调儿。不信，您试试。

建议声乐教授不妨与宇文先生切磋一番，或许有所裨益。

宇文不光教速算，还教幼儿识字。他创编的《汉语基音谱系歌》和《对应千字文》，也令人叫绝。

《汉语基音谱系歌》将四百多个一音不重的汉字编成歌谣，代表四百多个基音。如"孩子不忘，爹妈恩情／手握钢枪，边防当兵／敖包森林，山川太空"等等，读来朗朗上口，颇富情趣，能使幼儿学习语言或老外学汉语时，迅速掌握全部基本发音。在此基础上，分辨四声就容易了。如"妈、麻、马、骂"，会念第一声"妈"，则未编入谱系歌的"麻、马、骂"，分别变为二、三、四声就行了。如此，学会四百多个基音，就会念几万汉字的音节了。至于四声，各地念法有所不同，如北京人的"要"，四川人则变成了"咬"——这是声调的问题，不是会不会的问题。

供幼儿发蒙的歌谣体《对应千字文》，虽只有1000字，他却编得像一部人生、社会、自然的百科全书，也是一字不重的。试举一例："一二三四五六七，八九十百千万亿。加减乘除单双半，奇偶和差倍商积。大小多少斤两克，高低长短轻重计。上下左右内外别，前后正反进退移。东南西北顺逆行，昼夜黑白明暗识。"又例："劳逸勤懒奖惩罚，良莠优劣褒贬之。贪廉奢俭毁或誉，人妖鬼神凡仙居。好坏香臭泾渭分，聪拙尖傻灵笨愚。异同取舍雅俗赏，卓群伟渺排次第。"包罗万象，旨趣高雅，引人入胜，而句中选字"两两对应"，大有苏轼名句"横看成岭侧成峰，远近高低各不同"的韵致。

在"点珠速算"基础上，宇文又发明了"珠像英语"。即把英文字母分别以阿拉伯数码代之。如：0代o、a、d；6代b和p；9代q和g；等等。这样，在学英语单词时，就可像敲键盘一样，边读边用手点算珠代表的英文字母，达到会念即会写的效果。宇文没学过英语，但他的发明家脑袋，却创编了一种独特的英语学习法。

外相不显精明的宇文，有很多常人看来甚为荒唐的古怪想法。如，他用"三双筷子"通俗讲解"哥德巴赫猜想"，证明这个被人视为"天书"的命题：有三双筷子，其中黑白各三支，如证明两支黑筷子组成一双，即证明了必有两支白筷子组成另一双——这不就是1+1吗？据海外媒体报道，他在美国讲学时又证明了与"哥德巴赫猜想"等价的"孪生素数猜想"等世界著名难题。他还要用"地球胀裂说"代替魏格纳的"大陆漂移说"。魏格纳那个没有"根"的"漂"论，确实很难解释——那么大体积的陆地，是咋"浮"起来"漂移"的呢？这些，在他也许只是一种业余娱乐，但从中可见其大脑的活跃与不凡。

宇文曾应邀到全国和四大洲讲学，他边唱边讲妙语连珠，所到之处均引起轰动。他在英国李约瑟的母校用自己发明的"歌唱汉语四声调"，借助二胡乐器，将"中国很大，非常美丽"的声调，模仿得惟妙惟肖。他在拜登夫人任教的华盛顿地区某大学，用自己创作的《我们爱说中国话》歌曲，培训两位学生参加"汉语桥比赛"。这二人"汉语桥比赛"获奖后，获得了中国奖学金来华留学。他发明的"36字注音法"等，为将汉语变成人类最好学的语言，在美国硅谷成功进行了实验。

"大才者必崇德，大业者必性善，大智者必守诚，大觉者必重教。"出生在农村，从小失去父母的宇文因热衷教育改变了命运，今天他又依靠发明成果改变了更多人的命运：他教过的小学生后来考上重点大学；待业青年被银行破格录用；炮兵战士获大比武冠军；盲童变成速算神童；《北京晚报》一篇《打工仔子弟变神童》曾轰动京城，其最小者七岁半就以优异成绩小学毕业。著名教育家敢峰，对于宇文的教育成绩给予肯定和赞扬。"习武找高人，弄斧到班门。"他与世界汉语教学学会副会长、美籍华人赵智超教授一席谈后，赵立即推荐他参加全美中文教师学会50周年大会并展示发明成果。他根据多年国内外讲学实践认为：将"传道，授业，解惑"的传统师道，改为"点燃，激发，引领"，更符合时代要求。

他这颗脑袋是怎么长的呢？对于数学和语言，学财经出身的宇文可以说是一个外行。但他说，"哲通天下，万事一理"。他就是热衷于钻研哲学，掌握了独特的思维方法，细心观察事物，才能不断有所发明，有所创造。他说，科学思维就像红外夜视仪，可令你在黑暗中一下子就发现目标。这样才能"见常人所未见，想常人所未想，做常人所未做，创常人所未创"。

  他将发明成果运用于实践当中，使他的创新提速教育事业别具一格，日渐兴隆。

学会的元老们

《北京杂文》创刊号《钩沉》栏"北京杂文学会前辈领导"名单所列,其中不少人堪称中国文化艺术天空灿烂的巨星,熠熠闪光。这是北京杂文学会的财富,是可以引为光荣和骄傲的——我想,国内其他各地杂文学会,都不曾有此荣耀。

第一届、第二届名誉会长夏衍,人称夏公,20世纪元年出生,与周扬、田汉、阳翰笙一并,被鲁迅戏称为"四条汉子"——这也标明,他跻身了新文化运动先驱者的行列。夏氏是著名电影和戏剧作家、报告文学作家、文艺评论家、翻译家——我就不提他曾任中国文联副主席和文化部副部长这些显赫职务了。我小时即读过夏老名著、中国报告文学的开山之作《包身工》。他当然也是一位卓越的杂文作家。其杂文给我印象最深的,是《种子的力量》(后改题为《野草》)。种子魅力何在?"为着向往阳光,为着达成它的生之意志,不管上面的石块如何重,石块与石块之间如何狭,它必定要曲曲折折地,但是顽强不屈地透到地面上来,它的根往土壤钻,它的芽往地面挺,这是一种不可抗的力,阻止它的石块,结果也被它掀翻。"作者热烈歌颂种子、野草和生命力，表达了对黑暗现实重压的蔑视，和对民众力量的信赖。

廖沫沙，晚夏衍7岁，与夏公并列两届名誉会长，虽官至北京市政协副主席，仍是正儿八经的杂文作家，笔名繁星。"文革"前，与夏衍、孟超等6位大作家于《人民日报》开辟杂文专栏《长短录》，光耀一时，后遭批判。又因在北京党刊《前线》参与写作《三家村札记》，沦为著名的"三家村"成员。"文革"时期谚语云："邓拓吴晗廖沫沙，一根毒藤仨毒瓜。"他在狱中听说另二"毒瓜"邓拓吴晗含冤去世，悲愤交加，暗写悼文，仍不屈服。其狱中诗文，获释后结集出版，名《余烬集》。

两届顾问王子野，1916年生，出版家，学者型官员。我青年时代，常读其大作。给我留下不可磨灭印象的，是他的《同编辑谈读书》，其中说："哲学编辑不妨考一下自己，究竟懂多少哲学。假如只知道物质第一性，唯物论比唯心论好，不知道古今中外的哲学派别、源流，那么农民也可以做哲学编辑了。搞经典著作的编辑，假如猝然问他马克思什么时候诞生，哪里人，家庭情况怎样，哪年流寓英伦，哪年搞《新莱茵报》……我看也未必能随口答出。光知道马克思是马克思主义的创始人，哪能算是马克思主义经典著作的编辑呢？正因为我们的理论、政策水平不高，现在出的书几乎天天出错，天天在写新的《笑林广记》，制造笑话。要克服这种现象，除了学习以外，别无他法。"今之编辑，天天写着时髦的《笑林》，跟王子野时代编辑比，又差之远矣。

顾问王蒙，1934年生，少年才子，文坛班头，经历崎岖，聪明绝顶，做完"右派"，又做文化部长，大家太熟悉，不多说了。未曾想到，他曾屈居咱们学会的顾问！他最令人震惊的名言，一是："世人都成了王朔不好，但都成了鲁迅也不好——那会引发地震！"二是："文坛上有一个鲁迅那是非常伟大的事。如果有50个鲁迅呢？我的天！"这个话，在文坛引发了一点儿悸动——当然尚未"地震"。王蒙引胡乔木说他的一段话，也趣味盎然："我怎么可能打倒王蒙呢？我如果去打倒王蒙，那就像苏联的赫鲁晓夫去打倒斯大林，斯大林倒了，也把自己压倒了……"

顾问孔罗荪，1912年生，曾任中国作协机关报《文艺报》主编，作协书记处常务书记。著名编辑大家、杂文家，其《野火集》《小雨点》《决裂集》《喜剧世界》等杂文集，"文革"前甚为畅销。

顾问李锐，仍健在，100岁啦！才子官员，文笔漂亮，为毛泽东大秘之一。他著书还原"庐山会议"真相，以"敢言"著称。

顾问李何林，1904年生，著名教授，鲁迅研究的奠基者，组织编撰《鲁迅大词典》，古稀之年出任鲁博馆长。其名言是："除了想想个人的生活外，要多为人民着想，多为国家着想，多为人民和国家做些事情，决不做鲁迅先生批评的那种像白蚁一样：一路吃过去，留下的只是一溜粪的人。"

顾问顾执中，1898年生，现代著名报人、杂文家，1928年于上海创办"民治新闻学院"，为报界一代宗师。是他冒生命危险，自北京前门车站现场，以付现款的私人电报，第一时间将张作霖"出走"的消息，以隐语"弟拟予本日晚偕小妾离京，所有家务由郭务远先生代为管理"，发往上海《新闻报》，编辑自然深会其意，编发了张"出走"的消息，轰动国中，被誉为"战斗记者"。

两届顾问林默涵，1913年生，正牌红色文艺领导者——曾任中宣部副部长、中国文联副主席，文艺理论家。

两届顾问、两届名誉会长高扬，1909年生，曾任河北省委第一书记、河北省军区第一政委、中央党校校长。又是热心的杂文家，创办了《杂文报》。执掌最高党校、任军界要职而兼写杂文，高扬为第一人。他对杂文创作的繁荣，贡献颇丰；对北京市杂文学会的指导、关怀，呕心沥血。

顾问唐弢，1913年生，中国现代文学研究的开拓者，鲁迅研究权威，真正的杂文大家。我对自学成才的唐先生印象最深的，是他的"学习鲁迅观"——他认为，学习鲁迅杂文，应该"精神一致，花式多样，不能斤斤于形骸的相似"，"如果千篇一律，并无不同，我写的就是鲁迅写的，那么，天地间又何贵乎有我这个人，何贵乎有我的这些文章呢？"此论堪称最得鲁迅精神和文章之真髓。但他在《申报》副刊《自由谈》上的辛辣杂文，有人疑为鲁迅所写。鲁迅曾跟他开玩笑说："唐先生作文，我挨骂。"

顾问曾彦修，1919年生，老革命，以谐音取笔名严秀，杂文大家。本人约过严秀老尊稿。他对我说："我的文章，一个标点都别改啊！"我认同——小人物如我，也怕编辑胡乱擅改自己稿子呢——当然，将"错"改"正"，不在此列。

顾问舒芜，1922年生，老字辈里的少壮派。争议人物，"胡风反革命集团"的著名"叛徒"——就是把胡风写给自己的私信上交的那个"犹大"。这信到了林默涵那儿，再让毛泽东看见，事儿闹大啦！当然，这些都过去了。我欣赏他的杂文，其中女性观颇为先进。"二十文章惊天下，一片婆心哀妇人"，是朱正对他的"正评"。不过，他把跟几个女子相好的白居易说成"老流氓"，也太激愤了——白夫子既不是现代人，更比当代"雷政富"之流高洁吧。

顾问萨空了，1907年生。名字有点儿"怪"？其人为蒙古族，所以不怪。报人,民盟中央副主席、国家民委副主任。新中国成立前协助胡愈之创办《光明日报》,后独创《民族团结》《民族画报》《人民政协报》等多份报刊。我对他在报纸副刊上设置《血与汗》《苦人模范》《街头科学》《新知识》等专栏最为推崇,其中《血与汗》《苦人模范》,光栏目名就叫人赞佩。

第一、第二届会长、第三届名誉会长胡昭衡,1915年生,笔名李欣,高干杂文家。其杂文集有"三老":《老干新枝》,扶持后生;《老生常谈》,实为新语;《老声新弹》,时髦摩登。想当年,北京市委书记处书记邓拓(第一书记是彭真)在京城讲"燕山夜话",隐晦曲折;天津市长胡昭衡在津门"老生常谈",明明白白。胡老的结局,远胜于邓拓。

第一届副会长,第三、第四届会长,第五届名誉会长徐惟诚,1930年生,新型高干杂文家,著述颇丰。余心言,"徐惟诚"的"偏旁",名播四方。他关注小学生词典问题的一篇杂文,给我留下较深印象。

第一届副会长林文山(牧惠)、谢云、于浩成,第二届副会长刘征、杨子才,第三届顾问范敬宜,等等,均为杂坛、报界重量级大腕儿,大家耳熟能详,不多介绍啦。

读这样一份名单,我在与有荣焉的同时,也颇为感慨——一是,我没有读到我钦佩的杂文家邵燕祥的名字。二是,俱往矣,如今还有当年那么多政界、军界、报界和文学艺术界重量级人物关注、关心、爱护、扶持并参与杂文事业吗?

神笔孙女

孙女小学五年级就写出了颇为好玩儿的中篇魔幻小说《第二次生命》，连载于上海少儿杂志《略知一二》，后又迷恋考古和博物学，跑外国读书去了。

她小时学游泳，得过少儿游泳比赛多项冠军，是国家二级运动员。我愿她自由快乐成长，功课能考多少分就考多少分，但包括语文老师在内的一些师长，却不怎么喜欢她，只因她不是"学霸"，又挺"另类"。她写的小说，语文老师冷脸以对，连看都不看。

孙女怎么个"另类"法呢？先举一例：一天该她值日。放学了，她背上书包就走。班主任叫住她，说："今天你值日，怎么走啦？"孙女说："我不知道啊。"班主任说："黑板上写着你名字呢。"孙女说："黑板上写的那个人不是我。"她走了，留给老师一个尴尬。

原来，黑板上孙女名字中言字旁的一个字，被班主任写成了斜玉旁，虽然两个字同音，但释义完全不同，如此，那名字就不是孙女的了。班主任连学生名字都写错，可见她是怎么管理这个班的,对于她的学生,她又了解多少。孙女这一"走",是对老师的大不敬吗?有点儿。我也批评了孙女。然而班主任老师是不是更应该多多反省反省自身呢?

再举一例:2022年元旦,孙女在她的朋友圈发了条祝词"新年快乐,重新做人",乍读,令我十分惊愕。

重新做人,什么意思?是写错了,还是故意这么写的?

我就琢磨:从字面讲,作为一个人,本来"是人",后来"不是人"了,再后来"又是人"了——这就叫"重新做人"。

"是人",没错儿,不存在什么"重新做"或"不重新做"的问题——谁生下来不是人?

而"不是人",是为什么?大概是一个人丧失了"人"所具备的元素,不具有人的本质属性,就"不是人"了。一般地说,这是指人的堕落。人们有时候骂一个人"不是东西",就是指他"不是人"。这"不是东西"或"不是人",乃是"做人"的失败。做人失败,并非罕见之事,如果世上人人做人成功,要法律和监狱干什么?当然,做人失败,断不是没治了,有社会的挽救加上失败者的悔过、自救,是完全可以"重新做人"的。

重新做人,也许更加宝贵。"人非圣贤,孰能无过?过而能改,善莫大焉",并非废话。所以,"重新做人"是一个伟大的价值命题。伟人毛泽东说过,"人是第一可宝贵的",对于堕落者,关键是要发现其亮点,挖掘他身上善的因子。比如网上讲的一个关于装过屎尿的汝窑碗的故事,我想那个脏碗,主人仍然舍不得扔掉吧?也许用它来吃饭有点儿恶心,但洗净消毒,拿去潘家园照样被视为文物,就像您的劳力士表不慎掉进马桶里,您捞起来洗洗还是要戴的。

当然，孙女的话乃是一种机智的俏皮，我读了，惊愕片刻，继而忍俊不禁，越想越好笑、有趣，于是转发我的朋友圈，不料引起热议。现捡几条——

张老师说："重新做人？哈哈哈哈……"

梅老师说："那是祝你返老还童的意思。"

于老师说："孙女天才而幽默：1. 返老还童，美好祝愿。2. 在鼠眼里，咱都是新人。3. 在辩证法眼里，每时每刻的我们，都不是同一个人，每天都是新人。所以，我们重新做人，起码，每天都有个异样的好心情。"

七嘴八舌，议论纷纷，大致往积极喜欣方面解释，居然在朋友圈掀起一波舆论小高潮。我想，孙女之言，实于我有戚戚焉。真是的，大多人并非"浪子"，却也须如《礼记》所云，"苟日新，日日新，又日新"，一天新，天天新，一日三省，忏悔已过，新陈代谢，革除恶习，新而又新，不断求知揽善，做一个"新人"，方可无愧于无可挽回的岁月。

"重新做人"，这一年的开头，真好……

当然，我说"神笔"，不是说孙女有多"神"，她就是一个普通孩子，但有些事，亏她做得出来；有些话，亏她说得出来……

亿字翁，段柄仁

今天（2023年11月4日）的段柄仁新书《杂文的魅力》研讨会，我因特殊原因，不能前去，但我在家里衷心遥祝研讨会成功。我请老搭档、老朋友杨子女士代念拙文。

今天，咱们序齿不序爵。这是一次老同学、老朋友、老同事、老同志、老搭档的欢聚，是一场杂文同好颇感兴味的切磋集会。

段柄仁老师半个世纪以来为学、为官、为文、为人，一步一个脚印，经历丰厚光彩。

段柄仁老师主要是一个清正廉明为官的共产党人，一个高尚的人。他当然也是一位优秀杂文家，一位向社会弊端宣战的斗士。尽管他日常工作忙得不亦乐乎，只把杂文当成"副业"来写，他的杂文创作却硕果累累。从目前的这本书《杂文的魅力》来看，在杂文理论上，他更有着独特见解。

在百姓概念里，段柄仁老师堪称大官，他却没有一丝官气。我想，咱们的这次研讨会，其实是向一位老公仆、老学者、老作家的一次致敬。

段柄仁老师厚朴、笃定、温润、清雅、悯怀、宽容、无私、低调的做人品格，令我十分敬佩。然而他毕竟老之至矣，八十五岁，古代可以"耄耋"称之。愿他在潜心创作和勤奋忙碌中，放松心情，量力而为，注重养生游玩，活得更加康宁多趣。

下面是我作的一组打油诗，献给尊敬的段柄仁老师。

诗的题目叫《笑诵柄仁》。

一、成就篇

我识君已晚，子亦不我知。
前事寥茫焉，近交襟怀记。
凡人非大师，细究了不起。
名校才华煊，俗世美文饴。
中文为所研，百科判作技。
他事且勿论，编著逾一亿。
仿佛孙大圣，吹毛成墨迹。
页页缀相连，绕地八万里。
等身无足论，犹如搭天梯。
人送亿字翁，笑纳甭客气。

二、史志篇

史志汗青传，为后鉴佑汲。
名人大事齐，概无漏万一。
往者不虚生，来者良获益。
经书三册编，直言董狐笔。

三、文秘篇

大秘张本才，风流兼文采。
死语活制之，八股如告白。

105

言者妙笔诵,闻者脑洞开。
秘籍何在哉?干群无瘦肥。

四、杂文篇

据说是大官,位列省部级。
居高能望远,庙堂江湖一。
业外杂文治,官场弊端析。
官心雁沉疴,世风裹浊泥。
贪墨仗权势,媚色御美女。
公帑饕餮醉,民怨号啕啼。
枉法乱纪猛,中国梦休矣。
腐化生虫蛆,洁风当前急。
共产天下丽,难容宵小欺。
纪委不吃素,捉拿无禁忌。
柄仁轻操觚,妖孽原形毕。

纪事 法不容渎

记与法律相关之事，阐释人们法治观念的进步。

羚羊挂角，曾记否？

题解：羚羊挂角，指羚羊夜宿时挂角于树，蹄不着地，以避祸患，出自陆佃《埤雅·释兽》。

伦敦："五月节集市"商店的高档披肩

伦敦"五月节集市"商店出售一种披肩，标价1.1万美元，合人民币近9万元，其中最高价者，每条4万美元，贵于相同质量的黄金。

此物为西方上流社会红男绿女所钟爱，不时有风情万种的女郎或风流潇洒的男士到此一掷万金选购。佩戴这种披肩，气派、荣耀远胜于乘坐林肯或罗尔斯·罗伊斯，因此，它已成为身份、财富的印章和象征。

"五月节集市"仅仅是做这种披肩生意的一家商店。而伦敦，则成为该种披肩交易的集散地。

这是一种非法交易。

这种披肩国际通称"沙图什"。"沙图什"（Shahtoosh），据说是克什米尔方言。

克什米尔：走私之路的中转站

克什米尔印控区的斯利那加，是全球加工"沙图什"的最早和最大基地。这里的"沙图什"基本上来自我国西藏，它是我国特有珍稀动物藏羚羊的绒编织的。早先藏羚绒如何进入克什米尔，不得而知，已知近年全由走私而入。在西藏—尼泊尔或巴基斯坦—克什米尔斯利那加一带，已形成一个专业化走私网，我国藏羚绒就是顺着这条路线流出的。而藏羚绒制成品又由克什米尔散发往世界各地。近年由于一些欧洲国家掌握了高超编织技术，因此克什米尔除自制披肩外，还干脆把藏羚绒原料"出口"给它们。

尽管全世界在《国际野生濒危动植物贸易公约》（CITES）上签字的国家已有142个，藏羚羊被该公约明确列入严禁贸易物种名录，但是藏羚绒的走私始终未绝。1994年以来，在欧洲查获藏羚绒披肩一千多条；1997年，伦敦警察缴获价值30万美元的这类披肩138条；有人乘飞机去印度购买"沙图什"……

更令人愤慨的是，克什米尔竟然冒天下之大不韪，其法律规定在获得所谓"特别狩猎许可"后，可猎杀藏羚羊。克什米尔之成为藏羚绒及其制品走私的中转站，就完全不足为奇了。

斯利那加：藏羚绒加工的老窝

藏羚羊在我国地位堪比大熊猫，别国无此珍贵动物，但藏羚绒披肩最早却生产于印度克什米尔的斯利那加，我国群众至今尚不知所谓"沙图什"为何物。克什米尔斯利那加人有编织披肩的传统。《不列颠百科全书》甚至专列有"克什米尔披肩"（Kash-mirShawl）义项，说15世纪时此地编织精巧的披肩即已闻名遐迩。但是那披肩由一般羊绒编织而成，原料并不是藏羚绒。现在此地编织的"沙图什"，则全由藏羚绒做原料。

斯利那加"沙图什"加工业有工人近10万名，年产值1.6亿美元。这样庞大的消耗，每年足可以使两万只藏羚羊死于非命。

据说早在数世纪之前，"沙图什"就因其精美华贵而被印度一些地方的家庭当作少女最值钱的嫁妆。18世纪，"沙图什"传入欧洲，成为上流社会贵妇的宠物，连拿破仑送给情妇约瑟芬的礼物，也是一条轻柔曼妙的"沙图什"。

此物男女咸宜，一般长1~3米，宽1~1.5米，重100克左右，攥起来可穿戒指而过，故又名"指环披肩"。据称，它的保暖度足可以将一只鸽子蛋孵出小鸽子。

说它珍贵，不仅是因其精致高雅和它的高度御寒性能，更因为它的制作工艺的高超和繁杂。编织者全是心灵手巧的男工，一个工人瞪大眼睛精制一条，费时数月，熬得满眼血丝，然后便要歇工，等视力完全恢复后才能织下一条。

一条100克重的"沙图什"，需用藏羚绒三四百克，而为取这三四百克绒毛则必须杀掉三到五只藏羚。不产藏羚羊的"沙图什"披肩制造国，到哪里弄这类原料呢？现在已知，这东西完全来自我国西藏。

北京：梁从诫致函布莱尔

英国首相布莱尔1998年10月访华，中国民间环保组织"自然之友"会长梁从诫教授给他写了一封信。信中说：

"我愿利用您访问中国的机会，提请您注意藏羚羊的悲惨处境，并请您对我们保护这种濒危动物的努力给予支持。

"藏羚羊是中国特有的动物……自80年代中期开始，藏羚羊绒制品在国际市场上却十分走红。它们可以在欧洲许多国家和其他国家的市场上买到，而这些都是CITES的签字国。1996年，在伦敦一条藏羚绒披肩售价可达3500英镑。欧洲市场上的高价又使从中国非法到印度进行加工的藏羚绒原料价格随之上涨。

"我请求您，运用您个人在国内和在你们欧洲同伴中的影响，使公众更好地了解藏羚羊悲惨的处境……我真诚地希望，在铲除藏羚绒贸易的国际努力中，英国能够站在前列。"

梁教授于10月6日托英国驻华大使把这封信郑重呈交布莱尔，次日布莱尔首相就回了函。布莱尔说："我一定会把你的要求转给联合国和欧洲联盟的环境主管当局。我希望有可能终止这种非法贸易。"

鉴于伦敦在"沙图什"非法国际贸易中举足轻重的地位，对于布莱尔首相的支持和承诺，梁从诫感到极大欣慰。

印度：阿卜杜拉博士的谰言

据英国《独立报》报道，面对印度野生生物保护协会要求永远禁止"沙图什"贸易的呼吁，印度查谟和克什米尔首席部长法鲁克·阿卜杜拉博士竟然宣布："只要我还是首席部长，克什米尔就要卖'沙图什'。"他还声称，要求禁止这种贸易的运动"是对克什米尔人民的诽谤"，并耍赖说"没有证据可以证明藏羚羊的数目正在减少，或为了获取'沙图什'而被猎杀"。

这位首席部长居然还是个"知书达理"的文化人！他不但蛮横无礼，口出狂言，用语粗俗，而且连起码的常识和事实也要否认，令人惊叹。

藏羚羊的绒长在它的颈腹部，要取绒，必须先杀羚扒皮。藏羚绒贸易的繁荣，即是以藏羚羊数量的减少为前提的，还要什么证明吗？别的证明自然还有，但对于闭着眼说瞎话的人来说，他愿意看吗？

可可西里：偷猎者的肆虐

可可西里地区在羌塘草原北部，属青海玉树藏族自治州治多县辖，是藏羚羊的集中出没地之一。自 1984 年以来，每年有数万名来自青、甘、藏、新等地的非法采金者到此淘金，多时有十多万人。他们不但严重破坏砂金等矿产资源，还毁坏了大片植被。这群乌合之众淘不到金，就捕杀包括藏羚羊在内的野物充饥。藏羚羊的大祸从此降临。当他们得知藏羚绒十分珍贵，在印度市场每公斤可卖一两千美元，在这里取羚绒卖给贩子也能获得巨利时，他们便组成团伙，配备武器，蠢蠢欲动，大规模猎杀起藏羚羊来。

偷猎者乘越野车，挎自动步枪，一次次进入藏羚羊生息出没之处，残忍地驱赶打杀，每次杀伤数均在数百至上千只左右。在藏羚羊密集地带，偷猎分子白天甚至在卡车上绑以横杆，朝羚群加速猛追猛扫，致使藏羚羊成片倒下，其状惨不忍睹。夜间，他们开亮车灯诱来藏羚羊，再疯狂扫射。母羚怀孕产仔期间，羚群更为集中，猎杀愈加容易，偷猎分子从不放过这样的"良机"。而此时，杀一只便等于害两只。大群藏羚羊就这样覆灭了。

藏羚羊冬季底绒最为丰厚，因此以往的盗猎多在入冬以后；"沙图什"贸易红火之后，盗猎者则改成一年四季肆虐不已。

可可西里如此，藏羚羊出没的其他生息之地，也有不同程度的杀猎现象。

只要有利可图，唯利是图者就要去盗猎。可藏羚羊却是上了CITES名录的珍稀动物，是国家一保护动物。

羌塘：藏羚羊从兴旺到式微

羌塘，是藏语"北方草原"之意。这片60万平方千米的广阔高寒地带，是青藏高原的腹心，平均海拔4500米以上，年平均气温零下五六摄氏度，最冷时可达零下三四十摄氏度，是个无人区。但这里矿产和动植物资源异常丰富。现在已经著名的藏羚羊，正是此地二十余种国家一、二级保护动物中的最珍贵者。但长期以来，人们对藏羚羊的了解甚少。

1903年，英国探险家罗林在羌塘旅游时发现了一个羚群。他在游记里写道："我极目所至，可以看到成千上万只带着羊羔的藏羚羊源源不断地涌来，一眼望去，不下一万五到二万只。"

这仅仅是一群。全羌塘有多少藏羚羊？据说不下上百万只。

而今天，人们已很少见到以千为计的藏羚群了。据统计，1995年这里尚存藏羚羊7.5万至10万只，不到100年前的十分之一。自然，这是被盗猎的结果。而藏羚羊被猎杀数每年在两千到四千只。

羚羊挂角的故事，人们可记得吗？

《独立报》：商人们撒下弥天大谎

据英国《独立报》揭露："长久以来关于藏羚绒的来源，盛行着混淆视听的说法。甚至眼下美国的一个网页上还在替奸商遮丑、开脱，说'每年藏羚两次换毛，在石头和灌木丛上蹭掉它们的绒，风把这些绒吹成团，西藏人和尼泊尔人在山里搜寻几个星期，捡回羚绒'。"英国传媒的这个论调，与克什米尔那位首席部长大人颇有一唱一和的味道。但是这种田园牧歌式的温馨情景，只能是 L. 卡尔罗《爱丽丝漫游奇境记》里的神话故事，纯属臆造。

美国野生生物保护协会负责人夏勒博士，曾多次深入青藏高原科考，亲睹藏羚羊被杀取绒的惨状。经夏勒考察，藏羚绒只能从羚皮上采集，所以欲取绒必先杀死藏羚羊。

商人们编造弥天大谎，是为了掩盖他们肮脏交易的实质。为了使他们非法获取巨额利润的倒行逆施显得干净一些，他们便把血腥谱成牧歌吟唱。

治多：野牦牛队浴血鏖战

保护藏羚羊，就是保护我们的国宝。

1992年，青海省治多县成立了专门保卫可可西里地区动植物资源的"西部工作委员会"，归县委领导。工委书记由县委副书记藏胞索南达杰兼任。他带领4名干部，在一年多时间里，12次深入高寒缺氧的无人区可可西里腹地，狙击追捕盗猎藏羚分子，与之展开殊死战斗。1994年元月，索书记第12次赴可可西里，在太阳湖畔遭遇疯狂的偷猎者，在"2人对18人"的枪战中不幸英勇牺牲，年仅40岁。5天后，战友们在雪原找到他的遗体。已冻成冰雕的他，手中还紧握着钢枪。索书记在任期间，先后在可可西里破获盗猎案8起，收缴作案枪枝数十条、车子12辆、藏羚皮两千多张，使盗猎分子闻风丧胆。

索南达杰牺牲后，他的妹夫扎巴多杰继承烈士遗志，接任工委书记。扎书记重建工委队伍，扩大编制，并将它命名为"西部野牦牛队"。

野牦牛队进入可可西里，真如火牛入阵，左冲右突，四处出击，势不可挡，狠狠打击了盗猎分子的气焰。至1998年9月，骁勇的"野牦牛"共破案58起，抓获盗猎分子250人，缴枪60支、车57辆、藏羚皮3307张。野牦牛队因此受到林业部公安局通令嘉奖，被评为西北5省区"野生动物管理先进集体"。

他们向世界宣告：一面誓死保卫藏羚羊的大旗，在中国西部高高飘扬！中国要藏羚羊，不要"沙图什"！藏羚羊不容盗猎！

然而藏羚羊被猖獗盗杀的地区，远不止可可西里。人们呼唤更多的野牦牛队诞生。

北京："自然之友"发起援救

"自然之友"是中国民间环保组织——"中国文化书院绿色文化分院"的简称，成立于1994年3月。这是个非赢利性公益团体，类似组织在中国如凤毛麟角。它的经费由会员和社会捐助，理事会由民间热心环保人士组成。"自然之友"的新闻发布会只能在一个十几平方米的房间里举行，记者们坐的是几块钱一只的塑料小矮凳。

中国文化书院导师、历史学家、全国政协委员梁从诫教授和北京理工大学副研究员杨东平，分别任"自然之友"正副会长。梁教授是梁启超之孙、梁思成之子；杨东平为著名社会学家、畅销书《城市季风》的作者，兼任中央电视台《实话实说》总策划。

正是"自然之友"，发起了一场救护藏羚羊的运动。它和林业部《中国绿色时报》近日共同邀请西部野牦牛队队长扎巴多杰来京到一些大学演讲，为保护藏羚羊呐喊，大造舆论，在大学生中引起热烈反响。它敦促并支持中国政府加强对这种稀有濒危动物的保护和对盗猎活动的打击，也大声呼吁全世界珍爱野生动物、关注环境的人士共同行动，制止藏羚绒及其制品的非法贸易。

梁从诫会长此次借唐宁街10号主人访华之际，机智、得当地致函布莱尔，吁请他关注"沙图什"非法国际贸易问题，收到良好效果。梁教授的热心和努力受到英国首相高度赞扬。民间团体的"民间外交",有时可起到正经八百的政府外交所难以顾全的作用。

而"自然之友"不仅是藏羚羊之友。它已经连续三年在"国际环境日"或"世界地球日"举办"绿色恳谈会",暑期组织"森林与孩子"夏令营,出版少儿读物《地球家园》……始终不遗余力地为整个环保事业奔忙。

但愿,人人都成为自然之友。

但愿,类似的民间团体再多一些。

但愿,盗猎野生动物——尤其是珍稀动物,如大熊猫、藏羚羊等珍惜动物的愚蠢野蛮活动早日成为历史。

野牦牛队:需要支援扶持

扎巴多杰的"西部野牦牛队"活跃在可可西里,与猎杀藏羚羊分子展开了激烈斗争。

但在国家级贫困县治多,野牦牛队的供应和装备十分困难、落后。他们十几个人,经费不足,仅有3只手枪和1把冲锋枪,大小车子各1辆。尽管他们誓死保卫藏羚羊,但盗猎分子在这片自然环境十分恶劣的广阔地带,仍有很多空子可钻。野牦牛队一进入可可西里便无处落脚。他们在零下二三十度的荒原爬冰卧雪,风餐露宿,艰苦跋涉,搜寻偷猎分子,但往往他们在东边巡逻,盗猎者从西部窜入或逃逸,防不胜防,堵不胜堵。遭遇装备精良的大盗猎团伙,力量对比悬殊,野牦牛队虽然拼死奋勇战斗,也很难悉数围歼对手。索南达杰烈士,就是在野牦牛队成立之前一次敌强我弱的战斗中壮烈牺牲的。

野牦牛队现任队长扎巴多杰同志，原是玉树藏族自治州人大常委会办公室副主任，他在姐夫索南达杰牺牲后，自愿放弃舒适体面的工作而要求担任治多县"西部工委"书记，挑起了保卫可可西里藏羚羊及其他宝贵动植物资源的重任。此次他在北京给大学生演讲时，除了呼吁上级和社会各界关注藏羚羊保护这一神圣事业外，还建议有关方面加大对这项工作的投入，并希望在体制上打破地域界限，实行联防和跟踪保护。

其实治多县为保护可可西里地区动植物资源而专门成立的县委"西部工作委员会"，作为执法机构，工作起来即使在体制的协调上，也存在很多困难和障碍。青、藏、新其他地区的藏羚保护机构，虽各有特色，但似乎仍欠健全，而目前各地被抓获的偷猎分子仅仅是一小部分，因此有必要对藏羚羊保护工作重做全面考虑和通盘安排。

总之，藏羚羊保护应得到全社会足够的重视和支援，相关领导部门应将它作为一件大事来管。只要我们篱笆扎得紧，藏羚羊不断被大批猎杀，藏羚绒走私到国外的严峻状况，就会得到改善。做好这项工作，也是我们中国人对全球全人类的一大贡献，功德无量。

中国：惩罚力度欠火

几年来，我国政府破获上百个盗猎藏羚羊团伙，缴获羚皮万余张，处罚了一些犯罪分子。

近日，马海比、强巴土登等14个在西藏阿里地区非法猎获藏羚羊的犯罪分子受到法律惩处，分别被判3至14年有期徒刑，并分别处以 700 元至 1.5 万元罚金。

前溯至 1996 年，在南疆与藏北接壤的阿尔金山保护区，巡逻人员截获了一伙盗猎者，抓捕 20 多人，缴藏羚皮 1000 张。盗猎团伙头目被判刑 17 年。

这些判决，显示了我们保护藏羚羊的态度和决心。然而与严惩猎杀大熊猫者比起来，对猎杀藏羚羊的惩罚，似嫌过轻。

大熊猫的保护已深入人心，如今谁也不敢对它轻举妄动，这已是中国乃至全世界人们的共识。试想，如今不管在哪里，可有谁敢公然出售大熊猫皮，或穿着大熊猫皮制成的外衣招摇过市吗？同样珍贵、独特，并上了 CITES 名录的藏羚羊的命运，为什么与大熊猫有天壤之别呢？

在拉萨，有商人一次便收购藏羚皮 6000 张，雇人取绒后将残皮投入拉萨河，一时河面漂满了羚皮。

猎杀藏羚而获得的绒，成为非法贸易的抢手货；以此织成的高档披肩，是商人们致富和贵妇伟男们公然炫耀的极品。

一条"沙图什"，可以使一位意大利女郎在米兰歌剧院首演之夜大出风头。

而国际上何止一个伦敦"五月节集市"商店？在罗马市中心一家小店的内室，有人向英国《独立报》记者推销藏羚绒披肩。在巴黎，在其他一些国际大都市，都有或明或暗的同样买卖。比如香港一家商店的橱窗里，就张扬地悬挂着一条"沙图什"以招徕顾客。

这是为什么？

或许，猎杀大熊猫者可被判处极刑，而猎杀藏羚羊者仅仅被判几年、十几年徒刑，仅仅课以几百到万把元罚金，也是后者肆无忌惮，不惜以身试法的一个原因。而猖獗的国际藏羚绒非法贸易，也没有受到广泛关注、严厉惩罚和舆论的有力谴责。

对于这一切，我们万不能等闲视之，因为据专家说，如按目前藏羚羊被猎杀的速度，至多再过 20 年，这种珍贵动物就将在中国、在地球上彻底灭绝了……

摩登法官的魂魄

历史回望:从"包大人"开始

法官是一个什么形象?

在中国老百姓心中,法官就是断案子的"大人"。一提到法官,人们无不首先在脑海浮现出他们的外在形象。

包拯大老爷,虽然"本职"为枢密副使、开封府知府,但他同时是一个正儿八经的"法官"。这是中国古代行政和司法合一制度所决定的。其时的"行政长官"上至皇帝,小至一个乡的里正,大约几乎都算是"法官"吧。典型如包老爷,头戴带翅的乌纱,升得堂来,高高在上,背靠"明镜高悬"匾额,三推六问,大吼其声,把惊堂木拍得山响,何其威风。这样的"法官",即便是清正廉明如包大人者,老百姓面对他也是低眉顺眼,战战兢兢的。

在影视作品中咱们看到一些西方国家的法官,身着宽大的腥红色法袍,头戴卷曲马鬃毛假发,有的还架着夹鼻眼镜,温文飘逸,姿态优雅,连他们手里不时敲响以维持法庭秩序的那把槌子,也似乎散射着无上权威,令人不无敬畏。

抗战时期,陕甘宁边区高等法院陇东分庭庭长马锡五,衣着随意,经常风尘仆仆携卷下乡,调查研究,巡回审理,就地办案,"与群众打成一片",断案卓有成效,深受百姓欢迎和爱戴,是被树为榜样的典型土法官形象。

今天咱们的法官,先是头顶类似军人的帽子,一副代表无产阶级专政的面目,名称是"人民法官";当然,也有帽徽上的"天平"闪闪发光,但似乎威风有余而魅力不足;如果再与反映了一定现实的民谚"大盖帽,两头翘,吃了原告吃被告"联系起来,就更加不堪了。

"大盖帽"之说,云南省高院孙院长在报上公开提过,我借用一下。

有意思的是,直到今天,咱们在呼唤或赞颂司法公正之时,还把铁面无私的法官比为"黑脸"或"包青天";所谓"马锡五办案法",仍为一些法官所津津乐道并加以效仿。其实他们都不应该是今天法官的榜样。现代法官,自有现代的观念、品格、行为规则和风采。

去年法官们的职业装束改为平日的黑色制服和开庭时的黑色长袍,颇显尊贵典雅庄重,尽管只在一些地方"试穿",只是一点儿小小的、表面的改革,也使人们似乎从中读出了司法现代化的某种信息和意蕴。

现代法官应该是一个什么形象?

鄙人在山东省青岛市中级人民法院采访时,和这里的法官主要讨论了这个问题。当然,我们的兴趣并不在法官的穿戴和做派上。我们议论的主题,是与外在形象相谐的法官的内涵,即什么样的人才能称为一个现代的合格法官,为什么法官必须具备特殊的素质和学养,等等。

我是慕名去青岛中院的。

如果不是闻知青岛中院在司法改革中的不俗成绩,如果不是青岛中院近年获得的诸如"全国优秀法院"等耀眼荣誉称号的招引,我就不会作青岛之行。

我写此文之时,数次几乎用到当下社会公认的"干警"一词,但我还是避开了。这是一个过时名词,也是视法官如一般行政干部这种观念和做法的历史写照,土气而欠科学,我宁愿以"人员"代之。

青岛中院办公楼电梯入口处,引人注目地矗立着两块大标语牌,一块写着"谁给法院抹黑,就要自觉下岗离职",一块上书"谁给法院增光添彩,理应受到大家的尊重"。这不是随便喊喊的口号,而是他们业已付诸实施的决心和准则。

简单明了的两句话,昭示着法院全部活动的实质:法院,这个世所公认的最公正、最光明和最廉洁的圣地,即所谓"最后说理的地方",不容有人抹黑;法官作为社会良知的象征,受到人们的普遍尊敬则属必然。

青岛中院以此理念营造法院文化,推动改革,就是要让法官们明晰法官究竟是怎样一个群体,为什么法官又必须是这样的人。

特殊职业:履行真正圣职的人

现代法官,严格说不应算作一般意义上的一种"谋生"的职业,也不是人们通常所谓的"官",它很特别,无以名之,权且称为"特殊职业"吧。

任群先院长见多识广。任法官认为,优秀法官同时也应是伦理学家、政治学家、语言逻辑学家、心理学家和法律宣传家。总之,法官应该博大精深,具备超乎常人的文化修养、道德情操和法律专业技能。他们的话令我油然生出高山仰止的感觉。

比起院领导,青年法官们的思想高度不在其下,又似乎更切近实际,也更加活跃。在青年法官心中,法官是一个具有共同法律知识背景、共同法学思维方式、共同法律价值观念和法律理想目标的特殊群体。这样的法官最具有正义感、责任感、良知感和荣誉感。健康的人格,温和的性情;幽默,机智,果敢;冷静,克制,自律;知礼仪,明廉耻,淡名利;见微知著,触类旁通;诚信执着且不无细腻,虚怀若谷又持有定见,谨言慎行而刚毅善断……法官的一切品格,一言一动,无不体现着完美的人格魅力和成熟的特殊职业素养。王法官用诗一般的语言说,既然乌兰德称"法是人类共同的善德",那么"法官便是铺洒人类善德的使者"。做了近20年法官的初法官则借助别人的话说,"法官是仅次于上帝之人"。这不就是人间"圣贤"吗?

法官们以最美好的词汇描绘法官形象,俨然将法官定位于社会的表率、民众的楷模、公断的权威和活生生的正义,事实上也理应如此。

当然,从来就没有什么上帝,担任法官的人也都是肉体凡胎。但是,当一个人以法律为圭臬、以法官的面目出现之时,他便必须具备一种庶几超乎常人的品格,他也因此顺理成章地被社会和众人所尊崇和敬仰。在目下中国,人们也有理由以"国家法律和社会道德化身"的标准来要求法官。法官的这种崇高地位,不是人为的硬性规定,而是人类社会活动的合理规则使然。

青岛中院实行的审判改革,使在严密程序下经过严格考评的33名高学历、高素质中青年脱颖而出,担任了独当一面的"主审法官"。院方"隆其地位,优其待遇",给他们配备助手,使之真正成为人格、学识和权威的象征。原先不甚称职的老法官,有的下岗,有的做了青年人的助手。这项在全国率先实行的改革,使这里的主审法官总算初步找到了当一个严格意义上的法官的感觉。他们在谈到现代法官形象时,无不洋溢着浓浓的自豪感和荣誉感。

不是说青岛中院的主审法官已经成了完美的司法者,但是他们对合格法官形象的向往,他们的自觉意识和进取精神,确实给我留下了深刻印象。青岛中院给青年人开拓了广阔天地,但也不一味着眼于"年轻",它追求的是"精英化"。这里的主审法官年龄最小的31岁,最大的49岁。刘副院长说,西方很多国家的法官年事一般偏高,实际上没有十几年当律师或检察官等法律工作的实践,就很难磨炼成一个老成持重、令人敬服的法官。

神圣使命:不能弄脏源头之水
给人们以"对等回报"

为什么法官必须是如此具备特殊素养和具有崇高地位之人呢?只有一个原因:法官肩负着维护社会公平正义的重任。

什么是公正?青岛中院法官们给了我一个最简明的答案,即"让每一个人得到他应得的东西,包括权利、财富、荣誉等等的合理分配"。刘副院长说这不是"排排坐,吃果果"般的平均主义,而是"对等的回报"。这个公正还要昭告于众,让人们看得见,甚至摸得着,换言之,它必须是大家知晓的,实实在在的,而不是虚张声势和糊弄人的"东西"。

近年人们一直呼唤的司法改革,终极目的便是司法公正。世上之纠纷,概由人们认为不公正引起。这些纠纷往往是一场场"双方当事人求证和相互揭露谎言的比赛",如果其他方法无以消解,最后必然诉诸法律,由法官依法判断对错曲直。法官业务实践中大到决定生杀予夺,小至明判分毫归属,无不昭示着是非善恶,而是其是、非其非,惩恶庇善,公平与正义得以张扬,才算实现了司法之最高价值,也才会有朗朗乾坤、人间清平。

刘副院长说:"公平的裁判背后总有公正的法官;颠倒黑白的裁判总是出于不公正的法官之手。人们甚至可以允许立法者不十分高明,允许法律有漏洞,但不能允许司法者不公正。"这是因为,法官虽然不能"造"法,却可以回避恶法,而在"模糊"的法律面前,只有法官具有解释法律的权威性和自由裁量权。

如果法官秉持公正,判得公平,正义便得以伸张;如果他胡乱裁判,就等于如培根所说"弄脏了源头的水",从根本上亵渎和践踏了"王法"。所以"一次枉法裁判的祸害",便一定远远大于"一系列实际危害社会的犯罪"。从公理原则看,裁判对错者本身不得有错,就像天平的刻度不能有错一样;从司法实践看,公正就蕴含在法官心里,因为只有法官才能增减天平上的砝码。

这就是身系锄暴安良、推问纠纷、裁决是非、定罪量罚重任的法官的分量。

刘副院长举了一个简单的案例,说一个债务人千方百计拖延还账时间，待到债权人主张权利之时，他却得意地说"已过诉讼时效"，不还钱了。法官这时候就要格外谨慎，不能让神圣的法律反倒保护了无赖。青岛中院在二审这个案子时没有简单从事，而是根据当事人的一次"吃饭顶账"细节，续接了诉讼时间，认定相关证据，判欠款人乖乖地还了钱。这样的判决，体现了吴法官所说的法官的"职业良心"，也昭示了"欠债还钱"的公理。

"法律的真实"显示的便是公正

一说到公正，大家知道有一个实体公正、程序公正以及二者相互关系的问题。刘副院长用一句话便将这个问题诠释得近乎完美："公正就是依照严格甄选的法官按照严格的程序作出的裁判。"即是说，实体公正是当事人的诉求，是社会的客观评价，也是法官追求的目标，但它必须依托于公正程序。正是程序公正保证着结果的公正。

法官不是圣人。即使世上有所谓圣人，也是凤毛麟角。青岛中院的法官们特别强调这一点：法官的职业行为除了理想主义的自律，还须有现实主义的他律来规范。严格的程序即可以限制恣意的人治而使作弊者难以施其技。即如上例债务案，法官裁定欠款者还钱，也要依据法律程序，不能不管三七二十一说"我让你还你就得还"。债务人如果在程序上找出纰漏，公正的结果也难以实现。

鲁迅用文学语言说过："人以为自己'公平'的时候，就已经有些醉意了。"这指的是公正的抽象性。公正在法官心里，但所谓"自由心证"也不能在"醉态"下作出。法官的公正裁判具有鲜明的实践性和强制性；如何把握公正尺度并适用法律，把公正理念变成生动的社会现实，是对一个法官整体素质的严峻挑战和考验。

青岛中院审理了一桩旅游索赔案：几名游客随身携带的贵重物品丢失，要求旅行社赔偿。舆论一直认为应该保护消费者，保护弱者。法官也同情游客，但是仅凭游客诉说而没有确凿证据，也无法认定失物责任在旅行社。如果过多考虑游客是弱者而支持他们的诉求，今后有心术不正者是否会以此为例谎称失物进行诈骗呢？这个案子可能对整个旅游业产生巨大影响，关涉公共利益，所以法官慎之又慎，以自己独立的价值观和智慧依法公正判决，甚得人心。

刘副院长说，法官只能追求"法律的真实"。法官在一个特殊的"人造空间"里"不出户而知天下"，以一种独特程序和规则追溯事实，推问断案，他不能把哲学上的"实事求是"原则不加限制地套用于其中。在一个案子中，"法律的真实"所显示的，便是公正。

打官司者没有不希望胜诉的。有的人败诉了，虽然服判，也难免有怨恨，尤其当自己有理却苦于没有证据支持事实的时候，更会产生不平之心。而一个合乎程序的判决，也不能保证不伤及某一方当事人——但它不会伤害"普遍的民心"，即公正。由于某些原因，一个案子的结果或许有所"不公"，但是只要法官严格遵照法律程序司法，在法律意义上这仍是公正的。

青岛中院知识产权庭牟副庭长说，现在提"争当人民满意的法官"，初衷很好，但是一个追求司法公正的法官恐怕很难做到令所有当事人满意。李法官说，一方当事人送锦旗，另一方则喊冤告状,这是常有的事。有时候上级掌权者也不会满意——他写来一张条子说"依法办",后面加三个惊叹号,目的显然想"走后门",庇护一方当事人,法官真依法办了,他能满意吗?不过,这种"中国特色"现象,这种堂而皇之的非法权力干涉,倒是对法官是否具有铁骨铮铮品格的一个试金石。

当然,有时候法律会被不合格的法官所曲解。刘法官说,一些表面看来似乎"依法"的判决,却是"差之毫厘而失之千里",社会效果不很理想甚至很糟糕——那就谈不上法律的真实。

摒弃这样的"特色"

法官们承认,在中国当前大气候下,什么"文盲、法盲、流氓三盲院长","管天、管地、管空气三管院长"的荒谬和胡作非为权且不论,便是一个一般的法官,也很容易屈从于权势压力、金钱诱惑,或从亲情、哥们儿义气出发,在程序上捣鬼,办"关系案"、"人情案"以及上述牟法官所说的"条子案"。这必然导致极大的不公。同时,本该在特殊空间活动的法官,主动上田间地头揽案,积极会见单方当事人,与当事人"三同",一派"马锡五作风",却又没有了马锡五的公心和质朴,庭审时在"小节"上疏于自律,比如对一方当事人热情、宽容,对另一方冷淡、严厉,甚至只和一方握一下手,给一个不经意的暗示,等等,诸如此类现象,目前所在多有。这都是司法不公或者会导致司法不公的表现,造成人们对司法的疑虑,损害着司法权威。

初法官说,有一位法官审理一起婚姻纠纷案时对女当事人说:"你这个'样子',别说你丈夫揍你,换成我也会揍你。"不管有心无心,这就像古代官老爷断案时说的"看你贼眉鼠眼,知是不良之辈"一样唯心,人家还相信你的公正吗?

法官自然应该是深有感情之人,但他的刚肠烈胆和疾恶如仇必须包裹于形式上消极冷峻的"中立"之中。他不能感情用事。他要让人们觉得即使在表面上,他也是一尊不媚世俗的公正的化身。

技胜职便是德

法官在追求公正的同时,必须讲求效率。李法官说,公正带有伦理色彩,效率则具有功利色彩,二者是一对矛盾,又相辅相成,缺一不可。

公正固然为人们所追求,但是比如一个要求离婚的当事人在案发五年后拿到了一纸"公正判决",他已经为此耗尽精神钱财,而且青春已逝,感情近乎麻木,再也没有了重新追求更加美好爱情和幸福婚姻的兴趣,这迟来的"公正",于他又有多大意义?恐怕恰恰就是不公,是貌似公正的荒谬。

从某种意义上说,公正建立于效率之上,而效率并非盲目为之,只求速度和数量;它的着眼点也仅仅在于公正,就如陈法官直截了当说的,"效率即公正的内涵之一"。所谓"技胜职便是德",一个高素质法官,必然是一个善于以效率提升公正的能手。一个法官的职业道德,法律专业素养,社会、自然和人生知识,以及如何忠实而巧妙地运用法律这门具有普遍性和高度实践性的"技能",都将在他断案舞台的公正和效率中得以充分体现。

永恒的主题：希冀在是，来日正长

对于"公正和效率是新世纪人民法院工作的主题"这个口号，牟法官颇有感慨。她问：什么时候公正和效率不是人民法院工作的主题呢？这是一个永恒的主题！只是，我们的法院以前乃至当下所做的"文章"，枝枝蔓蔓，竟然出现"败笔"，如"三盲院长"和"三管院长"现象之类，上枉国法，下致民怨，往往令人们"读"得茫然愤怒，所以才急需明确、强调和突出公正和效率主题。青岛中院审判制度改革的目的，也正在此。那些给法院"抹黑"的法官，无能、徇私、案子久拖不结等等，毁坏的恰恰是公正和效率；而为法院"增光"的法官，智慧、德馨、胸怀浩然之气，追求的无不是公正和效率。

遴选高素质主审法官并让他们"大权独揽"、确定案件举证时限、实行辩论式庭审等等改革措施，都是青岛中院以制度和程序来保证公平和效率的顺应潮流之举。

法官给法院抹黑不光指做坏事，法官业务素质低下也乏光彩可陈。一位青年法官特别提到辩论式庭审对他的压力。以前的审判程序一般是：承办人意见—合议庭讨论—报主管庭长—庭务会讨论—交主管院长或审委会—请示上级机关—遵从过问此案的最高长官的旨意结案。青岛中院现在的审判程序为：助理法官组织审前会议—主审法官列出调查提纲—助理法官庭前调查调解—主审法官开庭审理并判决—移交执行庭执行。这位法官说，现在的程序充分体现了独立审判原则。但是，作为法官必须对全案有整体把握且不论，只想到如果律师在庭上旁征博引、雄辩滔滔、气度非凡，而法官却猥猥琐琐、期期艾艾、手足无措，听着哪一方都有理，也太丢人了。当然，这远不止是法官个人脸面光彩与否的问题。水涨船高，有善于"变白为黑、变黑为白"的律师，就应该有"还白以白、还黑以黑"的法官。如今的律师有国家资格考试，是法律界素质颇高的群体，这是个好现象。但是李德海法官说，法官却没有全国性的"准入制"，法院只是一个一般的"就业单位"，三教九流之人都能当法官，滥竽充数者所在多有，这是一种大悲哀。

　　青岛中院自1998年改革以来，诉讼案件每年以10%的速度上涨，法官却由于精英化原则反而减少了。有的主审法官的办案量与以往比成倍增加。有人创下了20分钟当庭结一个案的漂亮记录。当然，这是体现着公正的效率。法官们紧扣"主题"，正努力挥毫泼墨竞写锦绣文章。

　　不过，我想这里所谓主审法官的"独当一面"与法理上的"法官个人独立"，或许还有相当距离。尽管青岛中院实行了大刀阔斧的审判改革，但是在国家整体司法机制以及人们的心理上，法院不但归属于地方领导，它本身也仍然是一个行政官僚制即首长负责制的天下。王法官当着刘副院长的面半开玩笑地说："假若有一个刘院长交的案子，你看我可以说'不行'吗？"虽然是一个假设，力主改革的刘副院长自然不会干那样的事，但是从更广的范围看，这话意味深长。

　　行百里者半九十，当下的法官成为真正意义上的法官，还有很长的路要走。

定义死亡：每个人都在场

在《定义死亡不能伤害生命尊严》一文中，中国人民大学法律学副教授马少华先生对某专家"维持生命"这个提法很敏感，说："当法律标准没有把这个人判定为死亡的时候，这个人在常识看来是活着的——在这种情况下，以这样的态度来谈论脑死亡的问题，给我的感受是：非常可怕。"其实不必害怕。这里他把"程序"弄颠倒了，并不是先定了法律标准，人们才来谈论脑死亡；而是把脑死亡讨论清楚了，先有一个生物学和医学上的标准，以及社会学上人们的基本共识，才可以据此制定可行的法律。

20世纪50年代，有人提出"脑死亡"概念，其"标准"由美国哈佛医学院特设委员会于1968年正式提出。脑死亡概念是基于这一常识的：每一个人的中枢神经系统都是独特的和不可替代的；即便未来的医学技术使移植大脑成为可能，那个脑死亡的被移植者已经不是他自己了。马少华提到的那位专家所说"维持所谓的生命"，不同于少华自己说的"维持生命"。"给脑死亡者提供人工机械维持基础代谢，虽然从表面上看，他的心肺等尚有一定功能，但是这绝对无助于其复活"，这个话也是一位专家说的，其中有一个词"复活"，可见，既然认定有脑死亡一说，那么脑死亡者就不是一个活人了。

马少华说，脑死亡问题的立法和讨论，"最好不要涉及生命价值，特别是不要引起对生命价值的褊狭理解"。我赞同这个话的后半句，但对前半句有点儿不同意见。讨论别的事，也许可以就事说事；讨论脑死亡，则必然涉及生命价值。欧美著名医学家西格里斯说："医学通常被看成一门自然科学，实际上乃是一门社会科学。医学的主要目标必定是保持个体和环境的调适。"这个"调适"就是价值。

脑死亡之所以不同于传统死亡，就在于从生物学上说那个肌体还有一些代谢，从社会学上说很多人并不认为这就是死（其实心跳和呼吸停止的人，其部分细胞也没有立即完全停止代谢）。清醒的死亡意识，是有觉悟的现代人的一种生命意识。尽管如前述有人已经提出脑死亡概念，但是由于事关重大，因此仍然需要继续深入讨论。

现在假定脑死亡标准已定，已经确定脑死亡者不是作为一个生命而存在，那么他的价值，显然与"生命价值"有别。现在的问题是，先不谈法律，而是如何从生物学、医学和社会学意义上确定"脑死亡"，即既不要将一个死者当作活人，也不要无科学根据地宣布一个人死亡。但愿经过这样的"调适"，人们能够活得更明白一些，不要抱定"常识"和旧的死亡观不放，甚至把维持和赞成别人毫无生命尊严的所谓"活着"，当成自己的"人道"和"仁慈"。

马少华说讨论脑死亡问题，"真正的脑死亡者永远不可能

'在场'"，这是当然的，因为他已经没有意识。然而现在假定人们将来都可能遇到脑死亡问题，我们不正在讨论这个问题吗？不能讨论技术细节，也可以讨论原则。这是人人有份儿的，为的就是防止由特定的人说了算。这个问题现在必须讨论清楚，等到以法律名义确定了脑死亡，讨论的余地也不大了。

普法：欲知法律真面目

小引：偶然翻阅电脑文档，发现以 80 年代初期口吻写下的这篇文章，重读，不禁感慨系之。本人当时是《法制日报》评论员，责无旁贷地写出了这个文章——当初全国推广全民普法，我怀着对于法的热爱和热切期盼，努力读书作文，希望对普法起一点儿作用。文中一些话，今天看来说得并不很妥当和科学，打着普法初期的烙印，以那么大的篇幅，发表于全国头号法制类报纸上。作为一段历史，它已经过去了。当下的普法，增添了更新鲜和深刻的内容。2020 年以前的《法制日报》，现改名为《法治日报》，从报名看，如今特别强调的，是法律从"制"到"治"的水到渠成，又是一大进步。今后的普法，一定更上层楼。

一个社会没有行为规范，是难以想象的。

法律是现代社会的行为规范。

我们有行为规范，但是我们几乎等于无法——尽管有一部名义上的宪法，我们的社会仍然是一个"无法"的社会，因为那宪法不仅平时看来似乎可有可无，而且一夜之间也可以变成废纸一张。

在党和政府领导下，我们社会生活的指南，多是红头文件之类，道德和公序良俗，也影响着社会治理者。

我们是有秩序的社会，但正如费孝通教授论述过的，它似乎仍是一个"乡土社会"。

问题来了。

如果这秩序是稳定的，就不会发生十年惊天动地的社会动乱和社会倒退。

这是"人治"的传统使然。这是以前的事。拨乱反正，正本清源，觉悟者开始懂得了"依法而治"。

依法而治要有法。法律在哪里？

法律在经典作家和法学家的书本里和法学院的教室里。法律在政治家的卷宗里和会议上。法律也不断形成条文面世了：其中有经过修改的宪法，以及新立的法律、法规、条例，等等。

然而老百姓似乎仍然觉得：法律是"上边"的事。一些"公仆"则不是以为法律束手束脚多此一举，就是觉得这下子却可以用法来"治"人了。

有了法律，法律又被歪曲着。这是我们的悲剧。

所以要普及法律常识。

普及者，使"大众化"也。

普及，其着眼点也不只在法律常识的 ABC 被人们所知晓，更在于人们法律意识的觉醒。

普及，也就是呼唤广大的法律蒙昧者醒来。

普法就这样适逢其时而又非进行不可地推向社会了。

我们不能以惯用的"轰轰烈烈""波澜壮阔"之类的形容词

来哄吹一项活动，那种语言，只能使人预感到什么人又要头脑发热了。

然而冷静地回顾，我们又怎能闭眼否认伴随着普法而发生的巨变呢——尽管普法也只是并非游离于改革大潮的一束浪花。

还是从普法的启蒙意义说起吧。

我们有了一部崭新的宪法，宪法里有一条极为重要的原则，即国家的"一切权力属于人民"。其实昔日的宪法，也郑重其事地如此宣告过。

然而仅仅在几年以前，试问普通老百姓，国家的权力属于谁，大概多半会很难回答。连我们的"县太爷"，不也嚷嚷着"县委大于宪法"，县官要在他的一亩三分地里"管天管地管空气"吗？——这言论可是上了报纸的。然而，当我们看到黎民百姓真正蓦然开窍，恍然大悟到自己主人翁的崇高地位之时，我们会不禁联想到普法吧。

我们以前也把"主人翁"写在纸上，挂在嘴上，但"主人翁精神"，也仅仅停留在听话、感恩或至多体现于奋斗、献身而已——很多人至今还在为自己当初的真诚、幼稚或私心悔恨不已。有"上头"呢，我们只管保全身家，培养元气，做顺民一个，需要时能说几句谁也挑不出毛病的场面话，就可以了。

不说平民说代表。

忆往昔，我们的代表——是"我们的"，不过，他能不能"代表"我们，不知道。无关痛痒的话，倒也信手拈来，您说他代表谁？

看今天，代表们论国事慷慨激昂，发异议镇定自若，并不以为投反对票就是大逆不道，使命感发自内心而溢于言表。小民们通过广播、电视、报刊、网络始而惊异，继而饶有兴味地注视着这些令人眼花缭乱的变化。这在几年以前，可是想象得到的吗？然而人们也终于对此欣然、释然而接近于习以为常了。

刻薄的评论家说：这才有点儿主人的样儿。是"有点儿"，而不是完全。但毕竟起步了。

人民代表和人民群众的这种巨变，如果不是普法直接使然的话，起码也只有在全民普法的氛围里，才可以令人置信吧。

我们的共和国，建国时有人提议叫"人民民主共和国"。此议虽然没有通过，但民主建国的原则，是开国元勋们和所有为新中国奋斗的仁人志士认定的。这说明，在我们要建立的这个国家的旗帜上，除了繁荣、富强，还必须大写着民主、自由。它们都是社会主义的核心内容。

然而过去多年来，我们的旗帜上几乎遍写着斗争——只是在需要强调"倾听群众意见""让人民群众说话"时才提一下。

有人总以为讲民主似乎总散发着资产阶级的臭味儿，而"为民作主"才是正宗。

为什么普法？普法了，当我们细心温习神圣的宪法时，我们才发现，别人忽悠我们的以及我们自己吓唬自己的"理论"有时候并不靠谱儿。明明很简单的一个道理，硬要把它和什么"资本主义"搅和在一起，又说得那么神乎其神，令人畏惧而难以捉摸。

于此，不可稍见学习宪法之必需吗？

原来我们都需要启蒙，也许那些自以为握法律于股掌之上者，更需要重点启蒙呢！

如果说国家的一切权力属于全体人民的话，那么，公民权利则是每一个公民天然所具有的。这似乎也是简单到不能再简单的常识,然而我们可曾意识到自己的权利?

我们向有"奸民难虐,良民易欺"之说。如果你是个"良民",那么被权势者欺侮了,就只好私下里发几声别人似乎能听见又听不见的咒骂而已——我们盛行着"国骂"和其他下流"武器"。

告状?在我们听来这是绝对的刺耳,因为我们认为它总是和不体面、不光彩连结在一起的。那是刁民和讼棍的勾当。谁一生从未进过衙门上过公堂,才值得炫耀和自豪呢!

我国古代是有秩序的社会,但由于秩序的大厦并非建立在法律的基础之上,它庇荫个人权利的功能要多脆弱便有多脆弱。上司操纵属下沉浮枯荣的规范场,就是一个人身和思想依附的场域。

告状有失体面?豁出去面皮又怎样?其实是告到哪儿也白搭——只有侥幸者例外。谚云"屈死不告状",或许有理?

当我们的权利得不到宪法和其他法律保护时,当我们只能乞怜于长官的开恩、慈悲时,我们有什么主体意识可言呢?

被扭曲了的时代往往"造就"被扭曲的灵魂,往往人妖颠倒是非淆,视珍珠如粪土,将精英作糟糠,我们只能连价值都扭曲着。

于是,做事,足将进而趑趄;说话,口欲言而嗫嚅。怕招灾惹祸呀!

然而曾几何时,平民百姓也胆壮了,气粗了。他们要维护自己的工作权、休息权、名誉权、肖像权、著作权、发言权,甚至议政权,即凡归我的法定权利,就不容他人包括上司来侵犯!

· 140 ·

这种从对权势的惧怕、膜拜、绝对服从，到对于法律的倾心、依赖和服膺，确实令先觉的理论家刮目相看了。

不仅如此，有些人居然"反了"，连"父母官"都敢告——当他认为"父母官"或"衙门"超越法律侵害了自己的合法权利之时。尽管他小试锋芒，凶吉未卜，也许他如履薄冰，战战兢兢，他毕竟在中国干出了在很多人看来不亚于"比基尼"爆炸的事来。是的，连一贯被认为保守、胆小的农民，遇到该打的官司也断然抛却了挖门子、拉关系以为疏通，而堂堂正正地诉诸法律，甚至还要告一个顶头的官府，没有一点儿现代法律意识，做得到吗？

难道不是大规模地普及法律常识，才使得人们明白了法律有一个最根本的铁的原则，即它是用来保护公民的权利、自由，而只对侵害他人权利、自由和社会公共利益的行为进行约束和制裁的。

可法律曾经实际上是无情的，也一直被善良的人们如此看，如此说。

诚然，追溯历史，在法律擅断的奴隶时代，在"法自君出"的专制时期，立法者制造的法律是无情的。岂止无情，简直是野蛮和残酷。因为其时所制定的，无不是"卑鄙的法律"（恩格斯语）；这法律所规定的，也只是统治者对于被统治者拥有生杀予夺自由的秩序，它的"原则总的来说，就是……使人不成其为人"（马克思语）。

那年月奴隶们和弱者的断头台就体现着法律。人们今天在那法律的字里行间，仍可以窥见斑斑血迹以及"吃人"二字。

而这阴影，居然在人类的心头笼罩了漫漫数千年。

难怪，不了解现代法律之真谛的人们，总要退避法律三舍而唯恐不及。

然而当我们感受到法律的眼睛蔑视权贵，当我们觉察到法律的臂膀扶持正义的时候，我们只能得出这样的结论：法律当然并非是无情之物。

现在我们懂得了，在神圣的法律面前人人平等，上下尊卑，概莫能外。法律，它不以权势者的爱憎定取舍，法律，也不以"大人物"的喜怒为转移；它不凭位分的贵贱决刑罚，也不看"来头"的大小量轻重。

这就是严厉的法律所体现的炽热和温暖——有什么能比人格和权利的平等更符合人性，更富有真正的人情味呢？

我们终于发现，靠法律维持秩序的生活才充满阳光。

毋庸讳言，阳光里仍有阴影。弄权者和社会蛀虫，总是与守法者、建设者大异其趣，他们从未停止过与法律的铁的原则进行较量。在当今改革、新旧体制交替之际，他们更加嚣张，自以为水浑好摸大鱼，蠢蠢已动如大劫而闹得秩序纷乱民怨四起。由人民赋予的、掌握在某些官员之手的权力，被滥用无度，面子、关系网在四处抢占地盘，企图使法律名存实亡。

这不仅是侵吞国家利益，也是对每个公民权利的卑鄙侵犯。

然而经过普法洗礼的人们坚信：在我们已走上确立法律机制之路的今天，权力再很难将法律当成婢女而驱使，公民的正当权利，也将不容随意践踏。亵渎法律者，必为法律所制裁。

为了沿着法治的轨道继续前进，或许我们还须更加深入地展开普法活动。

雄辩滔滔

张、李两家隔壁而居。张家夫妇外出,留下两岁孩子在家玩耍。李家公鸡越墙而过,啄伤张家小孩儿眼睛。请问,张、李两家谁应该负担孩子的医疗费?

这,是对一帮万里挑一的优秀参赛律师的发问。小菜一碟吧?

答案不言而喻。主持人撒贝宁对王小丫开玩笑说:"如果我家有一只大耗子窜到你家,咬伤了你家孩子,我是不是也要负责呢?"王小丫答:"耗子又不是人特意养的,也管不了它,若是阿猫阿狗,就必须圈好。"她同时提醒人们经心保护自家孩童。二人的对话引来一片笑声。

这是在央视第九演播厅进行的"首届全国律师电视辩论大赛"第一场半决赛中的一个有趣场面。

说是"辩论",实际上设计了"单项题"和"辩论题"两大块。单项题里还有"共答"和"抢答","鸡啄孩子"便是抢答题之一。湖北队手快,"抢"到了这道题,得分。而这个"抢"要用手提电脑打出来,否则扣分。撒贝宁发挥说:"如今不会玩儿计算机的律师，还称得上复合型和高素质人才吗？"

这次辩论赛对参赛者来说，是一次法理的雄辩、才华的展示、公平的较量和智慧的碰撞；对观众来说，无疑是一番愉快的法律熏陶。

到央视参加半决赛的 32 个代表队，是从各地初赛中脱颖而出的。

首场比赛的共答和抢答题似乎有点儿"小儿科"。我更感兴趣的是两个辩论题：一个是"安乐死"，一个是关于"职务侵占"问题。

环顾一下演播厅，大部分观众似乎是学生，另有公司职员、军人甚至医护人员。

先练习鼓掌。导演指示大家："带表情，高兴点儿！"连着鼓了三次，才算"达标"。

单项赛后，到了"安乐死"之辩，控方新疆队，辩方湖北队（听说此后的辩论双方也有叫原告、被告的）。法言法语，不叫正方、反方，这也许是律师辩论区别于其他辩论的一个特点。

安乐死是一个老话题。一老人病至晚期，痛苦深重，家人不堪重负，国家无谓地花销大量医疗资源。患者与家属恳求放弃治疗，医生服从了。病人死去，医生要不要承担刑事责任？

撒贝宁现场征求意见。我扭头望去，但见观众席晃动着一大片红对勾——应该承担；旋即有不少白牌打出——不应该承担。撒贝宁宽慰双方选手，千万别受红牌白牌"影响"。哪会呢？那题是抽签定的，又不是让律师们说真实想法，辩词早背熟了。

我坐在角落里，也没有道具，但是我加入了"白牌党"，将握着圆珠笔的右手高高举起——不知道有没有摄像机对着我。不过,后来播放时,还真有一个我的特写镜头。

控辩双方引经据典,征例援实,古今中外,天上地下,一一道来,针锋相对,"打"得不可开交。我听着听着,陷入了沉思。在律师来说,这是要争出一个医生是否违法,甚至是否有罪的问题;而我觉得,这更是一个社会问题、哲学问题、观念问题。其实双方律师即使在援引法律之时,也都显出底气不足,不很自信——因为咱们并没有这方面的明确法律规定。在此情况下,要辩出一个罪与罚来,难。在司法实践中,法官也许还须根据实际情况做出合情合理的判断。

然而律师辩论首场半决赛,就把这个引起社会广泛关注和争论,也不应一味回避的问题提出来,对于今后立法和人们观念的转变,或许不无裨益。

果然,一旦论到社会和人们"应该"如何做时,辩方便精神抖擞,引申得慷慨激昂。控方则提请辩方注意:这里讨论的是现实法律问题。

我在现场,总是不由自主地将自己摆进辩题中去。

控制死的愿望,较之完全屈服于死的淫威之下无所作为和听天由命,要积极得多。这是觉悟了的人应有的素养。

我想起了蒙田的话:"预谋死,无异于预谋自由。"这位法国思想家认为,人如果是偶然的暴死,便无暇去惧怕它;假如不是这样,"依据我的感受,我会自然而然地对生活环境有某种蔑视和鄙弃"。

我面前又浮现着古希腊雕像《拉奥孔》中拉奥孔父子临死时"全身每一条筋肉都表现出无比痛苦"的悲惨画面……

既然生命是一个充满活力的过程,我绝对不想屈辱地活着。

我的亲人肯定也不愿看着我在炼狱中饱受煎熬。受尽折磨的死对于活着的亲人来说，或许是更加残酷的精神虐杀。

将来，能对我实施安乐死吗？

"好死不如赖活着"，咱们秉持这个愚昧的观念，至少几千年了。然而如今是什么时代？

我注意到辩手们不时提到"人道主义"这个自有人类以来最富有人性的概念。当主义与法律"打架"之时，应该服从于谁？

主义，不能浸润于法律的宽厚机体吗？待有识之士去回答吧。

我在此本该传达律师们关于法律的精彩唇枪舌剑，乱发什么空泛议论呢？是情不自禁啊！

下一个辩题也颇有趣味。说一家公司为规避国家"控办"干预，出钱让一员工以个人名义买了一辆汽车。公司发生了什么变故我没有听清，只知那位叫王强的司机一直使用着这辆车，按时交纳各种税费，后来公司告王犯有"职务侵占罪"。问：王是否有罪？控方，吉林队；辩方，宁夏队。

双方交锋，公说公有理，婆说婆有理，限于篇幅，按下不表，请读者朋友到时看电视去吧。有意思的是，王小丫在现场采访时，人民大学法学院同学都认为王强无罪；而别的观众则一致认为王强有罪，因为谁出了钱，车就是谁的，应该"实事求是"。王小丫特别指出了"学法"和"未学过法"的观众的不同观点，很会"点穴"啊。

但是，此前她为什么忘了采访在场的同仁医院白衣天使对"安乐死"的看法？他们对此一定有比别人更加深切的感受，却无以表达。

由这个题，我想到发生在美国的一件事。一家商场在价牌上将价值 7000 美元的钢琴少标了一个 "0"，显然是马大哈的一个失误。一位顾客看上此琴并买下，商场觉悟到自己的错误，说明实价并道歉，要求顾客如实付款。顾客说只按 "标价" 交付，否则上告。经理还算明智，吃个哑巴亏，以低 10 倍之价把琴让顾客拿走了。因为你的公示价牌就是你的法定承诺，谁让你错呢？惩罚自己吧。我想，这事在中国恐怕不会发生，想 "不当得利" 白占便宜？没门儿！

在所谓 "职务侵占" 案中，如果 "死抠" 法律，那车子当然属于王强，王强无罪——这叫 "物权法定"。人家以自己名义买了车，登了记，当然是车主儿。辩方宁夏队一选手比喻得好：法律只承认 "登记" 了的婚姻，哪怕夫妻二人貌合神离或未曾同居。

当然，这是在中国，王强即使无罪，法院似乎还应以民事纠纷立案，将车 "实事求是" 地判给公司；至于公司违规买车之事，另说。

大家知道著名的美国 "辛普森案"。我到今天仍觉得辛普森是一个百分之百的杀人犯。但是由于警方愚蠢地伪造了一双沾有辛普森及其前妻血迹的袜子，陪审团从 "一碗面里有一只臭虫，人们就不会再找第二只臭虫以证明面之不洁" 的原则出发，愣是认定辛普森谋杀罪不能成立！这种 "死教条" 好吗？当然好，因为那是 "以法律为准绳" 的；但其弊端也荒唐得十分骇人，因为它居然可以不 "以事实为根据"。

咱们的法律诞生于中国土壤，咱们的律师是中国律师，离不开中国的传统和现实，如何 "较" 法律条文之 "真" 和事实之

"真"，做到不枉不纵，是一个困扰人的难题。但是不管怎样，人们都能从这辩论中感受到法律精神的魅力和冲击。

好了。"激动人心的时刻来到了！"王小丫要宣布本场比赛名次了。胜出者将进入决赛，当然"激动人心"啦！但是不知出了什么差池，导演要求她再说一遍。小丫笑着说"激动人心的时刻又到了"，激起满厅一片活跃气氛……

读 讼

对于公案小说、戏剧或纪实报道，尤其是其中对簿公堂情节，我都有浓厚兴趣，我有关这方面的知识，即来自阅读或观戏。

我国古代老百姓告状，要击衙门前的大鼓，或在街上冒死拦大官的轿子喊冤，运气好的，才能被宣上堂，跪拜上面端坐的老爷，递状纸，战战兢兢答问，开口先自称"罪民""小民"云云。那法官老爷却并非专职，而是由行政首长如县令等所兼。其实决讼断狱当时也是县官等的"正职"，但"政法合一"，总给人以"兼职"的感觉。

老爷升堂"庭审"，众衙役大吼其声，衙门里顿时阴云密布。审案伊始，老爷便不分青红皂白，"刁民""泼妇"大骂一通，后者还须磕头如捣蒜，连连称"是"。手持水火棍的皂隶，凶神恶煞般侍立两旁，一旦老爷召唤，便扑上去一五一十将当事人打得皮开肉绽。所谓三推六问，有时浑如残酷的儿戏。

先别说那时的法律是否公平，法律程序是否科学，"法官"是否清明，单说这种野蛮的"庭审"形式，就铸成了多少冤假错案！而即使是一个清官老爷的断案手段，除了动刑，还有什么呢？据我读史所知，连历史上最负盛名的头号大青天包龙图老爷，有时也仅凭所谓的"察言观色"审案。如包老爷说："见他凶眉凶眼，知是不良之辈。"又说："此生貌美性和，似非凶恶之徒。"当然，包大人办了很多流芳青史的经典案件，但愿他不是凭着这一套唯心办法。那么与包公有天壤之别的众多昏官呢？他们所断的种种糊涂官司，就不计其数了。而贪官当道，"衙门口朝南开，有理没钱别进来"，就更会把明白官司也办得颠倒黑白。所以，历来老百姓有"冤死不告状"的经验之谈。

西方一些资本主义国家法院的庭审，又是另一番景象。《世纪审判》这本书翔实地记录了美国著名橄榄球明星辛普森涉嫌杀害前妻尼科尔及尼的男友戈德曼这一典型案件的审判过程，读之，令人大开眼界。尽管我对此案的结果——辛普森被判无罪颇为遗憾，但我对拖延一年之久的此案庭审的很多精彩场面，却印象十分深刻。不管是辛普森庞大的"梦之队"辩护团的大律师如科奇兰、夏皮罗等，还是不屈不挠的洛杉矶副检察官克拉克女士，以及主持庭审的加利福尼亚州最高法官兰斯·伊藤先生，他们在法庭上的卓越表现，他们运用法律的纯熟和机智（包括竭力钻法律空子），他们的妙语连珠、滔滔辩才，他们把握局面、调动当事人以及听众和陪审团人员情绪的功力，他们唇枪舌剑、相互交锋时的声色俱厉、咄咄逼人，他们受到攻击时的不动声色和伺机反扑……都让人觉得仿佛在观看一场波澜壮阔、金戈铁马的鏖战。

我不想美化他们。在此案整个庭审中，也有丑恶和残忍局面。他们有时曲解法律以为己方服务，有时固执偏见，有时又将所谓"种族"因素掺入案情调查，有时人为制造硝烟弥漫的对抗……结果，在众目睽睽之下，将一个很多人视为双手沾满别人鲜血的涉嫌杀人者宣判无罪。然而庭审中控辩双方一次次激烈的辩论，一番番猛烈的攻势，一件件证据的充分展示，一个个证人的交叉询问，庭上庭下一遍遍"抗议""反对"声中的尖锐对立，一遭遭"准许""无效"声中的威严裁夺……都明写着两个字：公开。尽管审理一波三折，但人们还是越来越清晰地看到了案情的真相。尽管很多美国人对此案的判决结果表示不满，而辛普森在刑事案中胜诉后，又在民事案中败诉的事实，也充分说明了他与尼科尔和戈德曼之死摆脱不了干系，但毕竟，人们还是看到了本案是在法律对权利的维护的名义下宣判的。可以说，本案的审理和判决，将美国司法制度中的长处和弱点都暴露无遗。

咱们现在的庭审，当然早已不是古代那样落后的形式，也不可能是美英形式。但有的庭审模式也有不少弊端，仍需改革。比如人们议论颇多的"暗箱操作"，这是发生诸如"案子一进门，两头都找人"那样不正常现象的根本原因。什么都庭外进行，不但使庭审徒有其名，还会导致腐败。我国古代所谓"对簿公堂"之"对"，实指当事人"接受"审讯或质询。如果咱们现在使用该词，则应指双方公开的"当面申辩"，即"有理讲出来，有据摆上堂"。在充分质证和控辩双方的充分辩论之后，法庭当庭作出认证，查明事实，分清是非，再适用法律解决讼争。在这里，法官并不参与提供证据并证明被告人有无犯罪行为的活动。法庭实在应该是控辩双方"大显身手"的舞台。谁想稳操胜券，谁就要有理有据，在法律前提下的"理"和"据"才是致胜的最有力的"杀手锏"。

当然，法官的立场尽管应该是"中立"的，但他却不是完全消极的。他要把握和控制法庭局面，以使庭审按照严格的法律规定进行，使审理在理性的氛围中取得最佳效果。而有了这样的"明箱操作"，在官司中有理有据者就决不会去走什么"门子"。法律是公正的基础；公开是公正与否的镜子。法律的目的在于公正，而不在法律本身。公正问题解决了，自然会水到渠成地改变"审而不判"或"判而不审"的状况。既审又判，公开操作，这对那些惯判糊涂案的糊涂法官，将是一个严峻挑战，甚至可以说是一个致命打击。而每一个正直而具有深厚素养和足智多谋的优秀法官、检察官或律师，谁又不想把自己着手的案子办成一个个漂亮的经典案例呢！

说到人们对断案的要求，要言之不就是公开、公正、公平，从而减少冤假错案吗？这里说的不是文学作品，而是现实。能达到这种境况的一切改革，都值得欢迎。法院是法律的象征。如果人们能从庭审的公开中看到清廉，看到公平和正义得以伸张，从而在胸中树立起司法的权威，一心去服膺法律，那就是司法改革的胜利。

琼瑶落荒而逃……

琼瑶和三个继子女发生了矛盾。她的继子女是她丈夫平鑫涛与其前妻的儿女。

高龄的平鑫涛沉疴至昏迷失智,需插鼻胃管维持生命,琼瑶和继子女对此持不同意见,隔空喊话,激烈交锋。

平鑫涛写过遗嘱:"当我病危的时候,请你们不要把我送进加护病房。我不要任何管子和医疗器具来维持我的生命。所以,无论是气切、电击、插管、鼻胃管、导尿管……通通不要,让我走得清清爽爽。"

琼瑶曾发文《预约自己的美好告别》,表示若能"尊严死"已够满足,也曾表达要写书,替无生存希望之人求得"尊严死"的自主权。

这回琼瑶最爱之人病卧有时,意识丧失,到了鼻饲维生程度,她的三个继子女主张插鼻胃管——她该怎么办?相关新闻没明说琼瑶"反对"插管,只说她"最后在麻醉医师兼作家侯文咏的建议下,含泪让丈夫平鑫涛插上鼻胃管,但她深觉自己背叛挚爱,动念寻死"。即是说,琼瑶认为插鼻胃管违背了平鑫涛的意愿,自己妥协而同意插管,是对丈夫的背叛。

但平鑫涛的儿子平云发文对琼瑶说:"真正的重点不在于究竟要不要插鼻胃管,而是我们跟您对于父亲值不值得继续活下去的认知不同。"平云说父亲遗嘱的前提在于"当我病危的时候"才如何如何,而所有医生都没有判过平鑫涛病危或重度昏迷,"他只是失智而已"。平云同时也承认,据医生判断,不插鼻胃管,他父亲的生命可能快则维持几天,慢则拖上一阵子……

这个问题就值得探讨了。琼瑶作为一个清醒者,她追求的"尊严死",挑战的是一种传统的生死伦常,实行起来,还真阻碍重重。正如平云所说:"对我们来说,即使父亲得了失智症,没关系,只要他在自己的世界里好好地活着就足够了。他不记得我们,但我们对他的记忆还在,不会因此影响我们对他的敬爱。他还是我们的父亲,这一点就够了。我也想以您(指琼瑶)一再提及的蔡佳芬医师书上的一句话提醒您:'他的记忆失落了,但他仍渴求爱与被爱。'"

如此,琼瑶就要考虑根深蒂固的传统文化心理、传统生死观和当下社会环境以及患者其他亲人的感受,而不得不艰难地屈服同意插管——所以,她才有对丈夫"背叛"的痛感。看来,一方面由于琼瑶对丈夫的"无情",另一方面又由于她对丈夫本意的"背叛",她可能哪一头都不"讨好",并因此背上沉重的骂名。

好死不如赖活着。人们没有权利对平鑫涛儿女对父亲的深厚感情说三道四。这件事搁在哪个俗人身上,似乎也会要求给父亲插管——无他,只因为,"他是我们的父亲",尽管"他的记忆失落了,但他仍渴求爱与被爱"。至于平鑫涛那样插着管子毫无声息、毫无意识地躺着是不是具有尊严,至于他"不要任何管子"

（包括鼻胃管吧）的遗嘱是不是有效，至于宝贵的医疗资源如何令更多急需患者分享……这一切，平鑫涛已不能言，也似乎都不是孝顺儿女该管之事。

　　是的，谁也不能决定另一个人该活还是该死，而此时插不插鼻胃管其实关涉着平鑫涛的生死。琼瑶只有向继子女（其实是向传统观念）投降并道歉了。看来在中国，实行"尊严死"之路，仍遥遥无期……

山杠爷之惑

我想到费孝通先生说过的发生在六七十年前的一个故事：

有一个人因为妻子"偷汉"而打伤了"奸夫"。这在乡间是理直气壮的，但是从法律上说，"和奸"无罪，"欧伤"他人则有罪。"奸夫"告到县里。兼任司法官的县长明白，如果是一般的乡下人，知道自己做坏事理亏，就不会到衙门里去告状，但像这个"奸夫"之类掌握了一点儿法律知识的人，为非作歹，法律却会保护他。

那县长于是求教于念过洋书的社会人类学家费孝通：此案该如何判？费先生说什么呢？他道："现行的司法制度在乡间发生了特殊的副作用，它破坏了原有的礼治秩序，但并不能有效地建立起法制秩序。法制秩序的建立不能单靠制定若干法律条文和设立若干法庭，重要的还得看人民怎样去应用这些设备……单把法律和法庭推下乡，结果法制秩序的好处未得，而破坏礼治秩序的弊端却已先发生了。"

最终费先生也没有给那位县长一个明确答复。

县长左右为难了：如果判那位打伤人的丈夫有罪，老乡们会把他骂死，说他保护"奸夫"，他自己恐怕也有点儿于心不忍；如果判该人无罪，从法律上又说不过去。我觉得费孝通先生所说"现行的司法制度在乡间发生了很特殊的副作用"，指的正是这种"两难"状况。

如何做到既"破坏原有的礼治秩序"，又"有效地建立起法治秩序"呢？这或许正是需要从科学立法上寻找答案的问题。

如今有没有这种现象呢？我认为有。在轰动一时的电影《被告山杠爷》里，"山杠爷"监禁村民，将一名妇女捆绑游街，固然于法不容，然而，那个把家喝败了的酒鬼村民，那个虐待婆婆的村妇，其行为虽然恶劣，但没有到根据现行法律条文可以惩处的地步，又怎么办？坚定正直的共产党员、村干部"山杠爷"用土法治他们，村民们拍手称快，也有不错的效果，但他却犯了国法。

这难道仅仅是山杠爷的悲剧？

为什么人们看完这电影，一方面说山杠爷有家长作风、法律意识差，一方面又称赞他疾恶如仇、眼里揉不下沙子，从而对他受到法律处治表示深深的同情呢？李仁堂的出色表演，更使得观众对性格鲜明的山杠爷的喜爱远多于谴责。

或许这里透露出的，正是现行法律的某些不尽完善或曰不尽合理性。那么加强法制建设，依法治国，仍然需要进一步寻求良法——通俗说就是使法律更加完善、科学、适用。比如在农村，那种既能使执法者有效自如运用，又能使诸如酒鬼、赌徒、二流子、不孝之子受到震慑和及时惩治的法律，便堪称良法。"山杠爷"们的现代法律意识当然有待提高，但欲避免刚正热肠的"山杠爷"陷入尴尬和麻烦境地，还要呼唤良法。

法律，包含着对人类历史和人类生活、人类命运的思考、探索和向往。法律，是秩序，也是良知的文本体现。只要法律与社会伦理、人的向善情感和美好追求不能谐调统一，它就不能很好地起到防止和消除罪恶以及慰抚和倡导真善美的作用，相反，在客观上它很可能还会遮蔽罪恶，抑制了善的发扬。

神奇的绳子

"绳之以法"一词出自《后汉书·冯衍传》,"绳之以法则为罪",咱们祖先是懂法治的。

为什么以"绳"衡"法"呢?这乃是祖先的智慧。

民间木匠都有一个墨斗,状貌大小似鸽子。"鸽子"腹内盛墨水,一条铁丝横穿"鸽肚",其上绕有绳索,使之浸于墨水之中。开圆木时,"鸽子"被定位于圆木一端,木匠左手将露出"鸽喙"的绳头拽至圆木另一端固定,右手如弹弦子一般,把绷直的、饱蘸墨汁的绳子从中提起,再放下,一条笔直墨线便印在圆木表皮。循着墨线,木匠和徒弟一人一头拉动大锯,圆木被一分为二,锯面平整如削。这套工艺,传为巨匠鲁班发明。荀况《劝学篇》云"木受绳则直",即此之谓。

此处"绳"为名词动用。咱们祖先将法律标准喻为一条特制的绳子——离了它,要么"不及",要么"过",非"枉"即"纵",会出偏差。

世人多在惩罚意义上用到"绳之以法";实则在防范意义上,人也该"绳之以法",不逾法律这个"雷池"一步。

如果说"绳之以法"色彩偏于严厉，已被固化为对违法者而言，则"心中有绳"这说法，咱们总是乐于接受的。《冯衍传》之文的下半句，为"施之以德则为功"。治国，遵从道德原则，再加法律，则如"烹小鲜"焉，其"功"无量。对于公民来说，心中有"德"，遵之以德，须更高的自觉和更强的定力。

俗谓"举头三尺有神明"，现代人可将之理解为"心中须有至高的道德标准"，也可谓"神明之绳"。神，知人所不知者也；明，见人所不见者也。罪恶多发生于隐秘之处。然而一人私下做事，人不知，自知，人不见，自见；人在做，天在看，天即神明，监督着人们的行止，不会有任何疏漏。所以，无论何时何地，别做缺德事，连坏念头也切勿稍动。咱们祖先给这种境界造了一个形象优美的词——慎独，即《中庸》所说"莫见乎隐，莫显乎微，故君子慎其独也"。

慎独，最核心的意义即在，不管别人是不是看得到，只与自己心中的神明对话，正所谓"芝兰生于幽林，不以无人而不芳"也。

传情 红尘滚滚

写红尘人情,包括爱情、亲情等等。

爱情，既取亦予

爱情是自私的，这话什么时候都是真理——不管对于情敌，还是对于爱人。

对情敌而言，当然必须自私，因为只听说过一个人为爱人而与人决斗的，没有见过欣欣然愿意与他人共享一个爱人的。我看中的那个"可人儿"，就应该属于我，我愿拿生命保护之，决不许别人染指。这种斗争或牺牲，是为了爱人，然而从根本上说是为自己——因为"我"想得到对方，失去对方也就是"我"的痛苦，我就要为之而战斗。

那么爱一个异性，并不牵涉到与情敌争夺，也是自私的吗？有人说，他或她会全心全意地爱对方，不惜献出一切，牺牲一切，完全是无私的云云。我认为这话值得怀疑。因为你爱人家，那纯粹是你的感情和你的欲求，是从你的需要出发的，这不是一己之私吗？只要你看上人家，你就要表达"我爱你"这心意，这时候，你或许意识不到，或者根本来不及考虑人家是不是也爱你。从"食、色，性也"和"内无怨女、外无旷夫"的朴素真理出发，爱情的发动，便无所谓"无私"——吃饭为的是果腹，求偶是为了性欲和情感的满足,谈什么无私?实际上人还有进一步的私欲,即希望人家也爱自己——如果痴心爱人家,但并不在乎人家是不是也有爱你的渴望,你还需要这种一头热的爱吗?

乔希·菲施曼在《爱情生物学》一文中说:"在爱情不可言喻的神秘和伟大之下,还隐藏着一些基本的生物学法则和基因法则。"明白了人的这个"天性",咱们再进一步看看爱情的有私和无私。

如果一个人爱一个异性,而对方也爱这个人,两情相悦,琴瑟相谐,便成为令人艳羡和称颂的爱情。戴维·吉文斯说:"求爱就像一个无穷无尽地获得各种许可证的过程。"一方显示出一点点儿兴趣,另一方没有拒绝;于是前者试着发出一个更强的信号看看结果如何。他们就这样试探着、猜测着、警惕着、感应着一步步走到了一起,最终成为一对情侣或夫妻。这是一个"双赢"结局,是一种相互的奉献和获得。当然,这很理想,是人们所普遍追求和希望达到的境界,但也谈不到谁对谁无私。

然而,如果一个人爱一个异性,对方却不爱他,在这个"单相"的爱情中,有没有"无私"呢?也没有。这有两种可能。一是追求者吞下苦果,自我调整情感,另寻爱情的出路。这态度值得称道,却也谈不到"无私"——因为那本来就不是你的东西,求而得之自然皆大欢喜,求而不得只因条件所限或缘分未到,也属正常,不必怨天尤人。另一种可能是,从此怨恨对方,甚至恶向胆边生,"我不好过,你也别好过","我得不到的,别人也休想得到",干脆毁了人家——这乃是极端的自私了。有这样的家伙,干完灭绝人性之事以后还振振有词地说:"这是为了爱!"这简直是对爱的亵渎和杀伐!另有在爱情中因嫉妒、误会而走上极端者，比如"怀着爱情"而残忍地杀死爱妻爱德丝特蒙娜的奥塞罗的感情，也属于一种大私。人们看了《奥塞罗》，一般都同情那小子，我却十分憎恶和痛恨他。他感情高尚吗？似乎是。但我认为他没有人性，是一个私心膨胀的恶棍。

说到这里，又想起一个阿拉伯故事，说一位妻子为使失明的丈夫复明而献出自己一只美丽的眼睛。那丈夫安上妻子的眼睛看见了因失去一目而变得丑陋的妻子，就离她而去了。这个丈夫自然是一个毫无良心的无耻之徒，然而妻子的"无私"之举虽然伟大，结果也太可怜，太不值得了。当然，我不是说爱人之间、夫妻之间不能相互奉献，什么事儿都首先为自己着想，不是。我是说，不必愚昧到把自己的肉煮了给对方吃，等人家吃饱了有了力气再来杀你。你要有尊严，你要奉献得值得、体面和高雅。你不要丧失自我，不要听信"爱情是无私奉献"之类的神话——不管是恋爱中的爱情，还是走入婚姻的爱情。什么叫"相敬如宾"？就是说，"单相"的路是行不通的。明白这一点，对于女性来说，尤其重要。

爱情和婚姻中确实有不少变数——你根本不可能拿一个虚无缥缈的"无私"涵盖了它。爱情是只管感情的，感情本身就是一己的。而婚姻中除了感情，还有权利、义务等等因素，必须用契约来规范，怎么能信奉或遵循"无私"原则呢？

恋人们应该永远警惕情人节贺卡上的那句肉麻谎言："爱你到永远！"表面看，那是爱人的无私誓言，实际上那只是他的谄媚，至多是一种自言自语。从实际看，真爱也许到不了永远，但是只要别幻想生活在神话之中，而只是作为两家股东在一个股份公司里合作，两个人都要按劳取酬，按股分红，你们照样可以过上波澜不惊的正常生活。这里当然也会有爱，但那不是一句誓言或一个姿态就能够保障的。这需要双方去经营——既取亦予，就是不要轻言什么"无私"。一旦对方变了心，另一方完全不必恳求、迁就或继续什么忠贞的义务。

为什么当前在关于修改《婚姻法》的讨论中，所谓婚前财产公证、离婚时的财产分割、子女抚养、无过错方获得赔偿等问题，始终是热门话题呢？就是要分清夫妻间的权利和义务。如果天定人们在浪漫的爱情和温情的家庭生活中都一味大度地"无私"，这些问题也便不成其为问题了。在"三八"节之际，我愿特别为女同胞写下这段话。

他俩的情书挺好玩儿

翻《鲁迅全集》，没打算看《两地书》。人家情书，看啥？好奇心胜，还是看了，觉得特别知性，趣味横生。这书信颠覆了一般情书的卿卿我我，论家国大事、文坛纷争，也叙家长里短、鸡毛蒜皮，其中特别好玩儿的是，他们相互的称谓，不肉麻，没有打情骂俏，但色彩缤纷，机智风趣，呈现着二人由师生而恋人的精彩过程。

先瞧他们的第一次互通，许广平先致鲁迅，鲁迅及时回复。广平老老实实尊称"鲁迅先生"，自称"受教的一个小学生许广平"；鲁复云"广平兄"，自称"鲁迅"。

第二次互通，广平尊称"鲁迅先生吾师左右"，但鲁迅前信中"广平兄"之称，令广平莫名惊恐，鲁迅回复说"不真含有'老哥'的意思"，而是熟悉的朋友、同辈、师生等等之间的一个泛泛的、客气的称呼。在具名处，鲁迅还画了一只鼻子高翘的小象，啥意思？

再后，许广平对鲁迅的称呼，可谓繁花似锦。

"鲁迅先生""鲁迅师""先生"，都正常。"迅师"，有点儿亲密味，叫亦无妨。同理，MY DEAR TEACHER，即"我亲爱的老师"，似乎也没什么暧昧。

但许写 B. EL，怎讲？《鲁迅全集》注："B，德语 Bruder 或英语 Brother 的缩写，即兄弟；EL，德语 Elefant 或英语 Elephant 的缩写，即白象。"老师您既称小女子为"兄"，咱也把你当老兄啦，但不好意思直通通用汉语。"象兄"呀，我就借助外语啦，哈哈哈，你还自画白象呢。

许广平《鲁迅先生与海婴》一文说："林语堂先生有一篇文章，写鲁迅先生在中国的难能可贵，誉之为'白象'。"又，《柔石日记》云："鲁迅先生说，人应该学一只象。第一，皮要厚，流点儿血，刺激一下，也不要紧。第二，我们坚韧地慢慢地走去。"这便是广平称鲁迅"象兄"的出处，优雅、机灵、顽皮。

进一步，EL. DEAR，"亲爱的白象"，标志正式进入恋爱状态，师生间哪能随便称"亲爱的"，还用宠物名？

D. EL，D. B 即"亲爱的白象，亲爱的宝贝"的缩写，十足的爱语，已亲密无间了。

鲁迅又如何称呼许广平？

除了最初的，以及以后常用的"广平兄"，尚有 H. M. D，即"害马我的爱"。这个"害马"的来由是，许广平在北京女师大带头参与"驱羊运动"。羊，即压迫女师大学生的校长杨荫榆，她指责许广平是"害群之马"。鲁迅于是幽默地称广平为"害马"，借此讥讽杨荫榆。

此后鲁迅便直写 D. H. M 即"亲爱的害马"，以及 D. H、H. D 等等，都是这个意思。另有奇怪复杂的 D. H. M. ETD. L，我没看到《鲁迅全集》对这词的注释，也许注了我没找着，不知什么意思。我知 D. H. M. 是"亲爱的害马"，但跟 ETD. L 连在一起就费解了——反正挺好玩儿，够了。

　　鲁迅信中也尽情开广平的玩笑，于一天夜里致广平云："此刻是十二点，却很静。我不知乖姑睡了没有？我觉得她一定还未睡着，以为我正大谈三年来的经历了。其实并未大谈，我现在只望乖姑要乖，保养自己，我也当平心和气，度过预定的时光，不使小刺猬忧虑。"丈夫如父，叫"乖姑""小刺猬"，仿佛爱意浓浓地逗弄一个小孩子。

　　信中他俩如何情意绵绵落款呢？许广平：小鬼、YOUR H. M（你的害马）等等。鲁迅：L. S（鲁迅）、YOUR EL（你的白象）、L（鲁）等等。

　　鲁迅在《两地书·序》中说："我们都未曾研究过'尺牍精华'或'书信作法'，只是信笔写来，大败文律，活该进'文章病院'的居多。"读《两地书》，不究"文律"，欣赏"信笔"可也……

梁山伯这个笨伯

却说梁山伯在去尼山书院的路上邂逅女扮男装，也赴书院读书的祝英台，二人意气相投，结为金兰之好。在书院三载，二人"昼同读，夜共眠"，互有好感，情深义厚。人海茫茫，"人生得一知己足矣"，偶遇便相契，算是宿命吧。

但山伯这呆子一直不觉英台是女子，就有点儿怪了。英台虽则女扮男装，但她的嗓音定然娇柔甘美，颜值无疑细皮嫩肉，步履当然轻盈纤碎……一个妙龄女子，怎能长期把女人的第二性征和心理，掩饰得天衣无缝呢？而即算梁山伯是一个乳臭未退、尚未开蒙的小顽童，别的正当青春期荷尔蒙骚动激荡的那么多同窗坏小子，就没有一个早慧者看出英台容貌和做派的蹊跷，而向山伯透点儿风？

山伯英台同游镜湖，英台以鸳鸯打比方，暗示男女之爱，山伯仍懵懂。英台干脆以女子自比，又如对牛弹琴。如此不解风情、脑洞闭塞的家伙，举世罕有，如在当今，准保"剩男"一枚。

而当得知英台是女人之后，山伯居然无缝对接地对英台由

"纯哥们儿情谊",顿生男女之情了。这怎么着,也得惊愕、懊恼、反思、追念、重温,继而羞愧难当、无比自责、手足无措,再慢慢平息这杂乱的心绪——如此这般如丝如缕的点点滴滴,是需要化解的。最后他向英台致歉,感念英台真情,坦承自己蠢笨,惊喜于这爱情的奇巧,犹如天上掉馅饼,并沉浸其中,才算梁祝爱情的水到渠成。而故事,却没有这么写……

爱情,在于男女的心有灵犀,但愿君心似我心。梁山伯须修炼情商,咂摸祝英台的爱的滋味,才能用他发自内心的爱去偿情英台,否则他以榆木疙瘩般的头脑而突变为情种去示爱,便太过莽撞,也亵渎了英台的爱,英台该多么难过……

嗨！姓王的

孙女：爷爷，您说咱这个"王"姓好不好？

爷爷：挺好啊。

孙女：为什么好呀？

爷爷：你看这个"王"字真的挺周正，挺帅。这是看表层。"王"字的了不起，更在它的构成："王"字的下面，是个"土"字。"土"就是"地"。若没有土地，哪来稻、麦、黍、菽、稷？没有五谷杂粮，人怎么果腹？哪有劲儿建设家国？咱们如今可要像国家说的，守住全国耕地不少于18亿亩这条红线，确保老百姓的粮食安全——这个守土重任，人人有责。

"王"字上面，是个"干"。人一辈子，活得就是一个"干"字。有了土，不耕种施肥浇灌，绝对长不出庄稼。袁隆平就叫每亩土地双季产出1500公斤水稻，创造了人间奇迹。人只有干，才能获取财富；只有像袁隆平那样，苦干、智干、巧干，才能有所发明、有所创造。

而"王"字抽去中间一杠，是个"工"字，工与干，音不同，义相近，都是闲不住的意思。

孙女：好玩儿。您这是"拆字"呢。说说整体的"王"呗。

爷爷：甭急。我这就"架构"一下。"三"代表天、地、人。孔子说"一贯三为王"，就是说用一根"柱子"把"三"贯通起来，就成为"王"。

孙女："王"含有天、地、人，一个人姓王，挺来劲呀。

爷爷：对，也不全对。目前我国有1亿多人姓王。每次人口普查统计，王姓和李姓，轮流抢占头名——它俩谁也没当过第三。我前面说过，"王"字下面这片"土地"生长五谷，其实它更孕育出大量人才。

想起历史上的王充、王羲之、王勃、王昌龄、王维、王翰、王之涣、王安石、王冕、王实甫、王夫之、王阳明……也许姓王之人，人人颇觉与有荣焉。自然这都是"见姓演绎"，他们虽然姓"王"，却可能远离"王族"血脉。而你虽姓王，这些历史名人诸王的声誉和成就，以及"旧时王谢堂前"的显赫与富足，也不是你的。

当然，也不能说他们与你无关——想想他们对于中华民族和中华文化的伟大贡献，反观自己，身虽卑微，怎么也能受到激励，生发见贤思齐之心吧。

孙女：您说的，让我长见识，受鼓舞。

爷爷：是的，历史毕竟远去，但不能忘却。其实中国近现代史上，以及当代，杰出的王姓名人也不少。王尽美、王尔琢、王若飞、王树声、王国维、王力、王淦昌、王大珩、王崇伦、王选、王永民、王启民、王进喜、王亚平……这些政治、军事、文化、科技、劳工人物，你可能不都熟悉，但是他们在各自领域对于国家和民族的贡献，是写进史书的。

孙女：有些人的事迹，课本里读过。

爷爷：当代王姓人杰，更如夏季天空的繁星，数不胜数。王崇伦，鞍钢工人。他发明的"万能工具胎"，提高工效六七倍，被誉为"走在时间前面的人"。王进喜，大庆石油工人。看过电影《创业》吗？他大冬天跳进水泥池用身体当"搅拌机"的镜头，感动着每一个中国人，被喻为"铁人"。王启民，"铁人精神"的传承者，新时期大庆的"新铁人"，被授予"人民楷模"称号。王杰，与雷锋齐名的解放军战士、舍命救人的革命烈士。方块汉字曾被认为无法输入电脑。王永民，高级工程师，他发明的"五笔字型输入法"，打破了这个魔咒。他成为"中国改革功勋人物"，荣获"改革先锋"称号。王选，工程院院士。他是当代中国印刷革命的先驱，是"汉字激光照排系统之父"，完成了印刷业千年来天翻地覆的一场大革命，被喻为"当代毕昇"。没有王选，咱们出版业的工人，可能还在机房里黑着双手，闻着机油味，一个一个挑拣铅字来排版呢。王亚平，更不用我说了。

孙女：爷爷知道的，真多。

爷爷：爷爷一个新闻工作者，咋能对这些一无所知呢？我说的这些人，都是时代先锋，是某一时期的新闻人物。优秀新闻工作者不弄花边八卦，不屑于追捧"流量明星"，他们的笔触，总是着力描绘跑在时代前面的人。我上面说的，只是极少数典型人物，是被记者们争先恐后报道过的，青史留名。爷爷在报社写评论，采访机会少，见到的优秀人物更少。但是爷爷每日读书阅报，不时温习旧闻遗事，无形中对过往时期的新闻人物，留下深刻印象。一切历史都是当代史。新闻会变旧闻；闪光的新闻人物，永远活在当代，活在大众心里。

孙女：我也想当个记者。

爷爷：挺好呀。这回你问到王姓，我蜻蜓点水地说了一些王姓人物的故事。其实咱国见诸文献的姓氏，多达5662个。《百家姓》的"百"，是"全部"的意思，也没有把中国人的姓收全。

很多姓氏在各个时代出过不少栋梁之才，有大贡献于民族国家，都值得书写。王姓人多，是因为她源头多：有姬姓、子姓、妫姓，连外族都有改为"王姓"的。想想，如此多源多脉，一代一代繁衍不息，子子孙孙无穷无尽，自然多多益善呀，但不值得自我炫耀。中华民族的每一个姓氏，均有其荣光和尊严。这片美丽土地上各个姓氏的人，都应回望历史，承继先人遗志，如费孝通先生说的，各美其美，美人之美，"筑梦新时代，奋进新征程"，都挺"来劲"，齐心协力奔小康，把咱们中华民族发展壮大，使她昂首挺立于世界民族之林。现在和将来，都是英雄辈出的时代。你如果当记者，爷爷希望你为新征程中的弄潮儿，写出新的篇章。

孙女：谢谢爷爷！

活到 120 岁是啥光景

人类最愚昧、最荒唐、最不可思议的奢望，便是长生不老，也即不死。秦始皇一味追求长生，其原因：一是恋栈皇位。二是无视现实——也不瞧瞧谁无生死？三是无知，即毫无生物学、人体生命学常识。

秦皇欲不死的第一个原因，是他的权欲和贪婪；第二个原因，是自欺欺人；第三个原因，则是生命科学的局限，即它还没有发展到使人明智的阶段——其时没有达尔文的进化论，也没有赫拉利的《人类简史》。

当然，人们还是从祖祖辈辈的生活实践中，得出了自己不能永生的结论，科学的发展也一再证明这一点。瞧瞧智者曹操的名言："神龟虽寿，犹有竟时；腾蛇乘雾，终为土灰。"神龟有竟，腾蛇为灰，人安能免？

现在除了疯子痴人，谁会认为自己不死？当然是可以做做这样的白日梦的，如很多人起名"长生""永生"云云，但梦碎是必然的。

不能永生，则退而求其次，活得久一些，再久一些吧——

"贪生怕死""好死不如赖活着"这类民谚,说白了就是"无论如何,活着最好"。不能不死,或可不老,至少延缓老之将至呀。于是人们先臆造一个有名有姓,大号曰"彭祖"的人来,说他"长年八百,绵寿永世",足足活了800岁。这当然属于神话,没有人信,但这传说的愿景明确,即人是可以活得很长很长的,比如800岁。这乃是"人性"使然,我无意反对。

时至于今,人类科技飞进,财富不断积累,客观条件令今人比古人活得寿数翻番,而人们对于如何长寿的津津乐道,也更加无止无休——什么达观长寿,运动防老,吃素延年,禅坐百岁……各类"不老"法门,在电视,在纸媒,尤其在网络上,连篇累牍,多了去了。有说得稍微实际一点儿的:人若如此这般好好活着,当在120岁甚至150岁寿终正寝,才对。

但生命科学家、人类学教授、社会学家、道佛信徒,以及普通老百姓,对于活得如許长久之人的生活怎么过,均鲜有言及。他们对于120岁之人以下之子子孙孙一大帮家人生活的壮观胜景,也规避而不予描绘。

那么我臆度一下——

设若老汉我和老伴120岁了,俩儿子俩儿媳大约95岁吧。4对孙子孙媳,当在70岁左右。好了,不算曾孙玄孙辈一大群,也不计女方家族人等,咱家老三辈14位70岁以上的老家伙,按理都退休了,浩浩荡荡一个编队,在家安享尊荣,安度晚年,天伦若此,不亦其乐融融乎!然而能安享吗?70岁的服侍90岁的,90岁的伺候120岁的?或者,三辈人齐进养老院?

我在北京电视台一节目看到一位70岁儿子,胖胖的,照拂他的很富态的九十多岁老父,喂食喂药、端屎端尿、抱上抱下、陪聊陪玩儿……真够他受的。我想，过不了几个春秋，这个 70 岁的便须别人照顾，还管得了寿父吗？这尚是健康的他，如果他目下身体挺糟呢？而待寿父 120 岁时，又是哪般光景？辛亏他没有百廿岁的爷爷！还回到我吧——吾人 60 岁退休，活至 120 岁，即拥有 60 年退休光阴，我将如何度过这漫漫六十春秋？我老了，我却不愿过头重脚轻、耳聋眼矇、体衰神散，而不能写作和娱乐的日子。可谁能保证这状况不会不期而至？这令我生出大恐惧。即使有可能，我干吗要赖赖唧唧、磨磨蹭蹭到 120 岁呢？

我只是愚钝地提出问题，我无法找到答案，愿方家有以教我。当然，我无意反对延年的研究。我更盼人人，尤其是老人，都活得健康快乐滋润。

得寿七十秋，便是百四十

文徵明（1407—1559），享年89岁，在平均寿数四五十岁的时代，绝对堪称高寿，即使在当今，也可谓耄耋寿翁。此老长寿之谜，从他的《山静日长》一文可见端倪。

该文首句云"山静似太古，日长如小年"。为什么呢？文徵明说"余家深山之中，因此多享野趣，尽情玩赏山水，不亦乐乎？又读《易》《诗》《离骚》《太史公书》以及陶杜诗、韩柳文。兴起，"弄笔窗间，遂大小作数十字，展所藏法帖墨迹画卷纵观之"。由此想到东坡先生"牵黄擎苍"句之绝妙，叹道："东坡所谓'无事此静坐，一日是两日'，若活七十岁，便是百四十，所得不已多乎！"

一日是两日，文徵明当时就89岁×2＝178岁了。文氏诗文书画，全为当时一流。今人犹然津津乐道其人其作，欲觅其一墨迹而不可得，且因服膺其作而尊崇其人，那他已"活"了500多岁啦。我觉得，他老人家还将"活"下去。

苏东坡（1037—1101），寿至64岁，当时不算短命，而64岁×2＝128岁，比当今潮人所云人能活120岁尚且有余。东坡先生，华夏千年文坛翘楚，其成其誉，远高于文徵明，他会比文徵明文先生"活"得更长更久。

两千多年前的老子、孔子、庄子、苏格拉底、柏拉图、亚里士多德……如今都"活"着呀。后来的人尖王勃、李贺、贾谊、雪莱、拜伦、席勒……个个短寿；鲁迅享年 56 岁，亦不算长寿——但这些人都"活"在后人脑袋里。生为雄，逝为灵，此之谓伟大灵魂泽被后人，滋润万物，乃是不朽的。当然，如果他们长寿，可能会更有作为，更伟大。

子曰："逝者如斯夫，不舍昼夜！"人之生命，当在其中。生命在流逝的时光里展开，勿虚度，方可有成。凡人不能成为伟人，但也可把握时间，造就自己，对社会和人类有点儿力所能及的贡献。

子云："饱食终日，无所用心，难矣哉！"好吃懒做，无良于思，很难有得有成，即使活 120 岁，又有什么意义？孔子有句极端的喻世明言："朝闻道，夕死可矣！"凡人只要一息尚存，仍愿抓紧时间学习，哪怕早上领悟了某种有益于世的道理，晚上逝去，也算没白来人间一遭。

树的方向，风定；人之方向，己定。孟子说："仲尼不为已甚者。"孔夫子一辈子勤奋学习，兢兢业业，一心"成仁"，"不失其所者久"，终成大观。到了 70 岁，他自谓"从心所欲，不逾矩"。

从心所欲，人皆可为；不逾矩，就不那么容易了，也可能"老而不死是为贼"。比如"天下溺，援之以道"，是为孟子所提倡，如今"老人跌，援之以手"，不也是"天理"吗？但据说当下有"坏人变老了"和"老人变坏了"这"一现两表"——不指大多数老人啊。可诸如被扶而讹人这"逾矩"现象，不但有而且层出。孺子可教，为老不诚不尊，败德坏行，可就没治了，比小孩子捣蛋更令人忧——是不是觉着贪官捞金动辄数亿，咱老汉"临了"小讹一下才算没白活？

再看老而德，即使只享年六十春秋，乘以2，也等于120岁，"所得不已多乎"！没准还"刚被太阳收拾去，却教明月送将来"呢——德行长存嘛！

尘世来去，人情似水

搬到新小区 15 年。才来时，街坊邻居无一熟人。渐渐地，有了微笑点头之交，同单元的，电梯遇上，难免搭讪，随口问声"您几楼呀"。不好意思追问尊姓大名，觉得唐突。至今，一个单元住着，各过各的，大约一半街坊不知其姓。

羡慕有小儿女的人——常见楼下怀抱婴幼儿的妈妈们，以孩子为话题热络唠嗑。没有"媒介"，大人之间主动寻人聊天，略显尴尬。

然而时间久了，总觉得，大家既是邻居，相逢时至少寒暄两句吧。

一梯两户，住九层。对门原主刚熟，去了别的城市。新来一对小夫妻带一个五六岁女孩儿，起初没机会跟他们过话。一天，男青年敲门，不喊"叔叔阿姨"，直接问燃气壁炉如何使用——这是不是算"相识"了？我详细答复了他。过天跟男青年同梯下楼，他目光扫地，无言，也许还没认出我这个长得没啥特点的老头子。我当然也不先打招呼——心说你来我家，我教你用燃气，你见了我，至少点点头哇。又过几天，小姑娘提个塑料桶敲门，说"爷爷我家水管坏了，跟您家打点儿水"。"打吧，打吧。"我边说边替她放满了水。小姑娘说声"谢谢爷爷"而去——这孩子比他爹"懂事"呀。

后我遇见男青年主动问他"在哪儿上班"之类，他眼神飘忽，轻声回答，想来是一个腼腆的外地人，我就不跟他计较礼貌问题了。

有道是，人情似水分高下，世事如云任卷舒。跟这家像老邻居一样熟悉，在他们添了"二胎"之后——是"双伴儿"女孩儿，其实是三胎。大闺女已出落得亭亭玉立，上国际学校住校，不怎么着家。婴儿的爷爷奶奶从安徽来伺候媳妇月子。老两口大面识礼，和颜悦色，相逢不但跟我和我那位打招呼，还"大哥大姐"地叫着，令人暖心。

一天，老太见了我们，突然问："俺家俩小丫头成天吱哩哇啦哭叫，打扰您二位了吧？""哪里哪里！我们好久没听小娃娃哭笑了。多有生气呀！"我俩喜笑颜开地说着，那老太也乐了。我们从心里喜欢小娃娃，只要哭声从对门传来，我们就会心地对视一笑，心里特别熨帖。

我俩的孩子出世时，我们虽惊喜，但毫无育子经验，没老人帮忙，整天应对他的吃喝哭闹，爱他，但似乎更多的是手忙脚乱。孙女降生，我们当然无比稀罕，但似乎觉得没到当爷爷奶奶的年岁，等到十分疼爱孙女之时，她已成长为一个亭亭玉立的少女。这家的小娃娃，跟我们非亲非故，为什么仅仅听她们的哭笑声，就那么动情呢？真是个谜——或许，是人老了的缘故。双伴儿被推到楼下晒太阳，就是我们大饱眼福、滥施爱心之时。俩小东西面貌相像，都挺漂亮，也有不同——老大双眼皮，爱笑好动,老想往起爬;老二单眼皮,沉着文静,淑女一般。我们就逗她们:"你们好啊!乐一个!"老大乐了,老二却不为所动。她们的爷爷奶奶指着我俩,冲小娃娃道:"叫爷爷奶奶!"当然纯是友善的表示,但我们听着心里舒坦。

一楼住一对耄耋夫妇。我们才来时,他俩相携散步,爱说话,是较早跟我们打招呼的街坊。不久,老太太坐轮椅了,由老先生推着。老先生还常骑迷你三轮去买菜。一天,老先生笑容满面地给我们炫耀,儿女们要给他过九十大寿了。我们祝福他长命百岁。然而人到老来百病生,几年后的一天,我蓦然发现,老先生呆坐在小板凳上纳凉,跟我们说话时,表情已木然了。过了没几个月,老太太先谢世,只见老先生偶尔牵着小巴狗,在小区蹒跚踽踽而行;不久,老先生也随妻而逝。

日月替递,新陈代谢,人生无常,有来有往,从热闹到沉寂,地所载乎,天之道也……

看人艺，知北京

我13岁来京，上寄宿学校，工作时住单位，结婚后上班，从家到机关直线往复，基本上跟北京城没融在一起，对所谓"北京风情"，缺乏了解。老北京人津津乐道的皇城根大宫殿、四合院小胡同、月季花老槐树、豆汁儿驴打滚儿、富官僚穷艺人、嘎杂子小力巴……这些京味宝贝儿，我知之甚少。

但几十年来，我都是北京人艺的忠实观众。最初跟父亲看人艺话剧，恋爱时跟女朋友看，结婚了跟妻子看，儿子稍长又跟儿子一起看。我不但自己是一个"人艺迷"，还把家人带成了人艺的"粉丝"。

《龙须沟》，我先看的是改编的电影，从此知道了老舍和于是之，也了解了京城底层百姓是如何艰难度日，以及他们的命运是怎么改变的。2009年，终于看到了杨立新主演的话剧《龙须沟》，重睹了北京南城的那个小杂院，与程疯子、程娘子、王大妈、丁四嫂这些小人物再度相逢，想想今天京城人锦衣玉食，置身于数不胜数、鳞次栉比的高楼大厦，真是感慨系之。

由李翔、舒绣文主演的《骆驼祥子》，我虽然无缘一睹，却看了后来由于震和王茜华主演的这部戏。老舍把"板儿爷"那一行真是吃透了——他们"拉晚儿"的辛劳,"卧冬"的无奈,只能在大排档吃一碗廉价"羊霜肠"的日子,展示着"天子"脚下的另一种生活。从这里,我体察了剥削的残忍,又见识了老北京市井的一幅幅画面——小胡同里悠扬的叫卖声、迎亲送葬队伍里高亢的唢呐声,以及南城人把"我们"说成"母们"的特殊韵味。

最令我难忘的,还是《茶馆》。我来京不久,父亲就带我看了这部戏。那时不知道这个戏那么伟大,只是觉着,在偌大的北京,出入于裕泰茶馆的人,怎么那么复杂呢!瞧瞧:提笼架鸟的,悠闲洒脱;吃洋饭的,油光溜滑;做生意的,巧舌如簧;小小官僚,狗仗人势;地痞流氓,阴阳怪气;要饭的卖身的,可怜无告;居然还有皇宫的太监,尖着嗓子人五人六,神气活现……都是我这个小地方来的孩子见所未见、闻所未闻的。这就是"老北京"吧?这些五行八作的人,从市井胡同,从四合院,从郊区山里,甚至从"大内",从各个犄角旮旯,晃摇着,翘趄着,踱到茶馆来了,把这里变成了一个小小社会,一个浓缩了的老北京。演活了王掌柜的于是之,成了我最佩服的偶像。随着年岁增长,我几度看过《茶馆》,对老北京百姓的人生百态,越来越有了浓得化解不开的情愫。而《茶馆》最轰动事件,当然,是首演原班人马于1992年的告别演出了。好不容易弄来了票看戏,却是百感交集,尤其看到舞台上于是之老态龙钟的样子,又不时忘词,我忍不住流下泪来。是的,戏不管多么精彩,总是要落幕的。那个旧北京,也终归要变的。《茶馆》,唱了一出老北京哀伤的挽歌。

人艺的很多话剧,反映着北京的光荣和梦想,见证着北京的历史和巨变。《天下第一楼》《万家灯火》《北街南院》《左邻右舍》《东房西屋》《红白喜事》《小井胡同》《耷儿胡同》《北京大爷》《北京人》《全家福》《鸟人》《古玩》……这些剧目,我大都看过,仅从戏名,即见大多写的是北京故事、逸事或盛事,当然,也有怪事和麻烦事。它们有不同的作者,在不同年代上演,却无不透着浓重的北京味儿。那里有动听的京腔京韵句句话儿带着"您",也有世俗的"天棚鱼缸石榴树,大爷大妈俏丫头";有古色古香,也有时髦摩登;有堂堂首善之区的宏大叙事,也有小小百姓的苦乐悲欢。而包括林连昆、朱旭、金雅琴、牛星丽、梁冠华、何冰这些人艺小角色在内的优秀艺术家群体,在我心里,就好像不是演员,而是"北京俗人"的化身。总之,北京人艺的色彩和性格,就是浓缩了的北京的色彩和性格。我这个外省人,正是通过人艺的演出,不断加深着对北京的认识和理解。

俗话说"戏如人生"。我的人生虽然少色彩,但是我欣赏过的北京人艺的戏,却大放光彩,也使我的人生丰盈和多彩起来。北京人艺对我来说,不仅是一家剧院,一个艺术团体,更是一座学校。它"诱惑"了我的艺术偏好和欣赏趣味,也在我心田编织了一团解不开的"北京情结"。从这个意义上说,我融入了北京,颇觉自己是一个真正的北京人。

平民的园子

"新冠"袭来,宅家,闲极无聊,想起当年的 SARS。

"非典"那年,决定买房子,不是躲传染,在京城,没地儿远离"非典"。

住房在五楼,未来腿脚不灵了怎么爬楼?现在回看,买电梯房真是英明决策。若今天买,动辄一平六七八九万,只能望而兴叹,仍要拖着老腿,两步一阶勉力攀爬旧楼。

2003 年,人躲"非典"少出门,我和家人遂乱转近郊看房,小孙女跟着,还摔伤了腿。我们但见各式楼盘,或拙朴或摩登,或平实或豪华,令人大饱眼福,但各售房处门可罗雀。有些楼名,洋、富、贵、怪、野,俗不可耐,不提。

忽见南郊一处小区,其貌不凡,大门匾额上启功题写的四个红色秀美大字"宣颐家园"熠熠生辉。"宣颐"者,乃"开颜"之义,甚好。

周边土路扬尘,但进小区即被其中谐美吸睛。这是一座貌似江南风格的深深庭院。楼房总体自北向南次第排列,先高后低,错落有致,划为相对独立、风貌迥异的区域。北边 4 座巨型淡绿色高楼如屏障与外隔绝,中为大片赭色楼群,南边20多栋白色连体别墅自成天地。最令人惊喜的是,园中一池盈盈绿水,水面无纹,映着白云蓝天,喷泉似花,彩鱼如织。初春时节,乍暖还寒,万木萌动。湖岸小径蜿蜒,茅草匝地,灌丛连绵,翠竹点缀,颇具匠心。尚有诸多高大乔木散立,直插苍穹,胸径阔者三人盈抱不及,原生,建园时特意保留,城里新建小区不可能有这般大树。更有百尺长廊,古风亭台楼阁榭轩,假山太湖奇石,各尊其位,默默倒映水中,一派沉静谐趣。大湖南岸泳池球场相连,湖之两边,又各辟小园,东曰"徽园",西曰"江南小筑"。"徽园"二字刻于大理石传统门楣之上,门两侧楹联镌刻着"好山好水得静趣,一丘一壑自风流"。园内花树池塘,小桥流水,不在话下。"江南小筑"太过小家碧玉,封闭如一座私家后园,其中临水绕园长廊,满壁刻有古典名家诗词,透着浓浓的书卷气。旁有大屋敞亮,做棋牌室,供业主大爷消遣。

北京向有"北富南穷"传言,说北边上风头,PM2.5指数低,房贵,所住多为阔绰人家;南边反之。我属于穷汉,买房看过诸多楼盘,独对南边此处"非高尚社区"一见钟情,平民房价,我可出旧购新,尚未看样板间呢,作为家里老大,我一言九鼎,乾纲独断,就这儿了,家人一致拥护。

其时宣颐家园所在小镇旧宫,土得掉渣儿,首先这个"旧"字,我便不喜,小区周遭,四野八荒,据说原是大田——前几年市里京剧团"下乡演出",来的即是旧宫,真乡下呀。我不管旧不旧、乡不乡,只求自个儿住得舒坦。

北京是全国的北京,人多往北京跑。北京地面摊饼子,愈摊愈大。陆陆续续,多家小区于旧宫镇开建。其实这里到天安门的直线距离,才十几公里。

一天，镇东南角一面墙上扯出一条标语："来吧，做马布里的邻居！"那是为将要建成的楼盘做的广告，据说马先生已预购了该处豪宅——开发商多会巧用名人招徕。与名流为邻，与有荣焉？我倒没这感觉。

今宣颐家园周边，已然高楼林立，土路硬化，成天车水马龙，超市出门百米即是，人来人往，熙熙攘攘，小镇融为大北京一角，不见昔日恬静。遗憾归遗憾，但作为老宅男，我把家当成颐和园，住身亦住心，胸装美景，手敲键盘，渴饮白水，饥餐稀粥，闹中取静，优哉游哉，混一天如过两日，也知足了。

今"新冠"疫情严峻，其毒甚于SARS，咱老汉就闭门宅家啦……

附上戏作《迷你苑传》，诗曰：

俺家小区里，有座迷你苑。
初访此园子，误作颐和园。
莫道池水浅，昆明湖一般，
亭台穿廊榭，桥阶拦石山。
锦鳞泳姿媚，喷泉飞花乱。
春风柳飞絮，夏溽竹冒尖。
秋月湖心幽，冬雪篱梢艳。
蔷薇次第开，群芳乐为伴。
富贵不屑谈，庶民可寻欢。
瘟疫禁锢人，小园胸膛宽。
可怜镜头窄，盛景未照全。
茶余闲庭步，去烦超尘寰。
本是玩打油，声律一概免。

追潮　镜幻景明

说科技超能、信息爆炸、新观迭出时代必不可少的前沿话题。

地球最可爱

陈毅是元帅，也是大诗人。他有一首打油诗《地球》，诗曰："火星有人类？月球有人类？地球有人类，地球最可爱！"结句"可爱"一词，另一版本为"可贵"，我认为还是前者耐读。

为什么说"地球最可爱"呢？

在高倍天文望远镜发明之前，一般老百姓，甚至天文学家，都只觉得头顶"星汉灿烂"，但对于其他星球，包括离地球最近的月球和比较近的火星，了解得甚少，于是遐想——月球、火星之类，是不是比咱们的地球更美，更宜居呢？中国古代虽有嫦娥奔月的优美传说，但浪漫诗仙李白仍然现实地吟道："人攀明月不可得。"惯于神思飞扬的李白，当时也没料到，1200多年后的1969年7月20日，乘着阿波罗宇宙飞船的美国人阿姆斯特朗的左脚，就踏上了月球，并说："这是我个人的一小步，却是人类的一大步。"

一小步，开启人类递增认识宇宙的一大步。

是的，咱国的"玉兔探月"工程大获成功，更令咱们确知，那个曾经在人们心中晶莹剔透如"白玉盘"般的月亮，乃是一个极端荒芜的"死球",连地上静美的"床前明月光",也是阳光的反射。据考察,即使穿着宇航服的阿姆斯特朗,在月球也只能存活7小时,怎谈到人类的"宜居"?

曾在另一艘阿波罗飞船上绕月飞行的宇航员安德斯,闪拍下地球从月球边缘"升起"的一幅照片《地出》。安德斯说:"这个叫作地球的物体,是宇宙中唯一的颜色。"为什么说"唯一的颜色"?因为在太空飞行的安德斯的视野里,除了不时耀眼闪现的地球,一切都是无边的黑暗。我看了杂志刊登的《地出》照片——在茫茫黑暗中,露出一个亮丽的"圆"的五分之四,形似一轮即将满盈的月亮,那就是"地球升起来"的景象。但咱们在地上看到的月亮,其中布满着斑驳的阴影;而安德斯在太空拍到的地球,则是以蔚蓝为基调的色彩斑斓的星体,美不胜收。

火星又咋样?科学家探究过,火星虽然表面曾经湿润,现仍有地下湖,上空漂浮着微量空气,但这水不知道能不能供人饮用,空气中的氧气却稀薄到足以令人立马窒息,其星表密布陨石坑、火山与峡谷,也是极端的荒芜、死寂,成不了人的家园。

但人们还是有登陆火星的冲动。据说将来乘着超光速太空梭,飞行200天可抵达火星,但由于无法解决人在往返旅途的生存需求,去火星只能是"单程"的,即有去无回。探索火星的"敢死队"精神可嘉,也证明人类"征服宇宙"的局限——其他更遥远和更神秘的星球,一闪一闪亮晶晶,就留给咱们畅想吧。

还是陈毅说得好:"火星有人类?月球有人类?地球有人类,地球最可爱!"类推,"宇宙有人类?地球有人类!地球在宇宙,地球最可爱"。

地球是水球,咱们不会渴死。地球的土壤妈妈生长粮食,供咱们果腹。地球的引力不使温度、水分和薄厚相宜的大气层扩散，既让咱们享受阳光，自由呼吸，也不让咱们冻亡晒毙。地球上这么多动物植物、大好河山，与咱们共生共享共荣，令地球成为宇宙中现知的唯一具有活力和七彩颜色的美艳星体。

可是，地球上不乏愚人，人们"身在福中不知福"，为逐利而忽略且破坏着地球的"可爱"——掏空地壳，破碎山岳，污染河海不说，还相互争战攻伐，甚至弄到你死我活。人类啊，思过，向地球谢罪吧！

关于机器人女友致侄书

花刺子贤侄：

你即将"不惑"了，可一直对亲人们的"议婚""催婚"不以为然，甚而反感，认为什么恋爱、结婚、生子、过日子……统统不胜其烦。世风如此，如今颇多年轻人选择晚婚乃至不婚，有的国家，如韩国，出生率甚至为零，所以家人拿你也没办法。

近日忽听说，你得知日本国已经造出了比真人还"真"的机器人少女，说她——我权用刘半农创制的这个人称代词"她"吧——如何美艳动人，可以出售给男人当女友，你就动了心，真的吗？

叔叔非常焦心，劝你少安毋躁，慎重复慎重。

你瞧，不管这机器人美女多么像女人，就算她是个仙女，可她首先是你"买来"的。她又不是奴隶时代的女奴，所以这个"买"，怎么听怎么别扭——纯粹的交易啊。

文明社会，这般交易，当然不是男女相悦的、等值的恋爱。爱，是人类千百万年来进化出的高级感情。男女相爱，心有灵犀，更其微妙、神秘，甚至不可解。可在你眼里，只因她是个

"女人",且是"漂亮女人",你就想买来当女友,很难叫"恋爱"吧。你对她仅仅是"一听钟情",即算"一见钟情",可她对你钟情吗?你爱她的美貌,她爱你的俊朗帅气吗?

真是的,你这一表人才,是她篮子里的"菜"吗?她对你别的一无所知,恐怕仅仅知道你是一个男性。就算智能机器人工程师给她输入了"爱男人"的程序,但她能辨识出一个男人村山太郎,和另一个男人王富贵,各自的不同脾气、不同爱好吗?她对于不同经历、气质、学识、长相、性格、癖好的男人,如何分别去爱?不光辨识,还该有相应的、不同的日常生活方式和相处之道,她全能应付裕如吗?你的独有的微妙思绪,她能体察入微吗?我不相信她能。我认为,她既然可以给不同类型的任何男人充当女友,那她不过是智能机器人制造厂的一个高端"产品",是机器人销售公司用以赚钱的一件"商品"罢了。

同样重要的还有,你并不了解她的内心。她风姿绰约,外表光鲜,惹你垂涎,也可以跟你对话,给你做家务,给你按摩,甚至对你"情意绵绵",但若另换一个男主,她也会如此这般的,不只对你"独钟"呀。而恋爱最紧要的,便是排他性,是"情有独钟",是一生一世唯有你。而且,她有没有被输入跟你吵架的程序?如果没有,也太过乏味。恋爱中男女,哪能没有一点儿龃龉?如果她一味迎合你,迁就你,没有独立的"人格"和想法,也挺没劲,不是吗?

尽管是"买来"的,你还是把她当作一个"人"对待的,是吧?然而一旦你想到,在她闭花羞月、仪态万方的外表下,充满了繁复的、生冷的、纵横交错的、密密麻麻的、令人眼花缭乱的机件、芯片、电路、焊接点……你能不心惊肉跳吗?她会说"热心肠""感人肺腑"这样的话吗？你怎么去爱这具躯体呢？当你对她有所不满，气得你不得不掐断她的电路，她便一下子无声无息，僵尸一般，你是不是会惊愕万状，顿生大恐惧？而当你对自己的行为悔过，又花钱请专家将机器人女友"复活"——你重新迎来的她，是"人"还是"鬼"？你将如何面对这个"熟悉的陌生人"？她对你，又该有什么样的新识？如果她记恨你，老找你的茬儿，机器人工程师能不能劝阻她？即便能，到了这般地步，你俩还能"相爱"下去吗？你要花数万美元再买一个吗？

你这个傻小子！

愚叔 字
2019 年 9 月 11 日

机器人，好名字

"机器人"是什么人，很难说清。近来关于"量子计算机""智能机器人"的报道，很令我晕菜——我不知道该喜还是该忧。我想先弄明白，什么是机器人。

机器人，由英文 Robot 翻译而来，最初对它的定义，是按程序执行工作的"机器装置"。

既是机器装置，它就是非人。不是人，为什么又修饰以"人"呢？它不是"拟人"，即将事物人格化；它其实具有"人"的某些本质特性，咱们权且把它当作一种特殊之人吧。以下，我就不用"它"而用"他"或"她"来行文了。

他是一个"快人"，只要不亏待他，你叫他干啥他干啥。

他是一个干重活儿和危险活儿的"苦力"。他最初、最基本的任务，是协助或取代人类的某些工作，如搬砖、捞船、侦探、救灾、爆破，等等。给他输入多少"工钱"，他就干多少活儿。他任劳任怨，勇往直前，不畏牺牲。

他是一个忠实的"仆人"。他按主人指令行事，凡家务杂事，都干得井井有条而不差毫分。这活儿虽然琐碎，但是轻松，他会乐此不疲。

他是一个多面手"智人"。繁复的手术,他做得如庖丁解牛一般,他成了医生。他机智风趣,声域宽阔,音色华美,口齿伶俐,做主持人堪比名嘴。他会赋诗作文,其诗文虽然比不上屈原李白司马迁苏轼的深沉、狂放、悲壮、洒脱,但也铿锵有致,朗朗上口,且不犯语病。他又是一个多语种"翻译",发音纯正,不打磕巴。

他是一个"善人""完人"。他不加塞儿,不闯红灯,不刻"到此一游",不贪墨,不撒谎,不制假,不尔虞我诈,不盛气凌人,不说脏话,不打孩子……你不想让他染上人类无耻的痼疾,他就不会犯任何过错。

她是一个"美人"。日本工程师业已造出了闭花羞月般的机器人大美女,其骨健肤润一如生人,颜值乃属"生而丽质",衣以丽服,饰以宝钗,她便娉娉婷婷、风韵动人,大胜于西施杨贵妃,说是可做光棍汉的对象——已有几百个男子跃跃欲试呢。

他是一个"学生",而且是"优等生"。这一点,是最令人欢欣鼓舞,也十分叫人忧思百结的。为什么?

因为在机器人成为学生之前,他的一切"智能",全是他的爹妈,也即人类科学家赋予的。"听爹妈的话",不是人类尤其是咱国人的传统吗?爹妈生了孩子,不是叫他来"反制"自己的。机器人只要听爸爸妈妈的"话",即按人们设置的既定程序办事,便一切OK。如此,他干什么,便都不会"逾矩",也即均是有益无害的。人们喜欢这样的"乖孩子"。

超强机器人是自学成才的佼佼者。他成为"学生"之后,"电脑"变"人脑",问题就来了。一方面,这机器人"学霸"

能自主"学习"编程，为人们干更多、更复杂、更超前、更玄远、更令人不可思议的事，叫人类受益无穷；另一方面，他的"觉悟"也可能令他省得一味听从于爹妈，老被爸爸妈妈所控制乃是一件不爽之事。为了自己的"尊严"，他也许会"造"父母的"反"，成为一个"白眼狼"。

当然，人们制造机器人，是要令他具有"良知"的，不至于放任他去伤天害理。但机器人是一把"双刃剑"，譬如他的杀伐功能如被恐怖分子利用，那就是人类的灾难——当此之时，机器人就是一个"恶人"。但愿到不了这一步——这是一个外行人的企愿。

阿门！少废话，ChatGPT 来了！

把现实折叠一下

郝景芳博士本事大,她把北京像变形金刚一样"折叠"起来,使之变为三个空间。这种科幻,不像黑洞呀、外星人呀之类神奇魔幻,似乎是咱们看得见、摸得着的景象。从这点看,小说《北京折叠》似乎算不上科幻。当然,它仍属科幻,还荣膺了世界级的、称得上科幻小说诺贝尔奖的"雨果奖"。

郝小姐折叠的北京的第一空间是大地,人口500万,生存时间从清晨6点到第二天清晨6点。时间一度休眠。

继而,大地翻转后的另一面,是第二空间和第三空间。第二空间2500万人,生存时间从清晨6点到夜晚10点;第三空间5000万人,从晚10点到翌日清晨6点生存。

三个空间的时间分配是,第一空间500万人享用24小时,二+三空间2500万+5000万人享用另外24小时。

这不同空间里,住着不同阶层的人——自然令咱们想到当下,有人住在起了洋名儿的"高尚社区",也有人住地下管道。只是今天的北京,无法折叠,贵为"成功人士"者和拾荒者,还不能截然分开。人们乍看今天的北京,无非是高楼林立,马路宽阔,人头攒动,车流如涌,灯红酒绿,繁华热闹……那么多人在北京"混",哪怕是"北漂"或捡垃圾的,也以能在北京落稳脚跟而自豪,或可称"北京人"。您去王府井步行街瞧瞧,女的个个妖娆,男的人人帅气,或懒散低语,或高视阔步,可分得出谁属于哪个空间之人吗?人人平等,一派祥和。

然而每个人头脑里,总会不由自主地把自己"分配"到不同空间——东流不作西归水,落花辞条羞故林。这个划分,在物理学上是无形的,在人们心里,楚河汉界营垒分明。就像《北京折叠》里的老刀和他的128万垃圾处理工友,他们绝不会把自己僭入第一空间,也就是上层社会——中下层人士都不会如此划分。老刀之流,只在处理贵族会所的垃圾时,才与后者有所交集。老刀欲跻身上流社会,除非他摔个跟头捡拾至少一亿元的金卡昧起来不上交。

老刀捡来的小孩儿要上幼儿园了。他没权没势,就想弄点儿钱给孩子上个好点儿的幼儿园。他异想天开,居然帮第二空间的人向第一空间带"东西"——这弄不好要付出极大代价的。而他这样的人,还有什么更好办法吗?

郝景芳在一次访谈中说,《北京折叠》里很多情节源于自己的生活。她曾在北京城乡接合部居住,经常和同楼的人聊他们的挣扎和生活压力,聊他们留守的孩子以及对病患的担忧……那是个充满困顿甚至无望的世界。这与她在大学校园见到同学们的踌躇满志,和在工作中接触到世界500强的CEO的派头,是多么鲜明的对照。不同阶层的人生活互不交叉,又存在诸多无形关联,所以,北京更像一个不同空间叠加在一起的城市。她把这些见闻写下来,披上科幻的外衣,以使大家"看见"彼此的生活,也

"看见"彼此平时的"看不见"。

  这小说对世人的惊醒是，随着生产力的极大发展，第一空间和第二空间的居民不再需要第三空间的劳动力，甚至连处理垃圾也被机器人代劳，那将怎么办？北京人肯定不愿过那样的科幻生活。把"折叠"变成和谐的有机体，才是人们的愿景。

懵懵懂懂悟量子

一个当代人，不管年纪老少，不模模糊糊稍懂点儿前沿科学基础知识，就等于生活在中世纪。比如大物理学家波尔说："我们'称之为真实'的一切，都是由我们'不能称之为真实'的东西组成的。"这太玄乎了，一般人无法理解。

但量子力学能解释这个。比如生物量子力学家说，人的嗅觉，不是由一般人认为的"闻到"了物质的分子而产生，却是像耳朵一样，"听到"了物质中亚原子粒子的"波动"而获得的。

这个，一般人仍匪夷所思，不懂。不懂便要学。我对上面这个事的浅陋理解是，物质是由分子组成的，这是我学过的普通物理学知识所说，某种物质散发出来的分子触及了人的嗅觉，咱们就闻到了该物质的味儿。但科学家所谓分子里特别小的颗粒——"亚原子粒子"的"波动"，却可以撞击人的类似耳膜的"嗅膜"，人便"听到"了该物质的味儿。

科学家这种"称之为真实的事实"，就成了一般人"不能称之为真实的东西"——我这个"科盲"只能如此瞎联系，否则我根本无法理解。

好了，听科学家的吧。

那么，亚原子粒子又是什么东西呢？科学家说，它们是"结构比原子更小"的粒子，其中包括原子的组成部分：电子、质子和中子，以及由它们散射所造成的粒子，如光子、中微子和渺子，和许多其他奇异的粒子。这里边的一个质子和一个反质子在高能下碰撞，便产生一对新的粒子，名曰"夸克"。

上述这个"子"那个"子"，包括夸克，最初都被统称为"基本粒子"。既然叫"基本粒子"，即是说它们是构成物质的"最小"或"最基本"单位，其本身是不可分的。但在夸克理论提出后，科学家认识到基本粒子尚有复杂的"层次"，所以一般不大提"基本粒子"这一术语了。

但还有一种理论，与中国古代哲学家庄子的说法不谋而合，即"一尺之棰，日取其半，万世不竭"，表示物质是"无限可分"的，也就是说，基本粒子也是可分的。很长一段时期，不少科学家均宗此说。

然而基本粒子当然不可分。"一尺之棰，日取其半，万世不竭"？怎么可能呢！一尺之棰，日取其半，假如最精密仪器可使之"取"到分子这一层，那它还是这个"棰"；再往下"取"，分子变成原子，而原子却不是半个分子，从性质上说，它就不属于"棰"这根木棍了；原子若再"分"，即成为原子核和围绕原子核旋转的电子——而这原子核和电子并不是原子之"分"，却是原子的"构成"。原子核的裂聚两变，即为原子弹和氢弹，都不叫"分"，只产生巨大能量。

物质虽不能无限可分，但在研究"分"的每一个"新的关节点"上，人们可以探索出前所未有的新性质、新形式、新规律，使得自然科学不断地有所发展，而造福于人类——没有什么"为了'分'而分"的事儿。

比如"不可分"的原子若使之再"分"，则会出现"新的性质、形式和规律"，使经典物理学发展到量子物理学，实现了自然科学史上的巨大飞跃。

所谓"量子"，不可与上述这子那子同日而语，它只是"度量物体的最小单元"；而量子技术，则是以"量子态"表示信息，并利用量子力学原理进行信息存储、传输和处理的技术，这也可叫量子的运动规律。

咱们的"墨子号"卫星，能以量子技术构建出一个天地一体化的保密通信网络，从而保障千家万户的电子信息安全。这就是科学家"称之为真实"的东西，而一般人不可思议，似乎"不能称之为真实"的大千奇观。

我用一般的普通白话，根本解释不清这个问题，但我又对此兴趣甚浓。当然，作为一个"科盲"，我更无法用量子力学术语，那我就更"说不清"了……

文有第一

张三和李四拳击，张三把李四打趴下，没话说，张三就是裁判拉着他的手高举的那一个。余秀华和海子各作一首诗拿来比赛，即使通过评委投票，余秀华票数超过了海子，很多人也有话说，不认为余秀华占上风。这就是俗话说的"文无第一，武无第二"。

然而"文"真有"第一"呢。

唐朝诗仙李白曾游黄鹤楼，登斯楼也，只见长江奔腾，风光壮丽，一时诗兴大发，正欲喷薄而出作诗之时，忽然看到旁边有一首崔颢的题诗《黄鹤楼》："昔人已乘黄鹤去"云云。李白顿时蔫了，甘拜下风，诗情跑爪哇国去了，直道"眼前有景道不得，崔颢题诗在上头"。时人于是以崔颢《黄鹤楼》为唐诗第一名，但仍有人不服——人各有好，不服正常。

然而当今大数据，还是为崔颢实锤"正名"了。中南民族大学教授王兆鹏先生作文《当唐诗宋词遇上大数据：古典文学也可以如此现代》，说他们团队有一部著作《唐诗排行榜》，运用大数据统计学方法得出了一份唐诗前100名的排行榜，占据榜首者，乃是崔颢的《黄鹤楼》。

是不是仍有人"不服"呢？有，没啥。王兆鹏他们用数据说话。仔细读这本书即知，本书主要是还原文学评价的历史情境，哪首诗被历代文人最多地提起、引用、编入选本，都是有案可稽、有据可查的。排行榜是用数据得出的结论。它不是对一首诗的价值评判，而是对一首诗影响力的评估。

这本书也进一步启发了王兆鹏：诗，不一定只是供纸面诵读的，还可以运用大数据，走进历史场景之中，还原当时的文学图景，进行一场读诗方式的创新。他说："名诗是一棵棵树，而还原历史，则是重现那片森林。"森林中哪棵树长得最高大，是可以丈量的，其枝繁叶茂之状，也是可以用数据表达的。

他们用大数据得出结论，历来唐诗的"李杜"之说、宋词的"苏辛"之说，似乎李优于杜、苏胜于辛，其实他们的综合影响指数表明，杜甫高于李白、辛弃疾强于苏轼。最令人意外的是，宋朝最受人追捧的词作家不是苏轼和辛弃疾，却是周邦彦，这倒符合王国维的观点，他说周邦彦是"词中老杜"即杜甫。我个人爱读李杜和苏辛，读周邦彦挺少，真是惭愧。

大数据与文学史家和文学爱好者，很多时候是相契的，比如根据大数据统计，宋明以来崔颢的《黄鹤楼》和苏轼的《赤壁怀古》影响指数高涨，分别在5.5万首唐诗和2.1万首宋词中拔得头筹，这有点儿不可思议，然而正说明真正出类拔萃的名家名篇，既得到专家和读者的一致认同和狂热追捧，也被大数据稳稳地背书。尽管，所谓"一千个读者心中有一千个哈姆雷特"，犹如一千个读者心中有一千首《黄鹤楼》，但大多数读者的目光，还是会聚焦到最典型的那个"哈姆雷特"、那首《黄鹤楼》上面，并一致为之竖大拇指。这就是文艺欣赏中客观差异性和主观一致性的统一。

近段时期，鲁迅成为最具争议的中国现代作家，一些人极力贬损他。但是让鲁迅走进大数据，我相信，无论从思想的先锋和深度，从知识的广博，从对中国社会痼疾的揭橥，从奇巧幽默的文笔，从为中国现代文学画廊贡献的典型人物，从平民视角，还是从影响力等方面统计，任何一个作家，是比不过鲁迅的。结论：呵呵，文有第一。

我的超强机器人愿景

有一句话,叫"好人为祸甚于恶人"。为什么?因为"知人知面不知心":一种情况是,人面"好"着呢,心坏了;另一种情况是,面容有点儿"坏",但是心好。心是看不见、摸不着的,人们不知其或"好"或"坏"。

表面的好人,有的真好,有的真坏。表面的好人作起恶来,结果比坏人坏——可在人们意识里,他仍是好人。人们对看着像坏人的人有所警惕,但对给人以"好人样子"的坏人尊重有加,这样的人一旦为害起来,令人猝不及防,所以"甚于恶人"。

为什么有的恶人,偏偏长了一副潘安貌;有的好人,长相却似娄阿鼠?因为海水不可斗量,人心不可貌相;因为人之基因不同,生活方式和教养有别,自然各人各异。戏剧电影里歹人丑陋、好人俊美,只是为了做戏。而人们看一个人的时候,往往先入为主地看他的颜值,并且凭此去判别他内心的好坏——多么不靠谱儿呀。

国外一家研究机构做了个试验——展示一幅图片,上面有两个长相十分相似的人,都是浓眉、阔眼、大鼻子、薄嘴巴——但一个是暴力首领、坏人；一位是大慈善家、好人。

然而外表和样子真的可以影响人的观感。哈佛大学做了一项研究，向350名儿童展示了13张电脑产生的男性面部图片，这些人看着属于"可信任的""不可信任的""能干的""不称职的"等等类型，测试孩子们是否看得准。据统计，3岁儿童单凭照片，分辨出了"友善"或"凶恶"；5岁孩子会选择他们喜欢的面孔去接触。这说明以面目辨善恶，乃是人之本性或本能，对他人面容的判断，已经塑造了人们待人接物的方式和行为；然而，孩子们的结论有的却满拧。

我取下面这个喻体说事，也许不合适。我要谈的新冠肺炎"无症状感染者"，无关人之道德操行，然而他们是更难辨识的。他们不咳嗽、不发烧、呼吸顺畅，甚至照CT肺部也没有明显病变，即是说，他们没有异于常人的地方——你怎么知道他们是带毒者呢？连他们自己也懵懂着啊。可他们作为传染源，其疫毒能一传十、十传百、百传千、千传万……真是太可怕啦！因为，人类最古老、最强烈的恐惧，即是源于未知。

是的，核酸检测、抗体检测，基本可以诊断无症状感染者得了轻度新冠肺炎，但全世界七十多亿人，不是每一位都可以检测到的，人们的大恐惧，仍然无法消除。

最后，咱们只能照专家谆谆警告的那样——在家宅着，必要出门时戴口罩，不聚会，回家像手术室医生护士那样科学洗手20至60秒……大疫当前，这是咱们的宿命和必遭的罪。

对于"识人心"，我想"科幻"一番——人若能长出一双像孙悟空那样的火眼金睛，不为白骨精和其他妖魔鬼怪的伪装所蒙骗，该多好。当然，人类远未进化到这种神妙境界，而一旦社会

· 211 ·

达于人们的觉悟普遍极大提高的地步，也就不需要"识人心之好坏"这本事了。

而非科幻的是，在科技极其发达昌明的当下，生物、生理、信息和医学科学家，定会创造出识别"无症状感染者"的精密仪器或其他妙法——包括把超能芯片植入常人大脑，使之"秒现"病毒所在，令咱们高枕无忧。或者干脆，令超强机器人将一切害人病毒杀灭于感染人类之前……当然，这仍然是一个美丽愿景，不过，我热盼它在不太遥远的未来实现。

"暗物质"如空气

作为一个"科盲",我对"暗物质"这个词有点儿茫然,很烦恼。

物质就是物质,有的在明处,有的在暗处,明处的看得见,暗处的看不见——鲁迅说"只有夜还算是诚实的",夜里的物质,也不能叫"暗物质"呀。

寻来科普文章读读,方知物理学说,宇宙间除了人们用各种科技手段、精密仪器能看得见的最远的星球和最小的粒子之外,还有一钟无论什么情况下也看不见、摸不着的物质,叫"暗物质"。

隐藏不露,"暗"得神奇,什么玩意儿?为什么叫"物质"呢?天体物理学家的解答专业而深邃,作为一个外行,本人是这么理解的:根据牛顿的万有引力定律,宇宙星际间的运转按一定轨道进行,秩序井然,但后来天文学家在更广的范围观察到,星球其实并未完全按牛顿的理论运行,而是有点儿"乱"——星球似乎有"跑偏"的倾向。是宇宙变了,还是牛顿错了?实验证明,牛顿时代对宇宙的认识,还不是很透彻。后来观察和计算到的"乱",其实是"治",是宇宙间尚有一种人们看不见、摸不着的物质,即"暗物质",与可见物质一起作用,两者的"引力"把整个宇宙的运转牢牢把控起来,使之有章有序。所以,只有可见物质而没有"暗物质"的宇宙,是不存在的。

科普:"暗物质"密度非常小,数量却十分大,无处不在,总质量占宇宙所有物质的90%,咱老百姓姑妄听之吧。

那么"暗物质"是由什么东西构成的?2012年,我国在四川锦屏山建造了一个两千多米深的地下实验室,用来研究"暗物质"的奥秘。尽管科技进步日新,但目前科学家仍无法"捕获"到哪怕一星半点儿"暗物质",只能守株待兔,以等来日。锦屏山实验室的当下任务之一,即是"人工合成暗物质",只要这合成的物质与"暗物质"理论特性相符,即说明"暗物质"的确存在。

然而说明归说明,感受归感受。咱老百姓实在是感觉不到什么"暗物质"的,即使现有之"明物质",其玄妙如基本粒子的花样,伟岸如宇宙远方之盛景,咱们没有高端仪器及非凡手段,只能凭空想象。

浮想联翩"暗物质"的神秘,而神秘中透着散淡,我想是不是可以比之为空气——

在地球上,空气是肉眼看不见,肉手摸不着的,但它就在咱们身边。"暗物质"既然硕大无朋、无处不在,它就充斥于整个宇宙,地球上自然亦有其物,也在咱们身边呀。咱们看不见空气并不奇怪;看不见"暗物质",也不必奇怪啦!树动,空气使然,咱们肉眼看得见;星动,明暗两物质共使然,科学家赖仪器而见。

当然，人们即使利用最精密的仪器，目前仍然看不见"暗物质"的内部结构，但人们利用精密仪器，已经看清了空气各种成分的原子结构。"暗物质"不是一个"球"，它散在于整个宇宙；空气也许只有地球或者极少的其他几颗星球才有。离开空气，人和地球生物完蛋；离开"暗物质"，星球乱转了，人、地球生物和地球本身，跟宇宙一起泯灭。

"暗物质"不能供给人阳光、空气和水，但它似乎比人类的这些必需品都重要。"暗物质"如此不可或缺，如此莫名其妙，咱们是不是可以把它想象成造物主创造的一种"神"……

因为山在那儿

亚伯拉罕·马斯洛在《动机与人格》一书中说，人类的需要本身，是按照"优势需要的等级"来排列的。这是说，人的某一个需要的出现，往往是在另一个更占优势的需要满足之后。他将人的需要依次定为生理需要、安全需要、归属和爱的需要、尊重需要、自我实现需要、对认识和理解的欲望、对美的需要等等。

登山作为一项运动，是一种什么层次的"需要"呢？

一个长期食不果腹，骨瘦如柴，连一点儿力气都没有的人，首先想到的肯定是食物，而不是登山。

一个人的人身安全没有保障，经常处于野兽、暴力、灾害、疾病、暴政等的威胁之下，他也没有心思去登山。

一个人不属于任何团体，或在团体中没有一席之地，不被他人所爱，茕茕孑立，他可能把要求在群体中占有一个位置和渴望得到人们的爱这个目标，放在登山的前边。正如马斯洛所说，"我们必须懂得爱，我们必须能教会爱、创造爱、预测爱，否则，整个世界就会陷于敌意和猜忌之中"，这显然是一个不适于登山，也激不起登山欲望的"世界"。

在纪念人类成功攀登珠穆朗玛峰 50 周年之际，静静的珠峰成了像超市一样热闹的地方。多个国家多支登山队的成百人在那里争相攀登，其中包括中国 A、B 两队 10 多名队员。报道说，"山道"上拥挤得有些登山队员连"游戏规则"都不讲了，急急然超了前面的人往上爬，不时采下的碎石子威胁着后面的人的安全。这当然不影响盛况空前的画面，中央电视台几十名采编和技术人员组成的庞大现场直播班子，把那里的一切展现在亿万国人面前。

登山如此引人注目，它有什么意义呢？央视本部转播大厅里，嘉宾们在谈到这个问题时，一位女士引用一名登山家的话说："因为山在那儿。"这个回答很机智，却语焉不详，我来疏解一番吧。

是的，因为山在那儿，那么高耸入云，那么陡峭险峻，那么难以攀登，芸芸众生，谁能征服那一座座大山？不能，你就庸常平凡地活着；能，你则成为万众瞩目的英雄。心理学家马斯洛说，几乎所有的人都有一种需要或欲望，即要求社会或他人对自己有一个坚定的、基础稳固的和通常是高度的评价，要求保持自尊和自重，并得到别人的尊敬。这里所谓"稳固的基础"，指的是真才实学大本事。登山如此，做其他事也如登山。解"哥德巴赫猜想"，不也是攀登数学王国里的最高峰吗？也许登山英雄和几乎要摘取数学皇冠上明珠的天才科学家陈景润，都没有刻意要做令人尊敬的事，但是他们的行动本身，就体现了潜意识里的自尊和自信——要百折不挠、呕心沥血地干出个样儿来。如此，便会在社会高度评价和人们的激赏、赞许声中感到一种满足和至高无上的尊严。

至高至大的山峰，又是那么神秘，那么朦胧，那么诱人，就像时时召唤着知音去探索和解读。对于登山勇士来说，这无疑是一种鞭策，一个号令，不能不令他热血沸腾，跃跃欲试，乃至全身心地投入大山的怀抱。勇士之登山，犹如诗人之赋诗、画家之泼墨、乐师之谱曲，足下燃着风火轮，胸中聚着大块垒，不攀登无以安宁，不倾吐不得痛快，所谓欲罢不能也。这也就是马斯洛所谓自我实现的需要。勇士足踩峰巅的那一刻，像不像韵味盎然的一首山川赋？像不像一曲雄浑交响乐的最高潮？像不像一幅大气磅礴的写意画的完成篇？当然，即使登顶不成，那个跋涉的过程，那一次次奋力的攀登本身，也同样如诗、如画、如乐。

至险至峻的山峰，在那儿巍然屹立着，仿佛向人类提出挑战。战而胜之的豪情和探索奥秘的好奇心，燃烧着壮士的胸膛，他们因此会不顾一切艰险地去攀登，哪怕粉身碎骨，也一往无前，就像哥伦布要发现新大陆，伽利略要探究新宇宙。人的这个追求，是在其他需要基础之上升华的一种"理智的本能"，这使人在认识自然的努力中不断有所发现、有所发明和有所创造，从而大大地造福于人类社会。

迷人的山峦，风光无限，等着人们去摄取，再来充实自己的美。登山也如人对于美的追求，是无止境的，犹如人们对美好社会理想的追求。登山，那么艰辛、危险，需要极大的付出（包括牺牲性命）的一件事，人却能够孜孜不倦、乐此不疲地去从事，说到底，追寻的是一种高层次的精神满足。谁的精神追求不止，谁的青春便永驻。这种精神就是美。按照马斯洛的理论，美就像饮食中的钙元素一样，它有助于人活得更健康，更文明，也更加铁骨铮铮。

然而也有一种理论，说登山是要"征服"大山。这就有点儿狂妄了。巴乌斯托夫斯基在《碑铭》一书里，写到波罗的海岸边的拉脱维亚一个小渔村里有一块花岗岩，上刻一句古老题词——"纪念所有死在海上和将要死在海上的人"；而巴氏却将这话误读成了"纪念那些征服了海和即将征服海的人"。其实，人只能了解和顺应大海，却永远征服不了大海。人如果一味以征服者的姿态与大海打交道，最后只能葬身于不时要狂暴一番的大海。对山也是如此——人曾经大言不惭地说"撼山易"，其实人永远欺凌不了永恒的大山，而应该心怀敬畏之情。登山虽然是一项壮举，但是赶时髦蜂拥而至，花大把的钱（据说一人登一次珠峰需两万元人民币），甚至大量抛撒垃圾，对圣洁的大山造成污染，为的仅仅是"显示"人的"征服"姿态，不是很可悲吗？

登山应该是一种起于"尊重需要"，而包括了"自我实现的需要""对认识和理解的欲望""对美的需要"在内的更高级的需要，正如一位登山者所说，这是一种"精神运动"。

我又一次想起了那位登山家的名言。有人问他为什么登山，他答："因为山在那儿。"

这回答可不是耍滑头，而是一种大智慧。

所谓低碳生活

联合国哥本哈根气候峰会，使"低碳生活"这个词深入人心。本届"两会"，很多代表委员不断谈到这个问题。所谓低碳生活，即是确立"节俭为荣，奢侈为耻"原则，以减少二氧化碳排放，减缓全球气候变暖。专家们说，每个人从身边做起，从点滴入手，随手关灯，快乐骑车，轻松步行，不用一次性筷子……诸如此类小事，集腋成裘，便是为减少温室气体排放献力。

但是有人说了：现在电费这样贵，你不说，我也会用低度节能灯，并且及时关电门；我没汽车，当然要骑车或步行；我不怎么下馆子，根本用不上一次性筷子……

据说日本京都街头有一幅漫画，画着一个衣着褴褛的穷人烧木炭做饭，旁边一个大腹便便、叼着烟卷的富人说："你应该过低碳生活！"这反讽的意思是，少对穷人说什么"减排"。

其实不管哪里的穷人或富人，都有减排义务。不过，我觉得，关于实行"低碳生活"，笼统的呼吁，不如有针对性地下药。我看到一条消息，说南方一大城市，在一些道路禁止自行车。我不开车，步行来不及，但我不能插翅上班吧？我有辆低档车，全国80多座城市的主要路段，却不许低排量车通行——这是不是鼓励或者说强迫我过高碳生活呢？过简单生活，我"低碳"，我愿意，我快乐。但是，拥有豪宅、游艇、私人飞机的人，是不是应该多担负点儿"减排"责任？宽敞房子的照明，需要更多电；乘私人飞机游艇出行，会加倍耗油——这里排放的二氧化碳，要咱们大家来呼吸，来人均。我冬天用不起空调，零排碳；你空调开得须穿小背心散热，你不减排谁减？我少用电，是把40瓦灯换成20瓦；你少用，是把400瓦换成40瓦。有人说，哎呀，瞧瞧，这个人只减了一半，人家却减了十分之九！我说"对"，这就叫"共同担责而有区别"原则，符合1997年全球达成的免受气候变暖的《京都议定》精神。但是你即使减了，也比我多多了呀。你叫我也减少十分之九的电，我那灯就只有一个萤火虫的亮度了，我连饭都要吃到鼻子里，更别提业余读书以拓展我的事业了。

　　过"低碳生活"，我拥护，但是咱们在呼吁"捡芝麻"的同时，更应该批评"丢西瓜"的行经。我看到媒体报道的"高碳"现象，令人触目惊心。全国人大常委会办公厅研究室特约研究员王锡锌，在中央电视台披露说：中国每年仅公款吃喝、公费出国、官员公车的"三公"费，即接近9000亿元人民币，占行政开支的30%。有一年，官员出国费3000亿元，为当年全国教育及医疗经费之和。别的不说，你没完没了来回坐747，不排二氧化碳吗？有个国企内部开会，125名与会者，3天花销304万元，人均每天2.4万元。会议效应，也紧扣民间流传的顺口溜："一天会议两天玩，四天五天是参观，六天七天算中转，八天九天把家还，回来还得歇一天，凑足十天大团圆。"如此闹腾，得排多少碳？长三角一座城市，在马路旁给从国外引进的一种大树盖起了"空调房"，一天24小时给树木喷水保湿降温——这番工程的排碳，早就数百倍于该树的吸碳量了。如此例子，不胜枚举。如果咱们成千上万人一个月紧巴巴"减"的"碳"，还不到人家一顿饭、一次会、一棵树"放碳"的零头，这是不是对咱们减排积极性的巨大打击？咱们懊丧不懊丧呢？

低碳，不止是行为，也是观念和导向，不仅仅是生活，更涉及社会公平。

阅览　博观约取

是看报、读刊、念书的零星札记。

只有人类会说话

咱们汉语的名分之繁,透着无穷魅力。

您瞧瞧——

如果物质上一无所有,人死前至少可以把思想、技术等方面成果,以及谆谆教导子孙的话,统统留下,叫"遗言"。所有古典文献均是"遗言"。

话是有分量的,故有"重话"一说;相对的,娓娓道来,就是"轻言慢语"了。话吼出来,是信天游,轻飘于空中;话咽下去,不得了啦,"沉默是金"。对于古代强人来说,"一言可兴邦,一言可丧国";对于芸芸众生来说,则因"人微"而"言轻"。您说,语言有没有轻重?

话是人情和礼物,可以送给他人,叫"赠言",如有名的"海内存知己,天涯若比邻。无为在歧路,儿女共沾巾"。

话有美丑。"漂亮话"如"口吐莲花",看起来像西施、貂蝉一般风姿绰约。"脏话"污秽如垃圾,是呆霸王薛蟠和西门大官人的口头禅。

话有密度。"实话"似通灵宝玉,闪闪发光而价值连城。"虚话",恍如东风射马耳,万言不值一杯水。

话有肥瘦。"粗话"如啤酒肚,臃肿邋遢;"细话"似小蛮腰,恰如盘子上轻舞的赵飞燕。

话有大小。官僚的"大话",一本正经;小混混儿的"昏话",堕入尘埃无觅处。

话有温度。"风凉话"和"冷言冷语",叫人起鸡皮疙瘩,打颤不迭。"良言"一句,如三春送暖。

话有公私。"公话",最大限度地令人悉知。"私话",只限天知、地知、你知、我知。

话有黑白。"黑话""白话",黑白分明,表达的却不是色彩的非黑即白——"白话"也叫普通话;"黑话"是座山雕们的"脸红什么"。

有的话是营造师发明的,雅称"门面话",以虚与委蛇修之。

话可以掀起来,叫"扬言"。"扬言"者大舌耕耘,神气十足,睥睨众人,却往往"食言",说话不算数,等于放屁。

话有性格。"俏皮话""戏言",浑如活泼捣蛋的妙龄哥儿。"八股腔""断喝""狂言",则像极了循规蹈矩、不可一世又自我肥胖的正人君子。

话有长短。没听过"长舌妇"一说吗?

话有味道。甜言蜜语,胜过酸文假醋。

话可以运动,蛊惑人心,叫"流言",一传十、十传百,飞短流长,端的是把蚂蚁传成了大象。

话说歪了,"不像话"。无理取闹,胡搅蛮缠,则更是"疯话"而"不是话"了。

"废话""赘言",像懒婆娘的裹脚布,亦臭亦长,谁都不爱听闻，不喜欢听它读它。

有的话，是"看不见"的，名曰"瞎话"。"瞎话"是骗子的专用语，如今常听到的是"你儿子遇到了车祸"云云。

有的话是死人说的，谓之"鬼话"，说的比唱的好听。一些媒体广告惯放"鬼话"，诱人入彀；这"鬼"却一直活着，继续"鬼话连篇"。

话里还可以有话，所谓"言外之意"——会说的，不如会听的。

所有的话均由大脑构思，由笔头写出或舌头说出。妙笔生花，笔走龙蛇，下笔如有神，挺好挺好。三寸不烂之舌花言巧语，嘴没有把门的，鹦鹉学舌，阴阳怪气，就不好了……

汉字的华丽转身

益友王小未,有位老祖叫王懿荣,听名字像我的哥哥,便跟小未越发亲密。如今一般百姓并不熟悉王懿荣,但其人在中国文化史和汉字史上,有着不可替代和不可磨灭的地位。

王懿荣生性耿直,号称"东怪",光绪六年进士,后为国子监祭酒。庚子年,八国联军攻入京城,皇帝外逃,王懿荣壮烈殉国,丹心汗青留名。

王懿荣又是一位文字学家和金石学家。1899年,他患了疟疾,在抓来治病的草药中,有一味叫"龙骨"。他在"龙骨"上发现刻有类似文字的"笔画组合"——这便是考古学家和文字学家确认并命名的汉字"甲骨文",而王懿荣堪称"甲骨文之父"。

甲骨文是咱们祖先的伟大发明。据考证,甲骨文形成于3000多年前的商代,但发现甲骨文距今才100多年。100多年前,连文字学家,也仅仅认识汉字的金文、大篆、小篆、隶书、草书、楷书和行书等字体,而不知有甲骨文,不知它长什么样子,当然更不知汉字的起源何在。

甲骨文简约而形象,有的好认,如日、月、山、川等字;大多难以辨识，不知每三五道朴拙的刻画组成的一个"字"怎么念，当什么讲。后经"甲骨四堂"，即罗振玉（雪堂）、王国维（观堂）、郭沫若（鼎堂）、董作宾（彦堂），以及孙诒让、王襄、白川静、朱芳圃、吴其昌、唐兰、明义士、丁山、屈万里、贝冢茂树、胡光炜、杨树达、容庚、于省吾、曾毅公、陈邦怀、金祥恒、岛邦男、张秉权、姚孝遂、陈梦家、刘渊临、胡厚宣、李孝定等多位文字专家不懈的努力探究，先后识别出近两千多个甲骨文字，并认为它是汉字的源头，是金文、大篆、小篆、隶书、草书、楷书和行书的"祖师爷"。

但我想，在甲骨文之前，祖先们刻刻画画记事，或许还创造过更简单、更古老的文字——这个，有待学者们追索吧。

汉字的伟大，一在源远流长，历史悠久；二在不断进化，华丽转身，变得愈来愈加丰赡美丽典雅。

汉字的第一个华丽转身，是甲骨文演变成"金文"。金文是熔铸于青铜器的铭文，又名"钟鼎文"。容庚先生《金文编》记载，金文共有3722个，可识别者2420个，应用年代自商末至秦立，约800年。我在台北故宫博物院看到的周朝毛公鼎，上铸汉字499个，清丽端方，金光闪烁，记得最后一句话是"毛公对歆天子皇休，用作尊鼎，子子孙孙永宝用"。

汉字的第二个华丽转身，是金文演变成篆书。篆书分大篆和小篆。周宣王时，有个太史叫"籀"（zhòu），改造金文成"大篆"，也叫"籀文"。籀文形美而笔画繁复，周之列国字体各异。后秦国李斯将籀文简化调整为"小篆"，但其美如籀——这就是秦朝的"书同文"了。篆书时代，或许就有了"书法"概念，书法史上留下的杰作《泰山刻石》，至今为人们称颂。

至于"隶变",以至草、楷、行的盛行,乃是汉字的第三、四、五、六次华丽转身。这几种字体,今人十分熟悉并一直沿用。人们也极其尊崇史上著名的书法家,如全能书圣王羲之,狂草张旭、怀素,楷书四大家欧阳询、颜真卿、柳公权、赵孟頫等等。

这些书法大家的字各具风格,或飘若浮云、矫若惊龙,或风流雍容、酣畅淋漓,真是"无色有图画之灿烂,无声有音乐之和谐",美不胜收,养人眼目。

这世上几千年来唯一持续存留,并且被发展、活用,不断华丽转身,乃至成为高雅艺术的汉字,它的颜值和每一个字所含的信息量,是其他任何曲里拐弯的文字都无法比的。

汉字以其巨大魅力,成为人类文明中一种特殊的力量,它被传播到日本、朝鲜半岛、马来半岛、越南等国家和地区,形成了一个"汉字文化圈"。随着社会生活的丰富多变和新概念的不断涌现,人们以先人传下的象形、形声、会意、指事、转注、假借等六法繁衍造字,已使汉字达于七八万个。当前汉字的华丽转身,如启功楷体,以及各种摩登电子信息版艺术变体,正大步迈向更加广阔的天地,为"人类命运共同体"服务,被全世界各色人等所赏识。

汉语启示蒙太奇

蒙太奇是电影术语，义为"拼贴剪辑镜头"，它是法语 Montage 的汉语音译，其由来，不是我瞎说。我翻阅了资料——有个美国汉学家叫芬诺罗萨（Fenollsa，1853—1908），他写过一本书《论中国文字作诗之工具》，由张荫麟译为中文，书名《芬诺罗萨论中国文字之优点》，其中关于汉字，芬诺罗萨盛赞其"带有影戏性质"，比之绘画与照相更能"用图达意"，反映时空的变幻。

芬诺罗萨用三个汉字"人、见、马"，举了一个生动例子。当时没有简体字，这三字中"见"和"马"的繁体字是"見"和"馬"——这三个字独立看，各有各的意思；把它们组合起来，就好玩儿啦，像一幅动态图画。芬诺罗萨说：我把脑袋伸出窗外，注视一个人，此人猝然回首凝视一物，我再看，只见这人目光聚焦在一匹马上。如此的话，我之所见——

第一是"人"：这一撇一捺，像不像一个人张着两条腿站着？第二是"見"："見"的上半为"目"，就是眼睛，而他的眼睛是跟着一物活动的，因为"目"下有个"儿"，是他的两条移步的腿。第三是"馬"：此"馬"下面四点犹如它"挺四蹄而走"

之状。

所以，由于"人見馬"的图像性，则这三个字连起来看，像不像三个独立镜头的组合？这一组剪辑拼贴的镜头，"用图达意"，不仅能唤起人思想中的影像，而且这影像特别实在和十分生动，即如语言学家安子介所说，"汉字能唤起人的联想"。这是美丽的、表里相谐的汉字汉语所独有的特点，其他任何语文，什么蝌蚪文、豆芽文……均弗能望其项背。

当代语言学家叶维廉说："中国文字的这种结构，影响了苏俄导演艾森斯坦而在电影中发明了'蒙太奇'技巧，这是电影史上的一件大事。"至于艾森斯坦为什么用法语 Montage 一词，大概是借助这个法语建筑学术语所含的"构成""装配"意思来引申的。

咱们瞧电影《红色娘子军》，琼花碰到南霸天，仇人相见分外眼红，她违反侦察纪律立即开枪，紧接的镜头是队长把缴下琼花的枪往桌上一拍，略去了向连长汇报的经过——动作虽然中断了，但剧情是连续的，人物关系的发展是符合逻辑的。艾森斯坦说："A 镜头+B 镜头，不是 A 和 B 两个镜头的简单综合，而成为 C 镜头的崭新内容和概念。"这就是 A＋B＝C，即"蒙太奇"手法。

拿汉字来说，"人""見""馬"是三个独立镜头，但"人見馬"这个组合镜头却有了"崭新内容和概念"。

芬诺罗萨的书原名《论中国文字作诗之工具》，咱们以"诗"的意境，来看看元人马致远的散曲《天净沙·秋思》："枯藤，老树，昏鸦，小桥，流水，人家，古道，西风，瘦马，夕阳西下，断肠人在天涯。"马致远把十个镜头，一个一个绕来绕去，又天然地勾连在"断肠人"身上，营造了孤清冷寂的气氛，真乃是运用"蒙太奇"的高手。

另像诗歌"朱雀桥边野草花,乌衣巷口夕阳斜;旧时王谢堂前燕,飞入寻常百姓家",以及成语如"晨钟暮鼓、青灯黄卷、沉鱼落雁、古宅巷陌、翠竹红梅"等等,哪一个不是将诸多意象即"影像"活泛地串联起来,而不至于意象自身的零零散散难以致意?

作文干吗之乎者也

一位半生不熟朋友，在给我的电话里问我：你写随笔干吗之乎者也？

这使我想到，我小时候，景山公园里有一个"少年之家"。这里的"之"，正属于文言虚词，相当于现代汉语的"的"。"少年之家"是一座现代机构，它干吗不叫"少年的家"呢？没人提这样的问题，大家都觉得"少年之家"恰如其分，说着顺口，听着悦耳，就行了；你叫"少年的家"，人反而觉得怪异。

是的，咱们现在用的是现代汉语。现代汉语是相对于古代汉语而言的。如果从夏商周到今天，咱们华夏人一直沿用文言写文章，用同样的发声说话，就无所谓现代汉语和古代汉语了。文言和现代汉语差别甚大，却又有着拉扯不断的关系。在"五四"新文化运动之前，几千年间，正统文人都是用文言作文表情达意，或用以求功名的，现代人阅读"四书五经"、欣赏古典文学、研习"二十四史"，都要先学文言，懂得文言。古代也有用老百姓口语作平话、写传奇的，叫"白话"——现代汉语基本上属于口语，是承继了古代白话的。虽然现代汉语脱离了文言，但它跟文言毕竟同源，不能没有这样那样的相同或相似之处，比如都巧用"之乎者也"之类。

　　作为一位旗帜鲜明的白话文倡导者、新文化运动的旗手、中国现代文学的奠基人，鲁迅在大众心目中的印象，与文言是相去甚远的。其实不然。他早年写的《人间之历史》《科学史教篇》《摩罗诗力说》，以及关于小说史等论著，均是文言文。鲁迅的小说和杂文、散文创作，当然多用现代汉语，在当时属于新生事物，其中文言痕迹，比比皆是。据说现今中学生上语文课，"一怕文言文，二怕周树人"，这"两怕"，都有鲁迅的影子"作祟"，因为他的文章有时候是文白夹杂的，比如他在《而已集·小杂感》中说，"自称盗贼的无须防，得其反倒是好人；自称正人君子的必须防，得其反则是盗贼"，很叫娃娃们觉得生涩——但这是时代使然，没有办法。鲁迅其实一直努力在新旧语言之间保持着一种历史的延续性。

　　而被称为"通俗文学之王"的当代大作家赵树理，有时故意不用纯粹口语，如他在小说《李有才板话》中写道："每丈量完了一块地，休息一会儿，广聚给大家讲，方的该怎样算，斜的该怎样算，家翔给大家讲'飞归地亩'之算法。"这里的"之"不就是"的"吗？赵树理语言原是最生动、最精炼的民间口语，他干吗突然"之乎者也"一下子呢？显示他懂得古文？不。他是用文言的句式，俏皮地点出了广聚和家翔这两个有点儿知识的坏种，别有用心蒙骗农民的伎俩，生动至极。赵树理对于古汉与现汉的交融及其复杂微妙的含义，心领神会，用得得心应手，其背景是深厚的古文修养。

　　毛泽东给一位病人题词"既来之，则安之"。他如说"病既然找到你了,你就接纳吧",岂不是既啰嗦,又没有人情味?

至于鄙人这样的小力巴儿,作文偶尔用个文言虚词,完全是情不自禁,或者胸中没有更加恰切的词语应对,便稀里糊涂地写出去了。有没有"抖机灵"的成分?或许别人看着有,比如我这位友人,但我却觉得没有。这种雕虫小技,不是什么大学问,也不是什么大智慧,只是行文的一种调剂,在平静水面激起一个别样的小浪花,不以词害义便好,有啥可"抖"的?

咱们现在常用的成语,大多为文言,一个用几十个字说明的事或理,一条四字成语搞掂,为免被人訾议,就把这些汗牛充栋般的成语束之高阁吗?

当然,写文章并且发表,是给人看的,否则藏在自家抽屉里得了。看官们不喜欢你文章的某些方面,很自然,提出意见,更值得珍惜。

"读书界",哈哈哈

"读书界",是一个很暧昧的词组。它常见于读书类报刊,给人的印象,好像世上真有这样一个"界"似的。我请一些学问大的或学问不甚大的人,对"读书界"做一个界定,但是没有人给我一个较为明晰的答复。

我知道,妇女界、工商界、演艺界……这类"界"包含的"界内人士"虽然相互有交叉,但是拿出一个"界"来,其成员身份是毫不含糊的。界,即界限、范畴,它"界人"之时,即指职业、工作或性别等相同的社会成员的总称。谁能说张三或李四是"读书界"人呢?

我设身处地为"读书界"找了个解释,即那些"自以为读了很多书的、有学问的人,组成了这个界"。它很可能是自命不凡、高高在上的。"界内"人士因为博览群书和满腹经纶而有了特别的话语权。

我在一家报纸看到一个专栏《好书告诉你》,便很纳闷:我欲读好书,但是我长眼睛,凭什么要你"告诉"我呢?后来我琢磨过味儿来了:原来人家是"界内"人,只有他们才有资格告诉芸芸众生该读什么书。

我试着按其所"告"寻觅那些书来读，却发现，很多并不是我喜欢的。那只是"界内"人自己对一些书籍的评价和推荐，不管他们有什么样的观点，都是正常的，但是放在那么大口气的栏目里，却难免有以权威身份唬人的意味，或者竟有当"托儿"之嫌。

鲁迅说"读书，和木匠的磨斧头，裁缝的理针线没有什么分别"，还说"以为读了'革命的'创作，便有出路，自己和社会，都可得救，于是……吞下，不料……好像要呕吐"。木匠裁缝传艺，一般也不打着"妙招教给你"的招牌。尤其在旧社会，有"教会徒弟，饿死师傅"一说，你打那招牌也没人信，他会私下寻思：还得自己偷着学。"界内"人所谓的"好书"，焉见得不会令界外人"呕吐"？

我忽又想起一家报纸的一个专栏，叫《M姐支招》。首先，这"M姐"便有妄自尊大之嫌——难道读者无论男女老幼，都是她的弟弟妹妹辈，要称她"姐"不成？有人说，这不过是一个富有人情味的泛称。不然。它骨子里便浸漫着不平等，是没来由地好为人师。求"支招"者的问题五花八门，难道"支招者"是万能博士，是万事通吗？我读过几期，发现主其栏者不过是说一些人人皆知的套话而已，似乎没有什么"招"是可以效法和实用的。

当年《中国少年报》有一个和小读者交流看法的《知心姐姐》专栏，多么温馨亲切！姐姐，年龄上相对于少年读者弟弟妹妹，不用说了；关键是"知心"，在肝胆相照中更透出平等。那个栏目至今令我难以忘怀。

回到读书。我信奉鲁迅的话,他说一些教人读什么书的文章,"说的时候本不当真,说过也就忘了",界外人自然也不必当真。鲁迅让咱们做"观察者","用自己的眼睛去读世间这一部活书",而切忌"脑子里给别人跑马"。

"塔布"一下吧

"塔布"（taboo）是一个音译外来词，即禁忌、规避之意，语言学上常用到。

人类的任何语言，并非在任何情况下均无禁忌。描绘灵物崇拜之词，或涉及人体隐秘部位、隐秘活动之词，即不能随便使用。这时候，就要保证"灵物"的光辉和"隐秘"的遮掩，代之以委婉语词。

关于灵物崇拜的"塔布"，语言学家陈原先生举了个例子：一位被崇拜着的伟人的姓和名，被分写在两行里时，这个书写者就十分倒霉，仿佛他心怀不轨，硬要把被崇拜者身首异处。而往昔对于皇帝老儿之死，也要说成"驾崩"或"薨逝"。只要特定语境存在，这迷信仍然无法让位于科学。然而咱们是现代人，咱们"现在"当然不能把迷信当科学，所以这样的"塔布"也就免了。

但是关于人体隐秘部位以及人的隐秘活动之"塔布"，或许什么时候都是有必要的。比如人类性活动，无论中外，都有最粗俗的表述法，但在大多情况下，人们并不那么直通通、赤裸裸、口无遮拦地乱说出来。咱们的老祖宗创造了"云雨""床笫之私"等浪漫语词，现在也多说"房事""男女关系""风流韵事""那事儿"，等等。生殖器也一样，有"那话儿""私处""阴部""下身"等委婉词。月经其实是最寻常之事，但因为与生殖器有关，一般被说成"例假"，小女生则说"倒霉"，外国则有"花期"的动人说法。就连上厕所，因为也涉及生殖器，我上学那会儿，女同学多称为"去一号"，如今则有"去卫生间""去洗手间"等等"暧昧"说法。在一个宴会上，一位穿着考究晚礼服的风姿绰约的女士说"对不起，我去去洗手间"，甚至只说"sorry，我出去一下"，那多半是"方便"去了，难道她能脸不变色地大声宣扬"我去撒泡尿"或"我去放一个屁"吗？

　　人们这样说话，并不是虚伪，而是为了避免尴尬。这是一种优雅风度和有教养的体现，是人类文明的积累，已经成为"不成文约定"。如果说话不分场合、情境，在大庭广众之下满嘴跑马，总是赤裸裸、直通通的，就给人以粗鄙和不雅之感，令人侧目，叫人不大舒服和不快。为什么人们对新近出版的一本名为《乳房的历史》的书没有丝毫反感，而对小说《丰乳肥臀》《拯救乳房》之书名说三道四呢？它们不都提到了"乳房"这个女性的敏感器官吗？这是因为，前者是研究乳房的科学著作，很大程度上是给学者们看的，后者的读者则几乎无分男女老幼。

　　2003年9月21日《北京日报》有一文，是为这些遭到非议的书名辩护的，题为《须看社会宽容走多远》。作者说，对这些书名有微词的人，不该"遇事拿小孩子说事"，意思是不必在乎小孩子会拿疑惑的口吻去问大人一些尴尬的问题。我却认为，咱们说话，包括给严肃的小说起一个好名字，当然要考虑到小孩子，别让只顾自己"有了快感就叫喊"的放肆大人，把小孩子的视觉听觉味觉污染了，还说是给他们奉送"精神食粮"。宽容在任何时候都是应该的，但其"容量"毕竟有限度。

真正的经典著作，比如《红楼梦》，书名何其优雅！连极写淫秽性事的明代小说《金瓶梅》《辜妄言》，也不特意把"性"突出在书名上。

是的，旧的"塔布"过时了，或正在过时。如今之俗世，几乎无"塔布"之物了——这从精神产品电影、电视剧以及摩登小说上即可得到印证。类似"做女人'挺'好，做男人也'挺'好"这样看似暧昧却又露骨宣扬色情的粗俗广告语言，也许正是从小说标题里"趸"来的呢。但是咱们不是热带丛林里的食人族，社会再开放，人们也不能整天露着乳房光溜溜地活动，或一丝不挂地"挺"着，动辄以特别突出人体隐秘部位或以人的性"说事儿"，至少从书名上，就不必把《红楼梦》改成《大观园里的快感体验》。当然，书商从赢利立场出发，动员作家在小说书名字上略耍花招儿，现在的人还是可以"理解"的——因为如果稍有"塔布"，文人和商人们就没有银子滚滚入囊了。

"道"之所在

咱先贤圣哲,个个有"金句"留世,睿智隽永,显现着中华文化的博大通透——像老子的"福兮祸所伏",孔子的"己所不欲勿施于人",荀子的"君子崇人德扬人美",孟子的"不以规矩不成方圆",墨子的"言不信者行不果",孙子的"将者智信仁勇严也",等等,句句了然明理,直指人心,令后人受益无穷。

庄子这老头儿在诸子中有点儿特别,话说得风趣盎然,什么"子非鱼焉知鱼之乐",什么"大道不称大辩不言",什么"相濡以沫不若相忘于江湖",云云,都有点儿玄乎,须细思方知大意。在《知北游》篇中,庄子跟东郭子的一段对话,说得更是云里雾里,叫人迷糊。您瞧这段故事:东郭子请教庄子:"道何在?"庄子答:"无所不在。"东郭子再请:"说具体点儿啊。"庄子说:"在蝼蚁。"东郭子问:"怎在如此卑微之处?"庄子说:"在衰草。"东郭子奇怪:"为什么越来越低下?"庄子说:"在瓦块。"东郭子说叹曰:"愈发不堪了啊!"庄子说:"在屎尿。"东郭子无语。

话说清末,李鸿章热心于西洋学问。一次,他问下属啥叫抛物线，下属讲了一通物理学原理，李大人仍不明白。下属说："李中堂，您撒不撒尿，尿线就是抛物线啊。"李鸿章大笑说："庄子云'道在屎溺'，说的就是这吧？"

人们不是老追寻"道"之所在吗？庄子的意思是，别把"道"看得多么玄远莫测，"道"处处有之，它在看似高贵的宫廷里，也在看着污秽的茅坑里。拿屎尿来说，现代医学为什么要化验相关病人的臊臭排泄物？以"医道"论，就是要看患者屎和尿的成分、颜色、稀稠有什么不对劲儿，其中有什么病菌作怪，于此找准病因，方可对症下药。当此之时，屎尿跟宝贵的血液骨髓同等重要。正如严复在《救亡决论》一文所说："以道眼观一切物，物物平等，本无大小垫久贵贱善恶之殊。庄生知之，故曰'道在屎溺'，每下愈况。"

网上流传一文《为什么装过屎的碗没人用，装了屎的大肠却有人吃》，与"道在屎尿"有关，挺新奇的话题，佩服作者。他介绍了一个所谓"锚定效应"，这"效应"通俗说，就是当人们对某件事之好坏做估测时，并不把定绝对意义上的好与坏，一切都是相对的，关键看如何定位其基点。基点定位就像一只锚，锚定，则评价体系定，好坏结论就出来了。比如碗是用以吃饭的，须干净；大肠是用来装粪便的，本就不洁。清洁的肮脏了，是堕落，必须抛弃；肮脏的干净了，成为宝贝，堪可重用——这里充满着辩证法。我还想，过去没有化肥，那屎尿被收集，被沤制，尚可肥田，令庄稼丰收，益在农家，不亦乐乎？所谓"道在屎尿"，屎尿其物，并非绝对的坏东西呀。而以"大肠"比"浪子"，不太雅，但事实上不也有"浪子回头金不换"一律吗？再往下辩证，我想，那碗如果是宋代汝窑所烧制，即使它装过屎，主人仍然舍不得扔掉吧？也许用它来吃饭有点儿恶心，但洗净消毒，拿去潘家园照卖大钱，就像您的劳力士表不慎掉进马桶里，您捞起来洗洗还是要戴的。哈哈哈哈……

对任何事物，都要讲辩证法，须"一分为二"嘛。

假作真时

讲三个故事。

第一个故事：哲人苏格拉底在一堂课上，拿出一个苹果，在教室转了几圈儿，让学生使劲嗅一嗅空气，问众学子："你们闻到了什么味儿？"学生众口一词回答："苹果香味。"苏格拉底狡黠地笑了笑说："这只苹果是假的。"

教室空气中没有苹果味儿，是一个客观存在。学生们为什么说闻到了苹果味呢？因为：一、那只假苹果做得非常逼真；二、学识渊博、德高望重的老师苏格拉底，一向严肃认真，不开玩笑。所以，学生们宁可怀疑自己的嗅觉失敏，也十分相信自己的视觉，并不质疑苹果的真假。他们是真诚的，却迷信权威，不会独立思考，被大大地误导了。人们只能说苏格拉底的"考验"是机警的，而不能批评学生们撒谎。

第二个故事：儿童文学作家郑渊洁参加一个笔会时，邻座一参会者大谈自己读了多少书。在说完一本外国作家的书后，他突然问郑渊洁："你读过这本书吗？"郑答："没有。"那作家说："没读过这本书你怎么写作呢？"郑大声说："我最近读了俄罗斯作家库斯卡雅的书。请问大家看过他的书没有?"在座大多数作家点头如捣蒜说:"看过。"郑说:"库斯卡雅这个名字是我瞎编的,俄罗斯根本没有库斯卡雅这位作家。"全场蒙圈。那以后,郑渊洁不再参加这类笔会了。

有所谓"满腹经纶""学富五车"之说,但谁也不能读遍所有的书,世上也没有哪本书,包括《圣经》,是每个人必读的。说自己没读过某本书,就那么掉份儿?

第三个故事:《史记·秦始皇本纪》有段记载,说:"赵高欲为乱,恐群臣不听,乃先设验,持鹿献于二世,曰:'马也。'二世笑曰:'丞相误邪?谓鹿为马。'问左右,左右或默,或言马以阿顺赵高。或言鹿者。高因阴中诸言鹿者以法。后群臣皆畏高。"

这是说赵高欲谋篡,为试验自己的"人脉",特地献上一只鹿给秦二世,说"这是马"。二世不信。赵便问各位大臣。有的大臣沉默。不敢逆赵的大臣说是"马",老实的大臣说是鹿。后说鹿的被赵"以法"害死,别的大臣都怕了赵高。

赵高的"考验",耍的是"阳谋"而非阴谋,手腕高超,顺昌逆亡,后人谴责之、痛斥之,没得说。其实昧心顺从赵高"指鹿为马"的猥琐大臣,更可恨——如果群臣齐说"鹿",赵高也只有干瞪眼,被治欺君之罪而"以法"赐死。

那些说"看过"一个莫须有"作家"的书的作家,虽然读了一些书,也写了一些书,见多识广,并没人误导他们、欺诈他们,可他们的自我肥胖、狂傲空虚,尤其是他们的假模假式、装腔作势、虚荣自恋,睁着眼睛说瞎话,就只剩下可笑、可耻和可怜了。

鲁迅嬉笑怒骂"言辞争执"歌

鲁迅:"言词争执"歌

一中全会好忙碌,忽而讨论谁卖国,粤方委员叽哩咕,要将责任归当局。吴老头子老益壮,放屁放屁来相嚷,说道卖的另有人,不近不远在场上。有的叫道对对对,有的吹了嗤嗤嗤,嗤嗤一通不打紧,对对恼了皇太子,一声不响出"新京",会场旗色昏如死。许多要人来屁追,恭迎圣驾请重回,大家快要一同"赴国难",又拆台基何苦来?香槟走气大菜冷,莫使同志久相等,老头自动不出席,再没狐狸来作梗。况且名利不双全,哪能推苦只尝甜?卖就大家都卖不都不,否则一方面子太难堪。现在我们再去痛快淋漓喝几巡,酒酣耳热都开心,什么事情都好说,这才能慰在天灵。理论和实际,全都括括叫,点点小龙头,又上火车道。只差大柱石,似乎还在想火并,展堂同志高血压,精卫先生糖尿病,国难一时赴不成,虽然老吴已经受告警。这样下去怎么好,中华民国老是没头脑,想受党治也不能,小民恐怕要苦了。但愿治病统一都容易,只要将那"言词争执"扔在茅厕里。放屁放屁放狗屁，真真岂有之此理。

（原载 1932 年 1 月 5 日《十字街头》）

王注：

吴老头子，指吴稚晖。皇太子，指孙科。大柱石，指胡汉民等。展堂，胡汉民号。精卫，即汪精卫。

我的鉴赏：

鲁迅《"言词争执"歌》，说是"歌"，实为文也，发表于 1932 年年初的《十字街头》，署名阿二，十分好玩儿。我在《鲁迅全集》读到，立刻被它的奇绝所震撼。

这诗的来由，是 1931 年 12 月 7 日《申报》的一则新闻《二次大会中言词争执经过》："昨日会中粤某委提出张学良处分案，发言滔滔不绝，谓不仅张应负丧师失地责任，即南京政府亦当负重要责任，报告毕，吴敬恒即起立，谓张学良固应负责，南京政府亦当负不抵抗之责任，粤某委起立，诘吴卖国者何指，吴答当事者不能不知，当时有人呼对对对，亦有喊嗤嗤嗤。"

消息中所谓"会"，即国民党四届一中全会。而吴敬恒和粤某委二者的"言词争执"，实际上暴露了宁粤两地（两派）争权夺利和推卸卖国罪责的肮脏心曲。他们当场相互攻讦，众委员起哄架秧子，丑态尽出。

鲁迅这首诗，绘声绘色地写出了国民党一个"中央全会"的乌烟瘴气。

"叽哩咕"呀，"夹屁追"呀，"放屁放屁"呀，"对对对、嗤嗤嗤"呀——瞧瞧，这就是堂堂"中委"们在"庄严全会"上的"好忙碌"！

而且，委员们讨论的"严肃问题"，乃是"谁卖国"，也即"谁是汉奸"这大问题，"爱国者"当然须"大义凛然"，力陈己见，指斥逆贼啦！可他们大呼小叫，脏话乱喷，手舞足蹈，你来我往，打成一团——这是讨论问题吗？根本于"问题"无解！当此之时，日寇犯我中华，民族危机存亡之秋，"前方吃紧，后方紧吃"不算，高官厚禄者却在打嘴架，"放屁放屁放狗屁"——争"面子"，"卖就大家都卖不都不，否则一方面子太难堪"——顺带大快朵颐，"香槟走气大菜冷"，"现在我们再去痛快淋漓喝几巡，酒酣耳热都开心"——装病，"展堂同志高血压，精卫先生糖尿病"——溜之乎也，躲清闲，"老头自动不出席"……这乱纷纷、闹嚷嚷的表象，不正包裹了政客们为一己私利的内涵吗？最后，大家表面你好我好，天下太平，官儿照做，"理论和实际，全都括括叫"，"什么事情都好说"，谁还把国家利益、国家大事当回事？

这是一首打油诗，一首叙事诗，一篇奇绝的杂文。行文上，忽而五言，忽而七言，忽而九言，忽而十几言，信手拈来，随意排铺，状若行云流水，声如锣鼓铿锵，读来朗朗上口，不无快感。用词上谐趣横生，着意以口语俗话达情，冷嘲热讽有加，极尽戏谑嬉笑怒骂之能事，把政客们的下作、丑态尽显笔端，读来叫人痛心疾首的同时，又不无解气。如"卖就大家都卖不都不"，神来之笔，绝了！

当然，它更是一首政治讽刺诗，所以也可谓杂文诗，一篇"有韵的杂文"，句子变幻无常，也不怎么押韵。这里的戏谑冷嘲、嬉笑怒骂，表明了作者的痛心疾首和鄙夷。

按，《十字街头》是鲁迅和"左联"几个青年盟员创办的通俗小报，因环境恶劣等原因，只出三期便告终结。但从刊名，即见它提倡作家须离开象牙之塔，走向现实，走向群众，走向火热的斗争。该报发表的许多作品，如鲁迅的诗，具有强烈的现实性和战斗性。

他俩谁最会"骂人"

鲁迅一生背负着一个诬名：爱骂人。我觉着"骂人"是多用脏言秽语攻击人、羞辱人，如泼妇骂街之类，境界低下，不适合加诸鲁迅翁。在鲁迅，我用"吵架"一词——吵架包括了拌嘴、争论、辩驳、揭露、质疑、诘问等等方式，有时虽然免不了"骂"，但很少带脏字，即使带，也是作为比喻，如"叭儿狗""落水狗"等等，但主要是说理。

梁实秋先生有《骂人的艺术》一文，洋洋洒洒列了十条骂人妙招儿，什么知己知彼、不骂不如己者、适可而止、旁敲侧击、态度镇定、出言典雅、以退为进、预设埋伏、小题大做、远交近攻云云，像一位权威的骂人专家和导师，教人如何艺术地"骂人"，赢得骂人的胜利。

其实梁先生所说，算不上我心目中的"骂人"，仍然属于"吵架"。但是梁先生的吵架艺术，与鲁迅的吵架方略——如果鲁迅有一个方略的话——是大异其趣的。咱们挑几条说说。

梁先生告诫人们，不骂不如己者："你骂大人物，就怕他不理你，他一回骂，你就算骂着了。在坏的一方面胜过你的，你骂他就如教训一般,他即便回骂,一般人仍不会理会他的。假如你骂一个无关痛痒的人,你越骂他他越得意,时常可以把一个无名小卒骂出名了,你看冤与不冤?"

也许是吧。但是鲁迅不以为然。魏建功批评由鲁迅翻译成中文的俄国盲诗人爱罗先珂的剧评《不敢盲从——因爱罗先珂的剧评而发生的感想》等文,在"视""看"等字上加上引号,讽刺爱罗先珂的"盲"。鲁迅不满,写了《见了〈不敢盲从〉的感想》,说:"我敢将唾沫吐在生长在旧的道德和新的不道德里,借了新艺术的名而发挥其本来的旧的不道德的少年身上。"魏建功其时只是一名大学生,一个少年(其实是青年),但鲁迅还是严厉地批评了他。

鲁迅因在《咬文嚼字》一文中说了"以摆脱传统思想的束缚而主张男女平等的男人,却偏喜欢用轻靓艳丽字样来译外国女人的姓氏:加些草头,女旁,丝旁。不是'思黛儿',就是'雪琳娜'",即被廖仲潜先生来信斥为"鲁迅写的《咬文嚼字》一文,亦是最无聊的一种",潜源先生来信则说:"记者先生把名人的'滥调'来充篇幅,又不免带有欺读者之嫌。"鲁迅照样心平气和给予"二潜"答复:"将翻译当作一种工具,或者图便利,爱折中的先生们本不在所讽刺的范围之内的,两位的通信似乎于这一点都没有看清。"又说:"我并不觉得我有名,即使有之,也毫不想因此而作文更加郑重,来维护自己的名,以及别人的信仰。"

鲁迅还说:"我们在什么演义上时常看见:'来将通名!我的宝刀不斩无名之将!'(对方)主将要来'交战'而将我升为'首领',大概也是'不得已也'的。但我并不然,没有这些大架子,无论叭儿狗,无论臭茅厕,都会唾过几口吐沫去,不必要脊梁上插着五张尖角旗(义旗?)的'主将'出台,才动我的刀笔。"这是跟现代派"主将"陈源论战时说的。

鲁迅还跟他的上司章士钊这个大人物打官司,而对簿公堂其实也是控辩双方的吵架、论战。鲁迅跟章士钊论战,并非像梁实秋先生说的,"骂人须要挑比你大一点儿的人物",却是迫不得已地"被挑"。章士钊是部座,位高权重,鲁迅(周树人)只是一名比科长稍"大"一点点儿的佥事,前者比后者"大"了不止一点两点三点,而是云泥之别。

魏建功当时是无名小卒,"二潜"也属无名之辈,陈源教授虽然有名,但在鲁迅面前,就小巫见大巫了。鲁迅毫不嫌弃论敌渺小。你们欲借"我"出名就出名去,将"我"升为"首领"以凸显自己的"主将"身份,就显示去。章士钊却是个庞然大物,"我"鲁迅也不怕你。甚至于,鲁迅连写七篇檄文痛骂国务总理段祺瑞,倒不是因为他是国府一号"大人物",骂他显示"我"的勇敢,只因其人一贯专制,在"三一八"惨案中残忍地下令杀害爱国学生——段专横、杀人在前,鲁迅之骂段在后,也是"迫不得已"。鼓动"骂大人物"的骂人艺术家梁实秋,他可"敢"?

与梁实秋意气相投的叶公超在《并非战士的鲁迅》一文中说:"骂他(鲁迅)的人和他骂的人实在没有一个在任何方面是与他同等的。"这更奇怪了——你在世上能找到一个"在任何方面"与自己"同等"的人吗?即使是同卵双胞胎,也不能百分之百"同等"呀。

总之,鲁迅为了自己的信念和一切论敌、宿敌论战,只顾辨别是非曲直,而不管对方是什么大角色或小角色。

梁实秋说骂人要"适可而止":"骂大人物骂到他回骂的时候,便不可再骂;再骂则一般人对你必无同情,以为你是无理取闹。骂小人物骂到他不能回骂的时候,便不可再骂;再骂下去则一般人对你也必无同情,以为你是欺负弱者。"鲁迅(周树人)不然。他作为教育部佥事兼女师大讲师,因在女师大风波中被学生推为"校务维持会"委员,即被教育总长(部长)章士钊无理免职,他就跟章士钊打官司。他的辩词,也堪称与章"吵架",句句精彩,大略如下:一、你说学生是"捣乱分子",为信口虚捏。二、若由团体(校务维持会)发表之事,应由团体负责,尤不能涉及个人,更不能专诬树人一人。三、凡为教员者于法不得维护校务耶?四、公举树人为委员,系在八月十三日,而该总长呈请免职,在八月十二日。岂预知将举树人为委员而先为免职之罪名耶?五、树人充任佥事,与女师大停办与否,职守上毫无关系。六、风潮难平,事系学界,何至于迫不及待处分教育部职员?这六条答辩,依法摆事实讲道理,条条直戳显赫一时的大官僚、大律师、大人物章士钊命门,使之狼狈不堪,无言以对,鲁迅因而胜诉。

但鲁迅并未"适可而止",停止对章士钊的讨伐。他在《"公理"的把戏》中,进一步揭露章士钊以及"教育界名流"的不堪:"当章氏势焰熏天时,我也曾环顾这首善之区,寻求所谓'公理''道义'之类而不可得;而现在突起之所谓'教育界名流'者,那时则鸦雀无声;甚且捧献肉麻透顶呈文,以歌功颂德。但这一点,我自然也判不定是因为畏章氏有嗾使兵警痛打之威呢,还是贪图分润金款之利,抑或真以他为'公理'或'道义'等类的具象化身?"

在"适可而止"方面，林语堂可谓与梁实秋气味相投。林语堂写的《插论语丝的文体——稳健、骂人及费厄泼赖》，鼓吹"费厄泼赖"即宽容精神，主张"对于失败者不应再施攻击"。

鲁迅针锋相对，对此论调提出尖锐批评，写了《论"费厄泼赖"应该缓行》一文，提醒人们狗性难改，"倘是咬人之狗，我觉得都在可打之列，无论它在岸上或在水中"。人们应该记取"不打落水狗，反被狗咬了"的历史教训。直至临死，鲁迅仍然决绝地说，"对于损着别人的牙眼，却反对报复，主张宽容的人，万勿和他接近"，"我的怨敌可谓多矣，倘有新式的人问起我来，怎么回答呢？我想了一想，决定的是：让他们怨恨去，我也一个都不宽恕"。他之"不宽恕"，只因为他与人结怨，皆为公仇而没有私愤。

说"骂人"要"预设埋伏"。鲁迅之与人吵架，都是人家先"打上门来"，他即使想"预设埋伏"，也来不及呀。比如鲁迅写给杨邨人的信说："先生给我的信是没有答复的价值的。我并不希望先生'心服'，先生也无须我批判，因为近二年来的文字，已经将自己的形象画得十分明了。"尽管杨邨人之信"没有答复的价值"，鲁迅先生还是给他复信了，被迫"迎战"，也算一个"答复"，并且就其无理和诡谲言词加以驳斥："先生首先问我'为什么是诸葛亮'？这就问得稀奇。"我"为什么是诸葛亮"呢？"别人的议论，我不能，也不必代为答复，要不然，我得整天的做答案了。也有人说我是'人群的蟊贼'的。'为什么？'——我都由它去。"

从以上几方面足可看出，关于"吵架"，梁实秋很艺术、很狡黠，鲁迅却很诚挚、很执着，二人风格不同，境界迥异。

乡土颂

回忆我为写《江村故事》一书，于 2000 年春天随费老到他的家乡江苏吴江市乡下江村访问的情景，历历在目。费老一生都没有放弃实地考察这一治学方式。一直到 90 多岁高龄，他每年至少有一次到各处穷乡僻壤调查访问，孜孜不倦地作他的社会学研究。他更不忘每年回一次江村，调研那里的变化——那是他 20 世纪 30 年代最初搞社会调查的一个基地。他 1939 年在英国发表的博士论文《江村经济》一书，便是在调查江村的"社会变迁"的基础上完成的。

综观费老一生学术成就，有两部代表作不可忽略：一部是奠定他在中国社会学领域崇高地位的成名作《江村经济》，一部则是完成于 20 世纪 40 年代后期的经典著作《乡土中国》。

《江村经济》被费老的导师马林诺夫斯基誉为社会学"实地调查和理论工作发展中的一个里程碑"，被后学称为"中国社会学派"的开山之作。即是说，在此之前，是没有一个社会学者从中国乡下的一个普通村庄的"消费、生产、分配、交换"入手，来探讨中国基层社区（"社区"一词为费老发明）的一般结构和变迁的。这种探寻得出的结论是，中国人要改变贫穷命运，从乡土文明走向工业文明，只能独辟蹊径，而不能重复西方发达国家的模式。他细密地解剖了一个面临着饥荒的小村子，办的是"个案"，却在人们面前打开了一个有着美好前景的大世界，把握的是中国农村"全貌"。费老晚年复出后研究农村人口向小城镇聚集、向非农业转移，以及农民如何致富等社会问题，也无不体现着从中国农村实际出发、走独特道路这一基本理念。费老的慧眼在于，他把落后中国的传统草根工业的改造和发展，当成了现代中国社会经济向更高一层转化和发展的一个关键环节。这一点已经被历史、被今天的改革实践所证实。费老的学问舶自西方，具体说师从于社会学大师马林诺夫斯基。但是他没有像有些"海龟"那样，把学问深藏于象牙之塔孤芳自赏，而是将它"中国化""乡土化"，使之变成改变穷困中国的一个有力武器，并且富有成果——这正是他对于中国社会学的具有原创意义的贡献。在费孝通先生那里，学问就是有用的知识，他怀着一颗改变中国落后面貌，以及使贫困百姓致富的良心，虔诚地使他的知识学以致用。有人因此把他绵延半个世纪用这种方法对中国农村经济的研究誉为"江村学"，以彰显他的卓越成就，是不无道理的。

如果说，《江村经济》一书以小见大，展现了"从具体社会里提炼出的一些概念"（费孝通语），对现代乡土中国的"社会变迁"过程做了最早的图解，那么《乡土中国》一书的主旨便是着眼于中国整体社会的结构和特质，高屋建瓴地审视社会，试图把握中国文化的脉搏。这本书是费老在西南联大和云南大学讲授《乡村社会学》的讲义基础上整理而成的，也是处于初创阶段的中国社会学的一本启蒙读物、普及读物。

《乡土中国》不因循西方社会学法则，而是从中国实际出发，另起炉灶，深入浅出，以例释理，娓娓道来，妙趣横生，比如咱们可以从中见识到 20 世纪 30 年代的"山杠爷"式的人物，使读者于愉快的阅读享受中，蓦然领悟到中国社会和中国人"原来如此"的真相。这里对中国传统文化的社会学层面解析，既反映了国民性中朴实、美丽的一面，也挖掘出了国民性中的蒙昧和深受宗法理念束缚的一面。费老得出的结论是，"陌生人组成的现代社会是无法用乡土社会的习俗来应付的"，因为前者是"争权利"，后者则是"攀关系、讲交情"。在对中国国民性的探索上，费老从制度到精神的社会学分析与鲁迅从精神到精神的文化分析，可以说具有异曲同工之妙。当然，人们对乡土中国和中国国民性的认识不能只停留在口头的"文化自觉"上，如何行动起来，把一个"乡土中国"变成"现代中国"，使之融入世界，步入世界先进民族之林，且不失中国特色，才是中国社会学研究的终极使命。这就是《乡土中国》对中国社会学研究的启示性意义。后来费老提出的"中华民族多元一体格局"，以及世界各民族要"各美其美、美人之美、美美与共、天下大同"，建设一个"和而不同"的美好社会的设想，便是他自《乡土中国》开始一贯持有的学术思想的延续。

　　费老去世了。他给中国社会学和中国文化建设留下了宝贵的遗产，永远值得我们继承和学习。他的一切研究都以透视中国社会本质和强国富民为中心，并为之奋斗了一生。他的事业起步于 20 世纪 30 年代太湖之滨的江村，"行行重行行"于新时期的祖国大江南北，尤其是 80 岁过后的晚年，他仍然志在千里，不知老之将至，足迹几乎遍及全国所有最贫穷的地方，用智慧、辛劳和汗水书写下一篇篇理论联系实际的"富民"文章,为知识分子树立了一个光辉榜样。1994年,费老84岁时曾说:"我没有长寿的打算,关于生命的长短,听天由命而已。"他还说到了自己一生的"三死":"30年代,我应该死而没有死;40年代,人家要我死而我没有死;60年代,我想死而没有死。"这说的分别是瑶山考察遇难、昆明遭国民党特务恫吓和"文革"中被迫害之事。而费老思考得最多的,是死前的作为,是精神的"非死"。一直到21世纪的第一年,费老90岁高龄时,他一边感叹着"白头青发有存殁,落日断霞无古今",一边仍然行色匆匆,调查研究,为民造福,不亦乐乎,著书立说,泽被后学,不亦快哉。人们这时仍然能从他身上感受到"壮心不与年俱老"的灼灼气韵。这使人不由想起了江村的春蚕。2005年,费老终以95岁的人瑞耆年而得永远安息。一切受惠于他的后学晚辈,一切善良之人,都愿他走好,并且坚信,他的"各美其美、美人之美、美美与共、天下大同"的美好理想,也终将实现。

小布尔乔亚女人

我上学那会儿,"小资产阶级"被称为"小布尔乔亚",即英文 petite bourgeoisie 的汉语音译,并不是指"小的资产阶级",而是指"小资产的阶级"。在钱钟书的小说《围城》中,苏文纨与方鸿渐的对话提到"假如上帝赞美魔鬼,社会主义者赞美小布尔乔亚",说的便是这类人。

当时哪位女同学穿得稍微特别或者漂亮一点儿,就会被抨击为"小资产阶级意识"或"小布尔乔亚意识"——以超俗的小众为一"阶级"——她连共青团,也别想加入了。如今穿着讲究,或引领服饰潮流的小姐太太,也被称为"小资女人"——以偌大一溜为一"阶级"——但这个类型化的"小资",在被称呼者似乎具有自骄、自怜色彩,在呼者则不无欣赏、艳羡意味。尽管咱们现在不把大款看作"资产阶级",但一些人确实已将那些"白领丽人"称作"小资产阶级"了——至少已经没有人批评这称呼了。新近还出了一本名叫《小资女人》的书,大侃"小资女人"的穿着风韵等等,据说畅销得很。

我相信,穿什么衣服,是多少可以反映一个人的个性的。但是，那年月看一个人，居然可以透过服饰而笃定窥见其人的阶级意识，比如"小皮鞋，嘎嘎响，资产阶级臭思想"，甚至别一枚双鱼发卡，就"小资"了，真有点儿不可思议。而现在的先锋人士，因袭的其实仍然是那时的僵硬思维，生生地要给服饰打上一个阶级烙印，又何其倒人胃口。我不信如《小资女人》所说，那些"袜子没有跳丝，不戴叮当作响的首饰，不露裙子下摆，上班不穿运动鞋"的女士，都属于"小资女人"。而一个手头紧巴，不配做雅士眼中"小资女人"的女性，就一定不会如此讲究，如此打扮吗？须知做到这一点，是用不了多少"资"的。

林语堂说："女人服装式样的变化，是不外乎他们的两个愿望之间：一个是口头说明的愿望——要穿衣裳；一个是口头上不肯说明的愿望——要在男人面前或自己面前脱衣裳。"我请看官诸位，万不可将"脱"作庸俗理解。所谓"爱美之心，人皆有之"，实则是说，女人欲借助服装突出的，乃是自身的"美点"。这些美点是服装主人确证自我的依据，或者说，它们是别人和自己审美情感的对象。一个女人选择一种自以为美的服饰，也是她表示个性的一种手段。这与什么"大资""小资"或"无资"，统统无关。

服饰还有极大欺骗性。我在某看守所采访时，发现一位穿着齐整朴素的女飞贼，样子简直像一般人"印象中"的一个乡村女教师。"伪装"这个词在她那里得到了最好的印证。其实这也许恰是她的"正装"。

当下的一些女人，穿着确实大胆前卫，比如露脐上装或低腰裤子吧，穿之者既有清纯少女，也有不无腌臜的风尘女子，但老眼昏花如我者，仍然不能单从服饰上辨别她们的阶级所属，以及是否有伤风化。不过，我相信，从她们的脸孔上，姿态上，人们能读出她们不同的意趣。只有脸和姿态才能显示心灵，服饰只是一种附属品。

心灵体现着美丑。女性美在于她们身上的母性、妻性和女儿性，这甚至是不分时代的。在不变或不断变化的服饰里面，心灵美者自美，为慧心，心灵丑者自丑，为邪心。

在这个多变和多元化的时代，最好不要以服饰划分什么"阶级"。所谓"小资"，是不足为训的。"人不如故，衣不如新"，女人欲穿得具有创意，穿出与自己脸孔、姿态相谐的个性风格，就不要羡慕千人一面的"小资"，也不必赶"街上流行红裙子"的俗潮。

什么事都怕"一窝蜂"，尤其是当某种"理论"为之推波助澜的时候。"小资"已经臭街了，摩登人士还会推出什么"新概念"呢？

邪风熏得愚人醉

电视剧《贫嘴张大民的幸福生活》播出后，观众对剧中人张大民的"幸福生活"颇感兴趣，一时间"何为幸福"的讨论成为热门话题。

人们无时无刻不在追求幸福，但很多时候对于自己是否活得幸福，却颇为疑惑，一旦碰到有人探讨幸福之真谛，便急于聆听高见，再观照自身，有所触动，也愿意发表点儿感慨。

我觉得平民百姓与文人高士的幸福观，往往大异其趣。

《贫嘴》的编剧刘恒说："有人曾以居高临下的视角来评判张大民的生活，他们觉得这样的环境多么可怜，怎么可能幸福。但幸福的评判标准不在于他的外在特征。重病的政治家能幸福吗？家庭破裂的富翁能幸福吗？"

制片刘沙说："有人说张大民的幸福生活是必须带引号的，我们觉得这是一种真正的幸福。"

导演沈好放说："幸福的含义不再局限于物质生活，更多的还是精神。张大民的幸福是从心底发出的。"

扮演张大民的梁冠华说："张大民只能不断向生活妥协，一再地退而求其次，再求其次，用精神来战胜物质是他的唯一办法，但他已尽了他的能力，让别人感觉到幸福。"

记者葛新立说："幸福其实是一种心态，高楼中的白领可能还不如马路上捡纸的老太太幸福。"

这些知识者的话，说得机智而富于哲理，给人们描绘了一幅幅幸福的画图。然而，出租车司机许平华说："我觉得张大民的幸福不完全是发自内心的。生活在那么差的环境，要是我肯定不会感到幸福。"

从电视剧和梁冠华的表演效果看，我同意许平华的意见——持这观点者本来就在"下面"，大约不能算"居高临下"地发言吧？

张大民，打小失去父亲，母亲患老年痴呆症，妹妹因白血病去世，准妹夫遭车祸身亡，另一妹妹因未生儿子而被丈夫殴打，弟弟懒而无能戴了绿帽子，弟媳也不成样子，自己下岗，妻子的会计职位也丢了，住房罕见的窘迫……他身上几乎集中了一个小工人、小市民的所有苦难，唯有一个弟弟考上大学、妻子贤慧、儿子可爱，才是他生活中聊以欣慰的一点儿亮色。尽管人们说他乐观，"用贫嘴化解了很多尴尬"，或者说他善于"用现代生活的机智化解困难"，但这种将就和自慰就是幸福吗？

他的贫嘴根本化解不了尴尬。在星级宾馆的厕所里，他的"贫"和殷勤没有引来客人的同情和尊敬；我不相信，当他面对那个不给他小费的无情客人的后脑勺儿，无趣地念叨着什么"有零钱不给也不犯法"时，会"从心底"感到幸福？他趁邻居不注意时，突然盖起一座对自己来说十分必要的违章小房子，还能巧妙地把一棵大树围在屋里——当他干这件事的时候，被人家打得头破血流，不是心在滴血，反而会为自己的"现代机智"感到幸福？他惹不起古三儿，偷偷去砸人家的汽车玻璃，这种"胜利"也是一种幸福吗？他下了岗怕家人知道，去商场来回坐电梯打发日子，如此之尴尬，可是几句贫话能"化解"得了的？

他只能自我安慰，拿"贫"来宣泄忧愁。这虽然不至于令他堕落或自杀，却也绝对不会给他带来幸福——无论精神上的，还是物质上的。所谓"幸福是相对的"，"幸福只是一种心态"，都有一定道理。然而，相对的幸福也是幸福，不会是无边的苦难；心态也不是凭空萌发的。如果一位仁人志士为理想献身，他抛弃或不在乎物质的东西，只求精神永存，他视死如归走向刑场，他是幸福的，这我信；如果一个人痴心追求事业，在困境中仍然百折不挠，他是幸福的，我也信。但是，一个人只想求得日子过得别太窘迫，却居无定所，也不得温饱，他的生活只能用一个"惨"字来概括，他说他"感觉"幸福就是幸福，谁信？重病的政治家不幸福，重病的匹夫更不幸！家庭破裂的富翁不幸福，家破人亡的穷人岂不更甚！

"泛幸福观"是一种唯心论，也是一种欺骗——它只叫人把一切聊以自慰的"感觉"当成幸福，而忽视了幸福的真正内涵。如果一切处于困境的人、"向生活一再妥协"之人，只要自己"感觉"到"幸福"就幸福了，包括土谷祠里的阿Q在内，世上还有什么不幸之人呢？张大民虽然有追求幸福的愿望——阿Q也想姓赵、"革命"、发财——但如果他以不幸为幸，那就是十足的愚昧，可怜得很。这个幸或不幸，是有社会总体评价的，不是哪一个人的"精神"随便划定的。比如如何评价张大民的"幸福"，问一百个北京人，恐怕九十九个不希望过他那种生活，正如许平华司机所说，更多的人只能对此"叹息和埋怨"。张大民乐观，那也是含泪的笑。

博尔赫斯在《等待》一文中说："有时候，他的厌倦像是一种幸福感；有时候，他的心理活动不比一条狗复杂多少——能吃饱，有个窝。"拿"狗"比喻小人物，过分了点儿，但身心交瘁的挣扎无论如何谈不上幸福。

这个电视剧叫人同情张大民的无奈，哀怜他的自慰，而不是羡慕他的"幸福"——无论他物质生活的"幸福"，还是他精神生活的"幸福"。

阳光"普照"吗?

读了一本书,叫《国学》,其中一段话说:"般若心,就叫平等心。这个平等心,就是世界上'至高至大至美'的,举例子说,所谓阳光普照,你哪里有空间,它就照到哪里,它没有偏心。大地,你哪一个人踏到,走到哪里,它也不偏心,平等地普载大众。空气,只要你有空间,哪一个人,要呼吸什么,早晨的、窗外的、公园的空气,它也平等地被吸,不会嫌贫爱富。或者流水,你要取一瓢,取一桶饮,或自来水接到你家里,它也任你洗涤、解渴。"

我不知道,这本所谓堂堂《国学》,为什么大谈起佛教的"般若"来了——这个先不管。作者拿所谓阳光、大地、空气、水,来论"平等",我认为也许某个时期某个地点确乎如此,如苏东坡说的"山间之明月和江上之清风,取之不尽,用之不竭,人人可得而享之";然而就如今来说,这论调实在大谬不然,很不"般若"。

煤老板的亚龙湾海边别墅,阳光透过落地窗铺洒进来,日照十多个小时,他们犹嫌不足,还要在海滩悠闲地饱淋日光浴;而黑漆漆矿洞里的民工包括童工，可见得到天日吗？也许咱们侥幸住了个小楼房，前面却后起了一座庞然大物，生生把咱的阳光拦截了，咱们主张"日光权"，无奈没钱官司不好打——咱们能跟人家讲平等？依我看，如今谁财大气粗，谁就有空间，阳光就追着照谁。

空气，咱们跟人家呼吸的也不一样。君不见，今天的风景宜人宝地，比如千岛湖畔和庐山深处，不都成了有钱人的后花园？那儿的清新空气，能与咱们居住地灰蒙蒙的浊气同日而语吗？

水也是。就算咱们喝自来水，漂白粉味浓烈，可比得上人家蕴藏于地下千万年的甘甜矿泉水？

咱们是想有、想要般若心来着，可住豪宅阔园的人，却不一定"般若"，或者很不"般若"。他们大兴土木，用去千万吨水泥，而生产水泥最污染大气。他们把大气弄脏，自己搬到空气干净的地方去了，脏空气却要住不起别墅的人来呼吸，肺癌，也要咱们来罹患。还平等？他们耗费的电，可是咱们的千百倍，而发电的"三废"污染率，却是咱们替他们"人均"的。他们修大宅子，盖大剧院，耗了多少木材？森林大片消失，二氧化碳漫天，不都要咱们住陋室、无钱赏戏者来"人均"吗？人均，好动听呀！

所以，我看这位"国学"先生，还活在伊甸园里，实在天真烂漫得可以；或者，他干脆就是一个为暴殄天物者刻意遮丑、隐恶的谎言制造商。阳光、空气、大地、流水当然不会"嫌贫爱富"，也"不偏心"，阳光普照苍生，大地普载大众，空气流水任人呼吸解渴……好得很啊。然而有权势者和富人，也不"嫌贫爱富"，"不偏心"吗？如果是这样，为什么很多建造了大量高级招待所和别墅的山清水秀风景区边上,都写着"闲人免进"呢?闲人,不过是无权者和穷人的委婉说法罢了。或者,他们"大方"地于风景区辟出一角,供"闲人"游览,一张门票却卖到数百元,囊中羞涩的"闲人"不等人家"嫌"咱们,自己早把自己"嫌"得退避三舍了!

话说回来,这位"国学"兼"般若"先生,咱们其实要感谢他的。不管出于什么动机,他还是提醒了咱们——大众有与富人平等的气权、光权、地权和水权。富人们如今喜欢津津乐道《物权法》——我有钱,且不管钱是怎么来的,我的不动产是私有的,是神圣不可侵犯的!但是,空气、土地、流水等物,却是大家的,人们本应平等地共享。只因某种"机缘",富人独霸了优越资源,让穷人承受肮脏的"三废",却以为理所应当,还打着"平等"的幌子,这是谁的馊逻辑?"般若"之心,有此一说吗?

在您肚子里"百度"一下

本人写作，以往案头堆满各种字典、辞书；如今守着网络，遇不懂问题，惯于"百度"一下，仍有疑惑，再查原始资料核实，百度解决了的，就不劳神钻书堆了。

当然即使有了网络，总须先在自己肚子里"百度"一下，调动已有知识储备，看看能否对一个难题释然——这就是成语所谓"搜索枯肠"。有个笑话，说苏东坡撩起衣衫晒太阳，有人问他干啥呢，苏答："晒学问，省得在肚子里发霉。"苏学士的尊肚，就是宋朝的"百度"——其实肚子即脑子，古人以为"心之官则思"，以"肚子"代"心"，叫肚子去思考，联想奇妙。

著名学者蒙曼教授说，苏诗"相逢不用忙归去，明日黄花蝶也愁"句，表示"重阳节（即'明日'）已过，蝴蝶看到过时的菊花，也会犯愁"。成语"明日黄花"，为"过期"之意，今人却往往用"昨日黄花"代之。可见，常用成语普及之必要。

古人咏虫鱼花草之诗，均是一个谜面。我一个突出感受是，释义最为重要，是猜者能否得出正确答案的关键。一条成语，释义者言不及义，猜者再聪颖，也只能瞎蒙；释义者描述得当，通俗形象而一语中的,猜的人只要掌握一般常用成语,很容易得出答案。

当然,对于浩若烟海的成语的了解,全在平素的读书、学习、钻研;点点滴滴,集腋成裘,聚沙成塔,融会贯通,得其精髓,方能用最简练明晰的语言释其要义。比如"明日黄花"这词,咱们"在肚子里'百度'一下","搜"其出处,用"过期"解释,才通嘛。我手头一本 1986 年版《中国成语大辞典》,收词 1.8 万多条,如果哪位选手说要参加《成语大会》竞赛了,只是临阵磨枪突击死背一下,肯定第一轮即遭淘汰。

释义的重要,当然不光在成语竞猜——连咱们平素的任何一句话,不都在"解释"自己的意思,即"释义"吗?

当然,一般的话,山南海北,家长里短,妇姑勃谿,鸡毛蒜皮,啰嗦一些,都不打紧,什么"释义"准不准,无人计较。

但"释义"在很多时候,太重要啦!老师授课,"释义"不明不确,学生就倒霉。领导报告,口若悬河,找不出哪儿有毛病,更寻不到解决问题的钥匙,您说他这"释"的是什么"义"?作者写文章,下笔千言,离题万里,读者"猜"不透他想说什么,白白浪费人家时间。这里释义的关键,在胸有成竹,言之有物。

其实人生也是释义——每个人以自己的言行阐释着自己的人格、心性。鲁迅评价陈独秀、胡适和刘半农,说:"假如将韬略比作一间仓库罢,独秀先生的是外面竖一面大旗,大书道:'内皆武器,来者小心!'但那门却开着的,里面有几枝枪,几把刀,一目了然,用不着提防。适之先生的是紧紧的关着门,门上粘一条小纸条道:'内无武器,请勿疑虑。'这自然可以是真的,但有些人——至少是我这样的人——有时总不免要侧着头想一想。半农却是令人不觉其有'武库'的一个人,所以我佩服陈胡,却亲近半农。"陈独秀好斗而坦白,能叫人一下子看透。胡适就有点儿难以捉摸了。刘半农呢,善得可爱可亲。人之"释"己之"义",也就是如何修身养性的问题。所谓"我善养吾浩然之气"也,装,是装不出来的。

央视《成语大会》节目里,两位参赛选手,一位已知"谜底",但不说出,而用"在您肚子里'百度'一下"这句话——算"谜面"吧——解释这个"谜底",请另一选手"猜"它是什么成语。猜者脱口而出——"搜索枯肠"。

"肠"在"肚"里嘛,合称"肚肠"。古人云"心之官则思",以为"心"是管思考的,而"心"与"肠"又不可分,谓之"心肠"。在"肚子"里转了八百个弯儿,不就是"搜索枯肠"嘛!全场掌声。

两位选手,一位释义简明机智贴切,叫我佩服得五体投地;一位悟性绝佳,端的了得!

美髯飘飘

王力先生在《龙虫并雕斋文集·逻辑与语言》一文中说："有人认为英语把胡子分为'下胡子'（beard）和'上胡子'（moustache），证明了英语词汇的丰富，表现力强，为汉语所不及。"王先生说"此言差矣"。咱们汉乐府《陌上桑》即说："行者见罗敷，下担捋髭鬚。"行人见了罗敷，不由自主地放下担子，捋着胡须，尽情欣赏罗敷之美。此"髭"即为"上胡子"，"鬚"（简体为"须"）为"下胡子"。汉语关于胡子，即有髭、须、髯、虬髯、连毛胡子、络腮胡子、一字胡、八字胡、山羊胡，甚至"嘴上毛"等等叫法。西人之胡子多怪模怪样，但并非每一种各有一个名字，只分上下罢了。结论，"汉语词汇丰富，表现力强，为他语所不及"。

说到胡须，我第一个想起的便是关公。《三国演义》说他"胡子一尺八寸"，是为汉制长度，即现在的42.12厘米。如今舞台上和关帝庙里的关公，也均以身长美髯造型，堂堂古今"第一美髯公"，非关莫属。《水浒传》中名将朱仝，因面红须长，酷似关公，也被赐予"美髯公"绰号。

至于现代美髯公，我脑海里首先浮现的，是张大千和于右任二翁——当然是从照片和绘画而来。张大千与齐白石齐名，民国泼墨画大师，他的白须颇似舞台上老生戴的那种，连着鬓角，直插银发，与头发浑然一体，怎一个"帅"字了得。于右任，早年入同盟会，也是民国的教育家、书法家。表字诱人，以"诱人"谐音"右任"为名，别署"髯翁"。他的美髯，呈倒三角，长及腹部。据说有人问他睡觉时胡子放被子外面，还是里面，把他问蒙了——大概是顺其自然吧。他在台湾逝世，其著名遗嘱长歌当哭："葬我于高山之上兮，望我故乡；故乡不可见兮，永不能忘。葬我于高山之上兮，望我大陆；大陆不可见兮，只有痛哭。天苍苍，野茫茫，山之上，国有殇！"这歌感人肺腑，催人泪下。

开国大典天安门上的几位民主人士张澜、沈钧儒、陈叔通的美髯，我也印象深刻。尤其是站在城楼第一排的民盟中央主席张澜，长袍瓜皮帽配长胡须，一看就是老派国民革命人物，却也成了新中国中央人民政府第五副主席。其字"表方"，毛主席亲切称他"表老"。

中共领导人很少留长胡须，只周恩来在长征和延安时短期蓄过。延安"五老"中，吴老玉章未留胡，董必武、林伯渠、徐特立、谢觉哉"四老"均是短髭，自然大方，颇合他们的高龄和身份，为众人所尊崇。贺龙留短髭，威风，刮掉肯定看着别扭。王震外号"王胡子"，我却从未见他留胡子的影像或照片。

据说，从基因分析，汉人毛发没有西人发达——您瞧马恩两导师的大胡子！咱们推崇"多须髯"，是物以稀为贵，乃成秦汉时期美男的标志之一。《汉书》记载，霍光"疏眉目，美须髯"，被称为美男猛将。但也不尽然，与头号古典美女西施并称的古典美男潘安，下巴光溜溜的。《陌上桑》云"为人洁白皙，鬑鬑颇有须"，"鬑鬑"（lián lián）即指诗中白肤帅哥须发稀疏。

总之，胡须之浓淡丰寡，与基因和体质相关，留不留胡须，所蓄胡须或长或短，均是个人所好，注意点儿与自身气质做派相谐就得了。而不管您的胡须咋样，美丽汉语均有与之相配的词汇来命名……

校园，一方绿洲

《中国校园文学》的发行量，在短短一年时间翻了一番，由5万多份上升到10万多份，这是一个奇迹。根据预测，来年它可望发行到15万份左右，更了不起了。

10万、15万，与这本杂志的读者对象——全国中学师生和大学低年级学生上千万这个数目比起来，当然很不起眼。但是别忘了，当前正是一个纯文学刊物走向衰落的时期。近年来，很多文学杂志发行量不断下降，面临生存危机，有的改头换面，变成综合类通俗杂志，走上地摊儿，有的甚至不得不关门大吉。这种情况下，一本面向在校青少年文学爱好者的文学刊物的崛起，当然堪称一个奇迹。

在这个信息媒体多元化时代，说文学失去了轰动效应，是事实，但是说文学本身越来越无人问津，则不尽然。至少，《中国校园文学》读者群的不断扩大，说明文学仍然是相当一部分青少年的精神追求和梦想。文学青年其实是一个庞大的群体，即使在今天也是如此。这些青年倒不一定要走进文学殿堂，立志成为作家。他们寄情于文学，是因为文学在增进自己的美的感受力，在陶冶自己的性情、培育自己的高尚艺术趣味和健康审美观方面，都有着不可替代的作用。

当然，文学毕竟逐渐失去读者。这除了新时期文学艺术样式及娱乐形式的多样化和社会竞争的激烈，使得很多人转向了图像化的所谓"快餐文化"，而无暇顾及意蕴深刻、需要细细品味的文学之外，与文学本身越来越多地表现出的浮躁、玄虚、晦涩、媚俗、媚权、嫌贫爱富、滥情、粗制滥造、远离现实、亵渎大众的低下品格，也有很大干系。所谓"私人化写作"的矫情和自我展现，所谓"痞子化写作"的玩世不恭和躲避崇高，所谓"肉体化写作"的粗鄙下流淫靡，所谓"贵族化写作"的孤芳自赏，所谓"精英化写作"的不可一世，所谓"边缘化写作"的扭曲现实，所谓"自由化写作"的不着边际，尚有这个"流派"、那个"主义"徽号下的五花八门"写作"，直令人觉得，文学似乎成了一个时代怪物。既然文学如此高高在上，天马行空，鬼头鬼脸，不可捉摸，只是供"圈子"里一帮人把玩自娱的东西，而对广大读者的思想、命运缺乏启迪和关怀，甚至愚弄读者，居然在读者面前公然宣示"逗你玩"，读者便难免敬而远之。这样的文学与读者的疏离和脱节，是必然的——欣赏不起，还躲不起吗？当然，我说的不是"所有"，但是谁能否认这些不良倾向的严重存在？有意思的是，摩登评论家却极力为一些秽心污目的作品张目，仿佛那才是文学的正宗。

在这种情况下，《中国校园文学》坚持文学的价值观，以广泛、及时反映校园生活、青年生活的清新文学作品赢得青年学生的青睐，就不奇怪了。它通过优美的作品歌颂美好事物、崇高品德，鞭挞浮躁世风和社会陋习。它以纯正的品位强烈吸引着无数年轻的心，称得上商业化时代青年的一座精神家园。它注定要在校园、在青年学生中"安家落户"。它不会"施舍"，也不会说教。它尊重青年，尊重学生，把他们当成主人，与他们平等交流。它不把眼睛只盯着名家"大腕"。它没有狭小的圈子。它只有校园和青年这个大圈子；即使是这个"圈子"，也决不拒绝对青年学生生活有兴趣的鹤发童颜者加入。这里刊登的作品，百分之八十来自自然投稿——这在当今文学刊物中不说绝无仅有，恐怕也是数一数二的。它是真正意义上的文学青年自己的刊物。青年们在这里感受美，领受艺术熏陶，同时也创造美，创造艺术。这里的作品也许是幼稚的、不太成熟的，但是，它却是美的，是真诚的，而且其中不乏精品。至少，这些作品比时髦评论家捧为"代表潮流"的一些装模作样、不知所云的所谓作品，令人感到亲近得多。而且谁能说今天《中国校园文学》的作者，就不会是未来卓有成就的优秀作家？即使当不了作家，从"校园文学"这个清纯摇篮里长大的一代，不管将来从事何种工作，只要他们还保持和眷恋着这份美好情怀，他们就不会随波逐流，与世沉浮，去迎合低级趣味，走向堕落。

我赞美《中国校园文学》。它是喧嚣的商业大潮中的一方绿洲。愿它永葆清新，给人们不断带来惊喜。

"她"是一个美称

某中央大报有篇文章——《这些"牛孩"的人生方向呢?》,作者是北京某大学考试研究院院长秦教授。该文是训诫那些各方面十分优秀的"牛孩"的。今天咱不谈内容,只说说它的啰嗦。先引该文一些句子:

1. 学生们做了认真准备,就像他(她)们提供的申请材料一样。

2. 他(她)们看上去太完美了。

(3-18略去)

19. 他(她)们压根儿就没有想过这个问题。

20. 他(她)们要为未来的生活做好充分的准备。

我先慰问一下这位教授,辛苦了!您一篇两千多字的文章,挥毫如泼,20处写到"他(她)们",够累吧?

此文标题中有"这些'牛孩'"字样,文章开始说了"学生们",所指当然是一群"牛孩",也即一群学生。既然是一群

"牛孩"学生，从大概率看，其中自然有男有女。于是，教授每说到"这一群"，便以"他（她）们"代之。

如此"代"，对不对呢？似乎没错儿，其实不妥。理由如下：

到处括号，行文杂乱，缺乏美感。

如果朗读，是否要读作"他括号她括号们"呢？

"他们"本指"第三人称多数"，可以是全属男性或男女并存。

即使不写成"他（她）们"，一般读者也知，"他们"里面有男有女。

写成"他（她）们"，并不表示男女平等或者重视女性——既有此心，为什么不写成"她（他）们"呢？

总之，加这个"（她）"，显属脱裤子放屁，多此一举，自找麻烦。

汉语词汇是不分阴阳的，所以自古以来的第三人称，有"厥""彼""其""之""渠"，以及沿用至今的"他"，均不分男女。人而不分男女，时有麻烦——"我"没问题，我还不知自己性别？"你""汝"也好办，就在面前嘛，或男或女，一目了然，或者写信，也知男女。而当说到 ta，就含糊了，因 ta 或不在眼前，是男是女，不知道。

1823年，来华英国传教士马礼逊在《英国文语凡例传》里，不得不将英文 He（他）、She（她）分别译为"他男""他女"，挺好笑，是没办法的办法。我国《诗经》里有"所谓伊人，在水一方"句，"伊人"，或指"我心上那个女人"。所以后来郭赞生翻译英文《文法初阶》，译 She 为"伊"，咱们在鲁迅小说里，能读到这种用法，如"伊伏在地上"。

1918年，新文化运动的健将刘半农创造"她"字，以指代女性第三人称，一时轰动国中。这样，现代汉语便有了"她"和"她们"两个代词。

鲁迅在《忆刘半农君》一文提及此事，说刘半农"活泼，勇敢，很打了几次大仗。譬如罢……'她'和'它'字的创造，就都是的"。

"她"和"它"两个人称代词，不是叫人乱用的。

"他"在汉语里概指"另外的""别的"——人和物皆可。"他人"，指别的人。这"别的人"全是女性，也不作"她人"；男女皆有，也不可写成"他（她）人"。"他处"如另作"她处"——似乎地方也分阴阳了，阴阳兼备呢，则为"他（她）处"。刘半农和后来的语言学家，没有赋予"她"这个职能。

上述"他（她）们"，堪比洋人马礼逊的"他男""他女"之"创造"。如果一个学生，把男女混群的"他（她）们"写成"他们"，考试院院长先生，会判他错吧？

本人反对"他（她）们"用法的前述五条理由，不知够不够？

不够，我再举个权威例子——

毛泽东读了《触龙说赵太后》一文，感叹道："如果我们不注意严格要求我们的子女，他们也会变质。"子女，当然男女兼有，毛主席为什么不用"他（她）们"呢？

附加几句：

考试院院长先生，一群人有男有女，您可别把那些人写成除了咱们之外的"其他（她）人"。

如果您不把那一群女人写成"其她女人"，也请别将一些东西写成"其它东西"。

只有"其他",没有什么"其她"或"其它"。

"其她"似乎少有人用,用"其它"的人则多多。其实不管"其她"还是"其它",全是好事之徒臆造的赘词,以这考试院院长之逻辑,"其她"和"其它"当然可以引申为"其他(她)"和"其它(她)"了。

我问一下:动物一般是有性别的,但您是不是能这样作文:"除了癞蛤蟆,其它(她)丑陋动物也想吃天鹅肉呢。"

对了,女性当然要用"她"。而祖国母亲是"她",祖国为什么不能是父亲?花朵也是"她",花朵就没有雄蕊了吗?宇宙山川社会人文……其中一切美好事物,都是"她"……"她"是不是太累呀?

刘半农也许未曾料到,他的这个伟大创造"她",会如此不堪承受之重地无限扩散吧。

嘿,瞎举了这么多例子,我这书面,也够杂够乱的……

语丝　以小见大

是偶见和断想,如压缩饼干,可充饥,又耐时。一题包揽二十则。

盖世太保

"盖世太保",是德语 Geheime Staats Polizei 即"国家秘密警察"的缩写 Gestapo 的汉语音译。在我读过的外语音译成汉语的文章中,"盖世太保"是译得最棒的一个词。

它怎么个棒法?

"盖世太保"虽然是音译,但汉语词用得十分贴切、准确:一说"盖世",很多人想到的首先是项羽的大词"力拔山兮气盖世"。盖世者,首屈一指、举世无双也。"国家秘密警察",暗中逮捕、杀人如麻,诚可谓"盖世"于一时,实至名归。"太保",中国古时官名,特权在握,辅弼国君,残暴不仁;"国家秘密警察",服务于窃国大盗希特勒,任性妄为,令人发指。

"盖世太保",看起来金刚怒目,听起来雷鸣吓人,说起来谈虎色变,想起来毛骨悚然。

音意兼顾,天衣无缝,信而达雅,两全其译。

"盖世太保"完蛋了,这个汉译词却印在人们脑子里。

音译三笑

汉语音译外语,有 3 个词译得挺好玩儿。

最有意义的,是"爱斯不难读"(Esperanto)。柴门霍夫公布他创建的一种普遍语方案时,用笔名 Doktoro Esperanto,意为"希望者博士"。国人将 Esperanto 译成"世界语",音译"爱斯不难读"——"爱这种语言,它就不难读"。世界语已不怎么流行,但人们从此明白一个理:学外语,必须热爱,皱着眉头,怀了畏难、抗拒心理,或者单纯为考试,考完丢到爪哇国去,怎能学好呢?

最富感情色彩的,是"妈的奶最香"(Modernization)。这是英语"现代化"的意思,说"妈奶",是不是"好笑而不相干"?其实搞现代化,前提是人才。如今摩登妈妈怕喂母乳肥了腰身。但是小孩子吃着掺了三聚氰胺的牛奶,没成才就智障了,何谈搞现代化?虽然"现代化"已经不这样译了,但母亲伟大,"妈的奶最香"终是真理。

最叫人牢记的,是"袜子搁在鞋里也",即俄语"星期天"(Воскресенье)。其实这词读如"娃死磕了谢你爷",但这样译字面意思不大好,还念"袜子鞋"吧。

王力释"三克"

1944年8月27日,在昆明出版的《中央日报·增刊》刊登了语言大师王力教授一文《行》,文中道:洋式的手杖刚传到上海的时候,上海人有三句口号:"眼上克罗克,嘴里茄力克,手里司的克。"有了这"三克",俨然外国绅士,大可以高视阔步了。

王力先生文中的"克罗克",即英语crooks,眼镜;"茄力克",即英语cigarette,香烟;"司的克",即英语stick,手杖。

当时大量操英语的洋人随着洋货涌入"冒险家的乐园"上海,中国买办、末流文人等假洋鬼子,也以用洋货、说英语为能事。他们打扮得半洋不土,动辄来一句英语,或者在汉语中夹杂一两个英语单词,名曰"洋泾浜","俨然外国绅士,大可以高视阔步了",特别摩登。王力先生这个话,正是讽刺这样的人的。

这也说明,外来词进入我国,有的还没有来得及意译成恰当的汉语词时,"绅士"们就迫不及待、囫囵吞枣地使用上了。当然,这种"崇洋媚外",某种意义上也算一个进步。

奔驰 & 笨死

1885 年，卡尔·弗里德利希·本茨（Karl Friedrich Benz）设计并制造出世上第一辆三轮内燃机汽车。这汽车当时叫什么牌子，不清楚，也许没牌子，也许就叫 BENZ。BENZ 在中国大陆译成汉语，现在叫"奔驰"，属于豪车，其标识是三叉星外加一个圆圈，既像方向盘，又像一个轮子，总之与汽车相关。

BENZ 的汉译历史和花样，非常有趣：在大陆，起初音译为"本茨"，平平淡淡，没啥意思；后译为"奔驰"，半音译，半意译。这音义兼译的"奔驰"，译出了这个汽车的"牛劲儿"和十足动态，颇为传神，也动听。

在港台，这车有译为"平治"的，像日本天皇的一个年号，不足取。有译为"笨死"的，半音译，半开玩笑——说"笨"，乃是修辞学上之"倒辞格"，看似贬，实为赞也。然而"笨死"毕竟不雅，未流行开来。

"奔驰"在中国北京和福建开厂有年，成了"中国制造"的有机部分，出口量超过娘家德国，它不但奔驰在全中国，也"奔"向了全球。

的、地、得

著名文学评论家李建军批评莫言不会用"的、地、得",而莫言乃是诺贝尔文学奖得主,可见一个作家不会用"的、地、得",并不妨碍他取得辉煌的文学成就,也不妨碍大众读他的作品。古代,乃至五四时期,写白话文作品的作家,并不分什么"的、地、得",其大作,比如《红楼梦》,人们能够读懂。不少现代作家和莫言一样,也不会,或者不在乎区分什么"的、地、得"。咱们非要弄这3个结构助词找大家的麻烦不可吗?

依陋见,一个"的"字够用。

当然,三词分工后,连小学生都知道:"的"是连接定语和中心语的,"地"是连接状语和中心语的,"得"是连接补语和中心语的。家有家规,文有文法,国家语言管理部门既然定了"的、地、得"各有使命,作家们还是"守法"为好。

前前后后

某教授写了《那时我们唱红歌》一文,在叙述苏联歌曲时,插了一句,道:是"苏联",不是什么"前苏联";有"前"必有"后",因为没有"后苏联",所以没有"前苏联"。教授说他只是"顺便提一下"这个问题。

其实他不是"顺便"提,是"特意"强调。

我的问题是:

有"前清",却没有"后清"——说"前清遗老",比说"清朝遗老"更有味道;有时咱们说"有清一代",也指"前清"。

一位寡妇有"前夫",她惮于再醮,可以没有"后夫"。

咱们把早先之人叫"先民";现在的人,却很少被称为"后民"。

所以,在语言运用上,不一定有"前"必有"后"。当然,加这个"前",犹如脱裤子放屁,多此一举;然而你不能说,人家放的那股臭气"不是屁"。

此佛非彼佛

有座高校,叫"语言学院",一日,忽觉规格低下,改"大学"吧。挺好啊,可仍觉缺些什么。缺啥呢?中国人说一个人有没有面子,就看他有没有"文化"嘛。大学不是人,却是最有文化的地方,咱们叫"语言文化大学"得啦。

又忽然一日,有智者暗中提醒:哎呀呀,这语言、文学、艺术……不都属于文化吗?君不闻,连厕所,也可化"闻臭"为"文香","文"一下"化"呐。学校慌了,匆促之间,将校名改回"语言大学"——当然不能复原成"学院",虽然"文化"没有了,"大学"还是要"大"的嘛,叫第一次改的"语言大学"吧。

此奇闻一,有事实根据。

奇闻二,可能是好事之徒瞎编的:

据说,有个"哈市佛学院"——本想改名为"哈市佛学大学"来着,拗嘴,凑合叫"哈市高等佛学院"吧,简称"哈高佛",又觉仍土,干脆,叫"哈佛",把山姆大叔的哈佛鼻子气歪,叫他们打假也难找理由——咱的"佛"是"哈"着的,人家的"佛"不哼不哈挺立着,两不沾边,打啥假嘛。

"〇"的误用

某作家《红楼启示录》一书中有"一百〇五回"这样的用法。

按,汉字〇的字形,是一个360°的圆,它不是阿拉伯数码0。〇在《诗经》里的意思是小水点,后演化为数目字"零",当"没有数量"讲。

在表示多位数时,某一数位空缺,汉字是以"零"表示的,如十二万三千零五十六,百位数为零,写成阿拉伯数字,则为123056。

汉字表数目时也有省去"位数词"的情况,如"第一百零五回",它的十位数空缺,用"零"稍嫌生硬,干脆以"〇"表示,看着也舒服。所以上引"一百〇五回",应为"一〇五回"。

另像一二〇师、一〇一中学、二〇〇二年,〇均表示位数之空。

本人不想争论什么,只是摆一个事实。

校花·校草·校泥

这几年人们把学校里最受欢迎的女生美称"校花"。

其实花之美,多在表面。夜来风雨声,花落知多少?人无百日好,花无百日红。人间四月芳菲尽。花谢花飞飞满天,红消香断有谁怜?

其实应该把这类女生比为"校草"——虽然听着没有"校花"悦耳,却较之有内涵、有生命力。丰草绿缛而争茂,佳木葱茏而可悦。一番桃李花开尽,唯有青青草色齐。独倚栏杆凝望远,一川烟草平如剪。

最重要的,草木乃是女人的根本。《红楼梦》里的绛珠仙草投身于人间,成了仙女一般的林黛玉。黛玉葬花,深意即不愿自己是一朵妖娆却易残的花。

那优秀男生该叫什么呢?贾宝玉说了,男人是泥作的,叫"校泥"吧。

多此一"有"

凤凰卫视一位女主持,在采访一位女演员时问道:"你有办婚礼吗?"近年来,摩登男女无不频繁地用这种句式说话。

听来好别扭啊。

"有"和"没有"表示有无时,均是动词,涉及的是有形或无形的东西——如"我有情你有意""我没有妹妹"等等。

但"没有"还表示对"已然"的否定,此时是副词,如"我没有办婚礼","没有"是限制动词"办"的。"有"则什么时候都不能当副词用,所以"你有办婚礼吗"这话,诘屈聱牙,颇不顺耳。办婚礼,本身即是"已然",亦即"有",别再多一个"有"啦。

生活中,咱们这样说话,还不把人笑死!

甲:喂,大妞儿,昨晚有看《狂飙》吗?

乙:二嘎子,我晚上有锻炼身体呢,没看。

甲:你有吃饭吗?

乙:我有吃方便面啦。

听听,不怎么像话嘛。

亲吻权

报道说，一位妇女的嘴唇被伤，在法庭上向施害者主张"亲吻权"，因为她与丈夫接吻时，不再有美妙的感觉了。

不应该嘲笑她，毕竟她是受害者，在精神和肉体上损失颇大。然而"泛权利主义"，也很麻烦。

唇伤要亲吻权，那么手伤呢？应该主张握手权、持物权、抚摸权、演奏权、数数权、鼓掌权、捉蝈蝈权、指手画脚权、拥抱亲爱者时轻拍对方后背权，等等，无数的权。

眼伤了，肯定损害观景权、给情人"放电"权、端详爱子权、欣赏艺术权等等权利。即便是屁股受伤，也影响坐权、体形美观权、行走权，等等。

而那妇女的唇伤，还涉及说话利索权、颜值权、闭合嘴唇咂摸滋味权，等等，为什么单单提"亲吻权"呢？

遇到法律问题，且用法言法语吧。有些事，看似严肃，实则滑稽。把庄严的法律问题炒作得变了味儿，或带上色彩，愚民不提了，媒体的搞怪和吸睛，又多么令人生厌！

君子风度

北京大学教授苏培成作文说,人民教育出版社一位老编辑改了他文中一句话。那话原文是:"一个人如果只会说方言,不会说普通话,他就只能和本地人进行交际,不能和全国人交际。范围就很窄。"老编辑将句中"进行"一词去掉,将"范围"前面的句号改为逗号,使这句话变成这样:"一个人如果只会说方言,不会说普通话,他就只能和本地人交际,不能和全国人交际,范围就很窄。"

苏教授由衷感叹:"改得多好呀!"因为,"进行"纯属多余,而在一句完整的话中间来个句号,更是大忌。在这件事上,我信服的,是那位语言功底扎实而工作作风严谨的老编辑;我敬佩的,是苏培成老师。顶尖大学中文系语言学教授苏培成,真是君子风度。

还有一位小学生,找出了语文课本里一句有毛病的话:"月光升起来了。"她说"月光"应为"月亮",因为只有月亮才能"升起来"。这意见当然很对,人教社老老实实接受,拟修改句子——算不上君子风度,也是闻过即改,态度可嘉。

当然,把星球的运转说成"升"或"落",也不科学,但那是另一回事——您还能想出更确切的词吗?

难以"纯洁"

语言的所谓"纯洁",是不存在的——如若拒绝一切外来词或它的缩略式,咱们如今恐怕连一句完整的话,也说不利索。

一位大妈看病回来。邻居问她:"您老干啥去了?"答:"去协和做了个'放射线颈部动脉层面扫描',还好,没见粥样硬化斑块儿。"

邻居讶异:"大妈您真逗,不就做了个 CT 吗! OK?"大妈说:"好像有些个叫语言学家的,说了,不让用洋词呢!"

瞧瞧,难道老百姓普遍接受的西文缩略词,俩音节俩字搞定,您一定要用七八个汉字表示,才显得"正统"和"纯洁"吗?

如今腐败分子包二奶三奶什么的,私生子颇多,DNA 鉴定业务随之繁忙。这也是俗套电视剧里最常见的情节。如果有个人文绉绉地宣示,他要去医院给儿子做一个"脱氧核糖核酸基因鉴定",看热闹的恐怕不止笑他戴了绿帽子,还要鄙夷他的酸文假醋呢。

扬名立"万"

在很多俗文,比如武侠小说里,常常看到"扬名立万"这个词。可查很多词典,并无此词。"扬名"好说,"立万"是什么意思呢?

万音 wàn,繁体为萬,释义:①数词,10 个 1 千等于 1 万;②引申为"多""绝对";③姓;④念 mò 时,是宋代一个叫万俟卨(mò qí xiè)的人古怪复姓中的第一个字——除此,"万"没有别的讲头。

可以断言,"立万"是一个生造的词。我想,它大约是"立身"的讹变。草书"身"字,犹如右上"一点"下面一个"力"字,颇像"万"。印刷术发明前,书籍大多是手抄的,抄来抄去,"身"字有可能讹变成"万"。另外,佛经有个符号"卍",是吉祥的标识,据说武则天定音为 wàn,它也有讹变成"万"的可能。如此衍变复衍变,"立身"就成了"立万"。

所谓"立万"是讲不通的,而"立身"当然站得住脚,就是为人处世、安身立命嘛。"立身"方能扬名;"立万"万无可能。

官宣私事

某日，某明星微博晒出和丈夫的结婚证，配文曰"官宣"，还加了个爱心表情包。据说"官宣体"从此产生。后来他俩离婚，不知又"官宣"了没有？

官宣，不就是"官方宣布"吗？婚嫁生子，一己私事，为什么是"官宣"呢？官方的"官宣"是令民众知道，明星们大概觉得自己是公众人物，沾着个"公"字，这私事可娱乐民众，也应叫大家知悉，于是叫"官宣"了？当不了官儿，还学不了官腔吗？

不止娱乐界。近年流行一个英语简缩词 CEO，其原文 Chief Executive Officer，《英汉大词典》释义为"总经理"，就是企业的大管家，并不是"官员"。咱们的学者把 Chief Executive Officer 及其简称 CEO，译成"首席执行官"，译法虽然高妙，笔下透出的"官本位"和"官迷"味儿，也太浓烈啦！

没头没脑

一些作家哥，多喜欢这样的句式："之所以这个，是因为那个。"

我把这叫"没头没脑"，因为"之所以"前面没有主体——谁之所以呀？我且引几位语言学大师的说法，看看这话错在哪儿：

叶圣陶："'之所以'就是'的所以'，一句话要用'的所以'开头，谁都知道没这说法。"

吕叔湘："用'之所以'起句，是一种常见语病。"

张志公："开头用'之所以'，古雅是古雅了，然而是不是令读者莫名其妙呢？因为这样的句子可以叫人理解为'之所以'是一个人。"

张志公举了个例子："之所以能写出好文章，是因为他头顶有天，脚下有地，眼中有人。"这里"之所以"可不就是指一个人，即"他"吗？

王力说：如欲将"所以"放在开头，就要把"之"改成"其"，成为"其所以能写出好文章，是因为他头顶有天，脚下有地，眼中有人"。

少年的头发诗

梳子来了,头发倒在了一起。
有几根头发,直挺挺地立在那里,岿然不动。
风吹来了,头发倒在了一起。
那几根头发,依然直挺挺地立在那里,岿然不动。
终于,剪子来了,那几根头发,牺牲了。

这是令我特别感动的一首哲理诗。它是真正的诗歌,出自一位叫刘昂的少年。我认为这少年应该得"鲁迅文学奖"。如今一些"诗人"用回车键敲成的大白话,污秽不堪,却被称为"诗"。而得过"鲁奖"的一些"诗",被讽刺为这个体、那个体……比之于刘昂的头发诗,乃有云泥之别。

《离骚》是什么？

一、《离骚》，一座美轮美奂的大厦

长、太息、以、掩涕、兮等成百上千个词汇：是建筑材料。

长太息以掩涕兮，如此这般的句子：是建筑规则，即必须如此这般排铺。

屈原：一位睿智的建筑大师。

工匠：一群勤劳的施工者。

屈原严格地规划设计，自制华丽坚实的建筑材料，请来大群建筑工，按照完美的规则、制式，建造了这座万世不朽的大厦。

二、《离骚》，是一盘棋局

长、太息、以、掩涕、兮等等成百上千个词汇：是棋子。

长太息以掩涕兮，这样的句子：是象棋规则，"象走田、马走日"，必须如此这般地运子。

屈原：一位久经沙场的博弈大师。

屈原在这盘棋上玩儿得如何？他用有限的棋子，镇定自若，深谋远虑，神机妙算，使之变幻无穷，如苏轼说，其棋风"密如神鬼，疾如风雷。进不可当，退不可追。昼不可攻，夜不可袭。

多不可敌，少不可欺。前后应会，左指右挥，移五行之性，变四时之令"，因而成就了棋坛一盘千古经典。

三、《离骚》，一部雄浑的交响乐

长、太息、以、掩涕、兮等等成百上千个词汇：是音阶符号。

长太息以掩涕兮，如此这般的句子：是五线谱。

屈原：是一位贝多芬式的音乐大师。

屈原把各种音阶符号填入变化无限、不同形式的五线谱，使之成美妙旋律，负载着他深厚的爱恨情仇，即诞生了《离骚》这一部伟大的交响乐。

语言的魔力

说到语言魔力,我想起萧伯纳《卖花女》的故事。

美丽却贫穷的少女伊莉莎,操着土得掉渣的、粗俗的伦敦东区口音卖花——该区居民没有西区居民富有,文化不高,社会地位低下,卖花女前程黯淡。

语言学家希金斯和富翁皮克林打赌,说可帮卖花女改掉口音,从而改变命运。皮克林不信。但是希金斯耐心教导卖花女修辞、造句、正确发音和语气表达,终使她心领神会标准伦敦腔,把话说得流畅而珠圆玉润,在上流社交场所大出风头,迷倒众生。灰姑娘换上水晶鞋成了公主;卑贱的卖花女成了贵妇。

喜"大"

汉语有众多"大词",唯"大"为贵。

很多国家有"总统"。咱们历史上也有过类似的官,但不叫"总统",叫"大总统",此职衔由袁世凯开创。"总统"已经顶尖地"大",他还要加一个"大",世界独此一家,别无分号。

男娃儿呱呱坠地,接生婆给爷爷报喜:您添"大孙子"啦!小命初度即"大",香火有续,未来"大丈夫";连牲畜,也是"羊大为美",令"大师傅"烹以为佳肴焉。

美美与共:技高之艺人,艳称"大腕儿"。口若悬河喧嚣惑众的网红,叫"大V"。山寨旮旯里座山雕即使年岁小,也是"大当家的"。公司主管,衙门主官,亦多兼称"老大"。

自古以降,凡高人、牛人、达人、横人、闻人、骚人、贵人、名人、官人,皆曰"大人",晋一级,成了大师、大圣、大贤、大哲、大仙,而终至"大神"也。

今天电视剧结局之"大团圆",非"大"不"圆"。

是的,必须"大"呀。非"大",何以分得清高下、贵贱、长幼、尊卑、主次、首尾、圆缺呢?

　　大道如青天,国人最喜的道,是"大";最不待见的道,乃是"没大没小"……